Quelquefois, ils leur pardonnent

La collection *L'Aube noire*
est dirigée par Manon Viard

L'éditeur remercie sincèrement
Creative New Zealand
pour son aide à la traduction de ce livre.

ARTS COUNCIL
NEW ZEALAND TOI AOTEAROA
creative nz

L'éditeur remercie le Centre national du livre
pour son soutien à cette publication

Titre original : *The Waters*

by Agreement with Pontas Literary & Film Agency

www.editionsdelaube. com

ISBN 978-2-8159-5477-8

Carl Nixon

Quelquefois, ils leur pardonnent

roman traduit de l'anglais (Nouvelle-Zélande)

par Benoîte Dauvergne

éditions de l'aube

Du même auteur

Chez le même éditeur

Sous la terre des Maoris, 2017 ; Mikrós noir, 2022
Rocking Horse Road, 2019 ; Mikrós noir, 2024
Une falaise au bout du monde, 2020 ; Mikrós noir, 2022

À Rebecca, Alice et Fenton

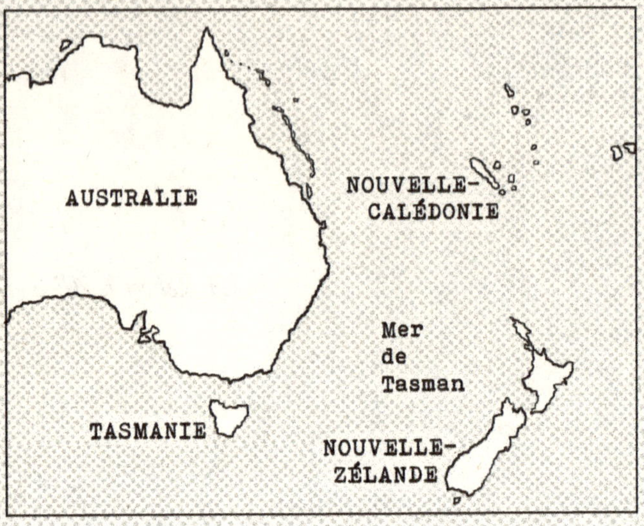
AUSTRALIE
NOUVELLE-
CALÉDONIE
Mer
de
Tasman
TASMANIE
NOUVELLE-
ZÉLANDE

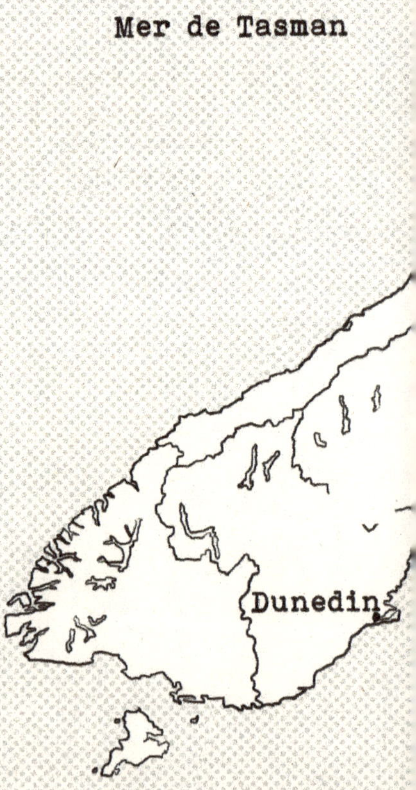
Mer de Tasman
Dunedin

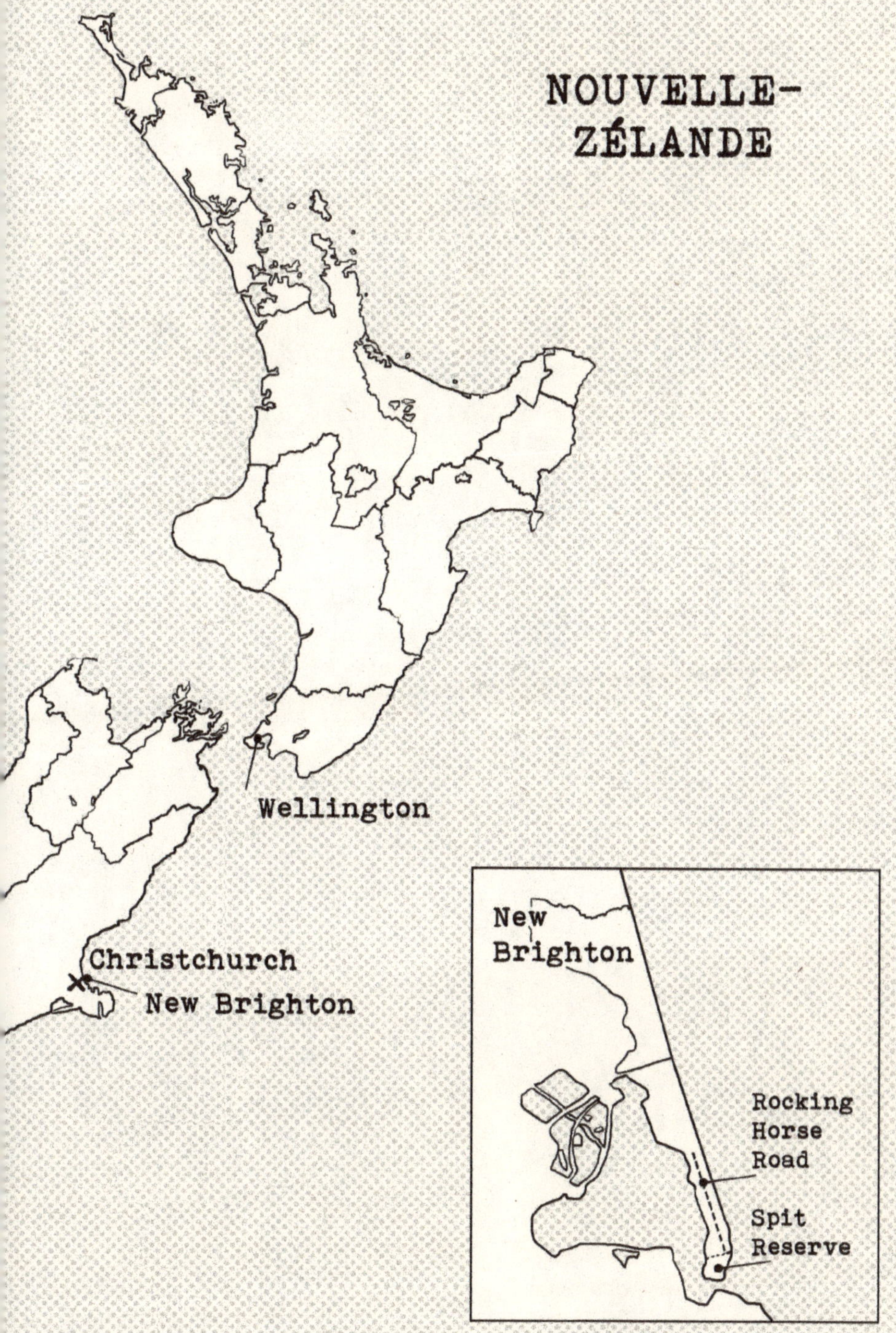
NOUVELLE-
ZÉLANDE
Wellington
Christchurch
New Brighton
New
Brighton
Rocking
Horse
Road
Spit
Reserve

Le passé n'est jamais mort. Il n'est même pas passé.

William Faulkner

Les enfants commencent par aimer leurs parents ; devenus grands, ils les jugent ; quelquefois, ils leur pardonnent.

Oscar Wilde

2001-2013

À un jet de pierre

Le premier soir dans sa maison, Mark, couché sur un matelas dans la salle de séjour vide, écoute les voisins flanquer une raclée à leur fils par les fenêtres ouvertes. Il est presque minuit, mais il fait sûrement encore une vingtaine de degrés, et il n'y a pas l'ombre d'une brise pour brasser l'air chaud.

Au début, il entend seulement leur télé de loin. La musique enjouée d'un générique et des rires enregistrés. Au moment des publicités pour les soldes de fin d'année, quelqu'un monte le volume. Et là, le gamin commence à pleurnicher. Mark n'entend pas exactement ce qu'il dit, mais il semble se plaindre. D'après le son de sa voix, il doit avoir huit ou neuf ans. Maintenant, c'est celle d'une femme, aussi stridente que celle d'un perroquet.

N'ayant encore jamais croisé ses voisins, il ne sait pas à quoi ils ressemblent. La femme – très probablement la mère – ne tarde pas à péter les plombs et lâche une rafale de « Tu vas m'obéir, oui ? », « Tu me fais chier, petit merdeux ! » Sans se démonter, le gamin lui répond en hurlant par-dessus les rires de la télévision. Une voix masculine intervient sèchement. Quelques phrases cinglantes. Le claquement reconnaissable d'une paume sur de la chair.

Bon sang, la moitié du quartier doit les entendre.

Mark roule sur son matelas pour tourner le dos à la maison voisine. De la poussière lui monte dans les narines. Il regarde fixement l'ombre de la cheminée. Une des premières choses qu'il compte faire, c'est la démolir entièrement. Avec un peu de courage, il pourrait même nettoyer les briques et s'en servir pour paver une partie du fond du jardin.

Pendant un moment, le garçon continue tant bien que mal à tenir tête à ses parents. Il répond aux insultes et obscénités que lui lance l'homme. Puis du verre vole bruyamment en éclats. À ce moment-là, le type disjoncte pour de bon. Mark entend une claque violente par-dessus les cris, suivie d'une deuxième. La voix du garçon faiblit jusqu'à ce qu'il ne pousse plus que des sanglots étranglés. Et le silence se fait enfin.

Mark tend quand même une oreille, le regard fixé sur la rosace en plâtre ébréchée du plafond. Il ne perçoit que les bruits banals d'une nuit d'été ordinaire dans une zone pavillonnaire : une télé allumée, une alarme lointaine qui sonne depuis vingt minutes, une voiture de police qui file dans un hurlement de sirène sur l'artère principale, le berger allemand qui aboie trois maisons plus loin en tirant sur sa chaîne.

Il devrait essayer de dormir. La journée sera longue demain. Leurs histoires ne le regardent pas, de toute façon. Dans quelques mois, il aura fini de rénover cette bicoque. Il la revendra puis prendra ses cliques et ses claques. À quoi bon s'en mêler ?

Peu après l'aube, il commence à démolir le mur entre la salle de séjour et le couloir. D'après le rapport du registre foncier, cette maison, qu'il a achetée aux enchères pas plus tard que la semaine passée, a quatre-vingt-trois ans. Ses murs sont en lattis et en plâtre. Le pied-de-biche se plante dans les lattes de bois entre les montants. Les morceaux de plâtre sec se répandent sur le sol dans un épais nuage de poussière blanche.

Au milieu de la matinée, l'air est devenu irrespirable dans la pièce, malgré les fenêtres ouvertes. Il porte un vieux T-shirt, un short de rugby maculé de peinture et des chaussures de sport sans chaussettes. Comme il n'arrête pas de vider sa vieille bouteille de Coca remplie d'eau, il est obligé d'aller aux toilettes toutes les demi-heures. À onze heures et demie, il s'aperçoit qu'il meurt de faim. Pour le petit déjeuner, il a dû se contenter des deux parts rassises de pizza hawaïenne qui restaient du dîner de la veille. N'ayant plus rien à manger, il a prévu de se rendre au supermarché en voiture dans l'après-midi. Il a besoin de provisions pour les prochains jours : du pain, du lait, des œufs. Et puis quelques trucs pour le long terme : du dentifrice, du shampoing, du liquide vaisselle pour laver ses deux casseroles et trois assiettes. Le budget prévu doit lui permettre de tenir les douze semaines de travaux.

Il décide de faire une pause pour le déjeuner. En marchant au soleil jusqu'au café situé à côté du pont, il se frotte la tête pour faire tomber le gros de la poussière qui recouvre ses cheveux. La jeune femme qui tient le comptoir est enceinte jusqu'aux dents. Ses épaisses dreads noires sont négligemment rassemblées sur le sommet de sa tête.

« Sacré problème de pellicules, dit-elle, une lueur malicieuse dans ses yeux foncés.

— Ouais, enfin, c'est du plâtre. »

Il s'ébouriffe les cheveux avec un sourire penaud. D'habitude, il tourne la tête quand il parle à un inconnu, histoire de cacher son œil amoché et le pâle lacis de cicatrices qui l'entoure.

« Et voilà pour vous, chef. »

En lui tendant sa commande, elle lui adresse un sourire qui le laisse sans voix. Il parvient tout juste à articuler un merci.

Son café dans une main, sa tourte dans l'autre, il traverse la route en direction de la berge où il s'assied sur un banc presque entièrement recouvert de graffitis. À proximité de l'estuaire, la rivière est peu profonde, brune et stagnante. Elle dégage des effluves de vase et de sel. En face, quelqu'un a dû lâcher un caddie de supermarché du haut de la berge. Il s'est enfoncé dans la boue, et trois de ses roues émergent du faible courant. Une mouette ne tarde pas à repérer Mark. Bientôt, elles sont une demi-douzaine sur l'herbe à se positionner en criant pour être la première à se jeter sur les morceaux qui pourraient tomber.

Pour la première fois depuis des années, il repense à l'homme qui réapparaissait chez eux de temps en temps à New Brighton quand ils étaient gamins. Celui qui gueulait, râlait et leur courait après pour leur mettre une raclée, à Davey et lui. Le meilleur endroit où se cacher était la pinède du domaine voisin. En général, l'homme ne s'embêtait pas à les chercher au milieu des pins. La plupart du temps, ils y étaient en sécurité.

Lorsque Mark casse un morceau de tourte chaude, la viande hachée manque de se détacher de la pâte. Le plus gros oiseau, le seul goéland marin, s'approche plus vite que les autres et l'observe de ses yeux cerclés de rouge.

« Toi, tu peux aller te faire foutre. »

Il engloutit le morceau de tourte trop rapidement, si bien que la viande lui brûle la langue.

La benne à ordures qu'il a commandée a enfin été livrée. En tournant au coin de sa rue, Mark voit le camion s'éloigner. Sa langue lui fait encore mal à cause de la tourte brûlante.

La benne posée en travers de son allée ressemble à une péniche du débarquement qui se serait trompée de chemin. En passant devant chez ses voisins, il s'arrête. Il n'avait pas encore bien pris le temps de regarder leur maison. C'est un ancien logement social : un cube coiffé d'un toit en tuiles de béton, probablement une location. Tandis qu'il l'observe, un ballon de foot descend l'allée en rebondissant puis roule sur la route. Il s'approche et le sort avec le pied du caniveau. Ce ballon est salement éraflé, et un de ses panneaux hexagonaux ne tient plus qu'à un fil. En gros, il est quasiment fichu. Il est cependant gonflé à bloc. Mark le ramène en dribblant sur le chemin.

Il est rejoint par un garçon maigre au teint pâle d'environ onze ans. Ses cheveux foncés coupés ras lui donnent l'air d'un apprenti délinquant. Ou d'un écolier qui s'est retrouvé la tête couverte de poux. On aperçoit son cuir chevelu blanc aux endroits où la tondeuse a laissé des trous. Malgré la chaleur, il porte un jean et un T-shirt à manches longues.

« Salut », dit Mark.

Le gamin regarde fixement le ballon à ses pieds et marmonne quelque chose.

Il fait une nouvelle tentative.

« Tu joues au foot ?

— Ouais, répond le garçon d'une voix plus forte.

— Dans un club ?

— Non, je joue comme ça, après l'école. »

Mark envoie le ballon en l'air du bout de sa chaussure droite. Il le réceptionne avec la cuisse, le fait rebondir puis le rattrape avec le pied avant de jongler avec. Une, deux, trois, quatre, cinq, six fois. Finalement, il perd le contrôle du ballon qui s'envole en tournant sur lui-même et atterrit dans l'herbe desséchée. Il le récupère et fait une petite passe au gamin.

« C'était cool. Vous pouvez me montrer comment vous faites pour jongler ? »

Mark se gratte le menton et jette un œil à sa maison.

« Une autre fois peut-être. J'ai encore trop de boulot là-bas.

— OK. »

Le gamin paraît résigné, comme s'il s'y attendait.

« Vous allez habiter ici ?

— Juste quelques mois. Quand j'aurai fini de la retaper, je la revendrai. »

Mark voit le garçon observer son œil. Quelquefois, il surprend un enfant en train de le regarder au supermarché ou à la station-service, ou bien il l'entend demander à sa mère embarrassée : « Maman, qu'est-ce qu'il a à l'œil, le monsieur ? »

Heureusement, sa paupière est toujours mobile. Le gamin sursaute en la voyant cligner.

« C'est une vieille blessure de guerre.

— Ah bon ? Vous avez fait la guerre ?

— Nan, c'est une blague. J'ai eu un accident quand j'avais à peu près ton âge.

— Ah.

— Je ferais mieux d'y aller. À la prochaine.

— OK. »

Le garçon lui tourne le dos et s'éloigne en dribblant son ballon en charpie le long de l'allée, puis sur la pelouse devant sa maison où il commence à l'envoyer contre le pied du mur. Quand il ramasse son pied de biche dix minutes plus tard, Mark entend encore le léger écho de l'impact du ballon contre le béton.

L'homme qui les pourchassait, son frère et lui, était leur père, Pat. Mark n'a pas beaucoup pensé à ce salaud ces derniers temps, mais des souvenirs qu'il aurait préféré oublier resurgissent tandis qu'il arrache le revêtement des murs. Bien qu'il ait monté le son de la radio, le baratin de l'animateur n'empêche pas ces images de naviguer dans les méandres de son cerveau.

À l'époque, leur mère était déjà morte, mais tous quatre habitaient encore dans la grande villa délabrée de New Brighton : lui, Davey, leur sœur Sam – et Pat. Après son décès, le vieux a tenu le coup un moment. Il embauchait les adolescentes du quartier pour venir les garder après l'école. Ces baby-sitters étaient censées les surveiller, ou au moins veiller à ce qu'aucun incendie ne réduise la maison en cendres. Enfin, elles étaient surtout là pour s'occuper de Sam qui n'avait qu'un an ou deux. Ce n'était encore qu'un bébé.

Davey et lui étaient rarement à la maison de toute façon. En général, quand le temps était sec ou pas trop froid, ils prenaient un ballon de foot, leurs cannes à pêche ou les harpons à anguille qu'ils s'étaient fabriqués, et disparaissaient dans la réserve par le portail de la palissade. Les autres jours, chacun rejoignait sa bande de copains. Ils traînaient dans les rues où ils tentaient de trouver de quoi s'amuser, changeant de jeu dès qu'ils sentaient venir l'ennui. Ils rentraient toujours le plus tard possible.

Les baby-sitters de Sam ne restaient jamais longtemps. Pat n'avait sans doute pas les moyens de les rémunérer correctement ; en tout cas, il ne les payait pas assez pour qu'elles viennent plus de quelques semaines. Quand il n'en a plus trouvé une seule, il a embauché madame Sullivan. Contrairement aux adolescentes, elle avait le mérite de préparer le dîner. Pendant presque un an, la famille a mangé autre chose que des spaghettis en conserve, des œufs pochés et du gratin de macaronis. Mais un jour, madame Sullivan a appris qu'elle était enceinte. Son mari et elle sont alors partis s'installer dans une maison plus grande d'un quartier mieux réputé de la ville.

Leur père, qui avait l'habitude de vider quelques verres deux ou trois fois par semaine, s'est mis à boire tous les soirs. Il commençait au pub dans l'après-midi après avoir fini son boulot au futur lotissement. Quand il rentrait à la maison, parfois avec son associé, mais seul la plupart du temps, il s'asseyait devant la télévision et continuait à boire. Les bouteilles de bière s'alignaient à ses pieds tels des petits chiens bruns alertes et obéissants. L'alcool rendait le vieux bavard. Lorsque Mark lui apportait son dîner sur un plateau, Pat disait toujours : « T'es le meilleur, gamin. » Ensuite, il le bassinait avec les idées qu'il avait pour développer son entreprise. Bientôt, les terrains du lotissement se vendraient *comme des petits pains* et la famille pourrait emménager dans une grande maison neuve. L'avenir regorgeait toujours de piscines, de Ford Falcon V8, de vacances à l'étranger. Le vieux était un grand baratineur.

Certains soirs, la bouteille prenait Pat par la main et l'entraînait dans un endroit sombre. C'était comme s'il revêtait un masque. Pas un vrai, juste un rictus rigide comme du cuir qui déformait son visage. Davey s'efforçait de maintenir la paix quand il le voyait apparaître. Il jouait les joyeux lurons. Quand le vieux grognait : « Et que ça saute ! », il demandait « Jusqu'où ? »

En revanche, le masque rendait Mark téméraire, presque inconscient. Il ne pouvait pas s'empêcher de le provoquer, de le pousser à bout.

Quand la crise s'était calmée, souvent au bout de plusieurs heures, il rentrait discrètement à la maison. À ce stade, leur père cuvait sur son lit ou sur le canapé, dans les vapes.

Mark et Davey en profitaient pour ramasser les morceaux de verre, ou pour nettoyer le mur du salon contre lequel s'était écrasée une assiette pleine. Le lendemain, quand Pat émergeait enfin, il était toujours joyeux. Tout était oublié. Il proposait de les emmener au cinéma. Au dîner, il y avait du *fish and chips* ou du poulet du KFC, et comme dessert, des Boston buns avec une couche de glaçage d'un demi-pouce. En général, il ne buvait plus pendant quelques jours après une grosse cuite.

Mark pousse un grognement et tire plus fort sur le pied-de-biche.

Aujourd'hui, le vieux vit sur la côte dans l'ancien bungalow de ses parents à Shingle Bay, de l'autre côté de la péninsule, en face de Kaipuna. Apparemment, il s'occupe de l'entretien du lycée local. Si Mark est au courant, c'est parce que Sam est toujours en contact avec ce con. De temps en temps, elle descend de Wellington, où elle habite avec son mari et ses enfants, pour lui rendre visite.

Si ça lui fait plaisir, pense-t-il en s'attaquant à un nouveau pan de lattis et de plâtre qui s'effrite en couvrant ses vieilles baskets de poudre blanche. *Pour ce que j'en ai à foutre.*

Le samedi matin suivant, il sort vérifier le courrier après le petit déjeuner. Quelques lettres réacheminées ont commencé à arriver. Il a été efficace cette semaine. Les travaux avancent plus vite que prévu. Le gamin d'à côté n'a pas reçu de nouvelle raclée. En tout cas, il n'a pas entendu grand-chose, juste quelques haussements de ton. Apparemment, il y a aussi un bébé dans la famille. Des combinaisons et des couches lavables sont suspendues au fil à linge visible au-dessus de la palissade à travers la fenêtre de sa cuisine. Il a aperçu la tête du garçon plusieurs fois par-dessus les planches. Comme il a fait semblant de ne pas le remarquer, le gamin a fini par se lasser et partir.

Mark est toujours planté devant sa boîte aux lettres lorsqu'il remarque sa mère au bout de l'allée voisine. Il est trop tard pour faire comme s'il ne l'avait pas vue.

« Salut, dit-elle. Comment ça va ? »

Elle jette sa cigarette dans les buissons et se dirige tranquillement vers lui en le détaillant de la tête aux pieds. Petite et mince, elle porte un jean noir moulant et un débardeur. Il la voit remarquer son œil amoché.

« Bien, merci. »

La mère de ce gamin est étonnamment jeune, elle ne doit pas avoir plus de la vingtaine. Sa voix lui donne cependant l'air plus âgé.

« Bonne année, dit-elle.

— Merci, à vous aussi.

— Vous avez passé un bon Noël ?

— Tranquille. »

Il a reçu un appel de Sam et une carte de Davey qui n'est arrivée qu'avant-hier. À part ça, il a passé la majeure partie de la journée à remplacer le ballon d'eau chaude.

Elle agite la tête en direction de la benne pleine.

« Vous faites des travaux ?

— Ouais.

— Vous allez habiter ici ?

— Non, je vendrai la maison quand j'aurai fini, ou peut-être que je la louerai pendant quelque temps. On verra. »

Elle porte une quantité faramineuse de maquillage pour un samedi matin. Dans la lumière vive du soleil, son visage presque orange n'a pas la même couleur que son cou. Ses cheveux sont longs, raides et teints en noir, tandis que ses sourcils, dont il ne reste presque rien, sont redessinés au crayon. Elle arbore un petit tatouage en haut du sein gauche, une rose rouge au bout d'une tige épineuse d'où tombe une goutte de sang. Mark fait un gros effort pour ne pas le regarder fixement.

« Ça vous dérange si j'y jette un œil ? »

Après des journées entières sans voir personne, il est incapable de trouver une excuse plausible. La partie de son cerveau chargée de faire la conversation fonctionne au ralenti.

« Allez-y. »

Tandis qu'ils suivent le chemin le long de la maison, le garçon les rejoint discrètement. Dieu sait où il se cachait. Aujourd'hui, il porte un T-shirt et un short. Ses bras et ses jambes paraissent couverts d'anciens bleus décolorés, mais ça pourrait aussi bien être la crasse de la veille. Mark les conduit vers l'arrière de la maison où il vient de finir d'installer des portes-fenêtres.

« Plus tard, je monterai une terrasse ici.

— Ce sera chouette avec une table et des chaises pour y prendre le petit déjeuner.

— Ouais. C'est l'idée. »

Tous trois entrent dans le salon à la queue leu leu. Finalement, c'est sympa de la faire visiter. Mark prend conscience de tout le travail abattu et du beau boulot qu'il aura accompli à la fin des rénovations. Tout l'arrière a été entièrement transformé. Vestige des années cinquante, l'ancienne cuisine exiguë encombrée de placards, qui était séparée de la salle de séjour par un couloir, est à présent une grande pièce ouverte.

« Au fait, je m'appelle Mark. »

Elle, c'est Sheree.

« Avec trois E. Et voici mon fils, Levi.

— Ouais, on s'est déjà rencontrés. »

Elle lance un regard glacial au gamin qui traîne derrière eux près de la porte.

« Il ne vous a pas dérangé, j'espère ?

— Non. On a discuté foot. »

Elle se détend aussitôt.

« Tant mieux. Parce qu'il n'arrête pas de s'attirer des ennuis à l'école. »

Levi la fusille du regard puis passe devant eux d'un pas raide et disparaît dans le couloir qui mène à l'avant de la maison.

« Si tu touches à quelque chose, tu vas voir ! »

Elle secoue la tête en regardant Mark.

« Les garçons, je vous jure.

— Si vous le dites.

— Vous avez des enfants ?

— Pas que je sache. »

Quelle blague ringarde. Il se sent aussitôt bête. Mais Sheree glousse comme une adolescente de quatorze ans à sa première boum.

« Levi s'est bagarré plusieurs fois à l'école récemment. On ne sait plus quoi faire de lui, Glen et moi.

— Glen ?

— Mon compagnon. Il fait les trois-huit, alors la plupart du temps, je dois me débrouiller toute seule avec Levi. À mon avis, son maître ne sait pas s'y prendre avec lui. »

Mark se demande si la bonne façon de *s'y prendre*, selon elle, c'est de le tabasser jusqu'à ce que même sa voix soit meurtrie. Il pourrait lui en toucher un mot, mais à quoi ça servirait ? La discussion s'envenimerait à coup sûr, et tout ce qu'il récolterait, c'est une volée d'insultes.

« Vous faites ces travaux tout seul ? »

Levi étant sorti de la pièce, elle se rapproche brusquement et lève les yeux vers lui. La rose tatouée se soulève et s'abaisse sous son nez.

« Ouais. À part l'électricité.

— Vous savez en faire, des choses. »

Elle tâte le haut de son bras.

« C'est votre métier ?

— En ce moment, ouais. »

Voyant qu'elle attend une réponse plus détaillée, il ajoute :

« J'ai été pilote de montgolfière à une époque, je promenais des touristes. Puis j'ai habité en Angleterre quelques années.

— C'est vraiment cool. Pourquoi vous avez arrêté de piloter des montgolfières ?

— C'était un peu répétitif. »

Il n'a aucune envie de lui expliquer la vraie raison.

« Ouais. Évidemment. Vous êtes du coin ?

— Non, j'ai grandi à Christchurch. Je m'arrête partout où je tombe sur une affaire.

— Vous devez souvent manquer de compagnie.

— Ça me va. »

Levi revient dans la pièce en portant quelque chose dans ses mains. Mark devine immédiatement ce que c'est, mais Sheree met quelques secondes à comprendre. Lorsqu'elle laisse échapper un cri étranglé, son fils sourit de toutes ses dents.

« Je l'ai trouvé à côté. »

C'est le chat momifié que Mark a exhumé du vide sanitaire sous le plancher de la chambre, le troisième jour. Dieu sait combien d'années il a passées là ; suffisamment en tout cas pour qu'il n'en reste que du cuir et des poils.

« Lâche ça tout de suite ! crie sa mère. C'est dégoûtant.

— Ça ne craint rien, dit Mark. Le corps de cette bestiole est complètement desséché. »

Les orbites de ses yeux sont vides, la grimace figée de ses babines retroussées révèle deux rangées de dents jaunes acérées et ses moustaches sont aussi raides que du fil de fer. C'était sûrement un gros chat, car il pèse encore étonnamment lourd.

« Je peux le garder ? »

Mark devine que Sheree balance entre le dégoût et l'envie de passer pour une mère large d'esprit.

Elle esquisse finalement une moue.

« C'est hors de question. De toute façon, il ne t'appartient pas, Levi.

— Il peut le garder. Ça m'est égal. J'aurais probablement fini par le jeter dans la benne. »

Mark a conscience de la chercher, mais il ne peut pas s'en empêcher.

C'est seulement la deuxième fois qu'il voit Levi sourire, et son visage est transformé. Ce n'est plus celui d'un gamin qui file la frousse aux vieilles dames, mais d'un enfant presque beau. Levi n'attend pas que sa mère proteste.

« Merci ! crie-t-il en se dirigeant vers une des portes-fenêtres, le chat dans les mains. Je vais le montrer à Caitlin. »

Mark l'aperçoit au moment où il passe en courant devant la fenêtre de la cuisine. Sa tête et celle du félin momifié sautillent un instant au-dessus du rebord.

« Désolé, c'est assez dégoûtant.

— Nan, c'est bon. »

Sheree est manifestement agacée.

« Les garçons de son âge adorent les trucs flippants.

— Bon, je ferais mieux d'y aller. La petite est sans doute réveillée.

— Il s'en lassera sûrement d'ici un jour ou deux. Ensuite, vous n'aurez qu'à le jeter dans la benne. »

Elle lui lance un regard dédaigneux et disparaît.

Ce soir-là, il continue à travailler tard dans la chaleur étouffante. Sous son bleu, de la sueur lui coule le long du dos. Il a suspendu la baladeuse branchée à une rallonge au sommet de l'échelle sur laquelle il est perché. Les voisins recommencent à se bouffer le nez. La dispute démarre lentement, comme un vieux moteur. Sans meubles, son salon est une vraie caisse de résonance. Un premier cri de colère éclate. Puis une porte claque. Cette fois, c'est le cadavre de chat qui est à l'origine du conflit.

« Pas question que cette saleté traîne dans ma maison ! » hurle Sheree.

Levi la traite aussitôt de sale conne et de grosse vache.

Le bébé se met à pleurer.

Mark espère vraiment que le type, Glen, est déjà parti travailler. Cette pensée lui a à peine traversé l'esprit qu'il entend sa voix grave et grondante. Pas de bol, il est encore là.

À l'aide de son marteau, Mark continue à arracher les clous des murs à un rythme de plus en plus régulier en faisant de son mieux pour ne pas les écouter. Il se concentre sur le son du métal qui s'extrait du bois. Peu à peu, ce frôlement devient un bruit de pas sur des aiguilles de pin.

Il courait à travers la pinède dans l'obscurité. C'était une nuit froide et pluvieuse. Juste derrière lui montaient des cris furieux, et le rayon d'une lampe torche balayait les troncs d'arbre. Il ne voyait pas où il allait, mais il accéléra. Il avait bien cru qu'ils étaient fichus quand le portail de la palissade s'était coincé. Heureusement, il avait réussi à se glisser par l'entrebâillement, juste derrière Davey. Son frère avait filé quelque part vers la gauche. Il l'entendait encore quelques secondes plus tôt mais à présent, il n'y avait plus que le bruit de ses pas rapides sur les aiguilles de pin humides et son souffle rauque. Il risqua un coup d'œil par-dessus son épaule. C'est alors qu'un éclair rouge jaillit comme une chandelle romaine sous ses paupières.

En se réveillant étendu sur le dos, il sentit qu'il avait passé un moment évanoui, mais combien de temps exactement ? Il regarda les nuages sombres au-dessus de lui qui masquaient en partie la lune presque pleine. Il essaya de fixer son regard sur ce morceau de sphère pâle, mais il n'arrêtait pas de bouger et de se voiler. Quand il approcha une main de son visage et le tâta, il sentit une boursouflure grumeleuse autour de son œil gauche.

Du bout de l'index, il explora la zone avec précaution. Sa peau était insensible et spongieuse, comme un ballon de baudruche à moitié rempli d'eau. Le bout de son doigt s'enfonça sous un lambeau. Lorsqu'il le regarda, il lui parut noir sous le clair de lune. Au bord du malaise, il se rallongea. De grosses gouttes de pluie s'écrasaient sur les aiguilles de pin près de sa tête. Il entendait le vent nocturne agiter la cime des arbres.

Finalement, il aperçut Davey qui se dirigeait vers lui à travers l'obscurité en chuchotant son nom d'une voix désespérée.

Mark sursaute. Quelque chose vient de heurter bruyamment le côté de sa maison. Éclairé par la lampe qui se balance à son crochet, il descend de l'échelle et sort dans la nuit chaude. Le type d'à côté continue de hurler tandis que le bébé pleure. Au début, il ne voit pas ce qui a percuté le mur, mais dans la lumière de la fenêtre de la cuisine, il finit par repérer le chat momifié au milieu des mauvaises herbes. Il se penche et le ramasse. Le gamin est bon pour une nouvelle raclée. *Vlan!* C'est reparti. Levi laisse échapper le hurlement d'un animal sauvage pris dans un piège.

Le lourd cadavre du chat dans une main, Mark escalade la palissade. Les pieds sur la barre du bas, les cuisses pressées contre le bois, il parvient à trouver l'équilibre sans se tenir. La fenêtre éclairée de la cuisine des voisins se trouve juste en face, si bien qu'il voit tout ce qui s'y passe.

Le type, en boxer et débardeur, est planté au milieu de la pièce et lui tourne le dos, un bout de tuyau d'arrosage à la main. Quant à Levi, il est recroquevillé sur le sol. Mark regarde son père lever le bras puis entend le claquement du tuyau qui s'abat sur lui.

Des deux mains, il lève le chat au-dessus de sa tête et le lance de toutes ses forces en direction de la fenêtre. La vitre vole en éclats, la momie emporte la pile d'assiettes posée sur le plan de travail, rebondit sur le sol et heurte l'arrière de la jambe du type. Celui-ci fait un bond en arrière, les yeux écarquillés. Il pivote sur lui-même d'un air hébété en essayant de comprendre ce qui s'est passé. La mère du gamin entre comme une furie dans la pièce en exigeant de savoir qui a cassé la vitre. Elle s'arrête net quand elle découvre le chat mort. Le mec et elle contemplent sa cage thoracique enfoncée, ses crocs dénudés, les orbites blanches et sèches de ses yeux.

Levi en profite pour s'éclipser.

Lorsque le voisin jette enfin un coup d'œil à travers la vitre cassée, Mark est déjà rentré. Il sait bien que c'était idiot de faire un truc pareil, et que son geste ne changera probablement rien au sort du gamin. Mais ça valait quand même le coup de voir la tête du type au moment où il a découvert le projectile. Mark sourit au milieu de son salon plongé dans l'obscurité. Qui sait, peut-être que la prochaine fois qu'il voudra s'en prendre à son gosse, ce salaud se rappellera la sensation du cadavre du chat heurtant l'arrière de sa jambe et l'expression de sa gueule morte. Il aura de quoi y réfléchir à deux fois.

Presque un mari

L'histoire que je m'apprête à vous raconter est arrivée il y a des années, en 1981. À l'époque, j'étais encore une jeune femme assez naïve. J'y ai repensé ces derniers temps, sans vraiment comprendre pourquoi, si ce n'est que mon mari et moi célébrons notre dixième anniversaire de mariage le mois prochain.

À l'origine, nous avions prévu ce voyage aux sources chaudes de Hanmer pour fêter mes vingt-deux ans, mais comme Pete De Bruin, mon fiancé de l'époque, avait trop de travail à son cabinet d'avocats, le séjour avait été reporté deux fois. Bientôt, mon anniversaire n'a plus été qu'un lointain souvenir. En fait, lorsque nous avons enfin réussi à nous rendre à Hanmer, Pete et moi n'étions plus qu'à six semaines de notre mariage printanier. J'avais déjà choisi ma robe et envoyé les faire-part.

Bien entendu, nous y sommes partis avec sa voiture, un modèle ancien de je ne sais plus quelle marque. Il en était si fier qu'il ne laissait jamais passer une occasion de la conduire, surtout pour voir du pays. À cause de la cire qu'il appliquait sur les sièges en cuir chaque dimanche, l'habitacle était toujours imprégné d'une odeur aigrelette, comme celle des noix légèrement rances.

Pete avait promis de nous réserver une chambre dans un bel hôtel à proximité des sources chaudes. Mais à notre arrivée, j'ai découvert qu'il avait finalement choisi un terrain de camping noyé dans l'ombre des collines, au bord de l'exploitation forestière située au bout de la ville. Les murs de la maisonnette qu'il avait louée étaient faits de parpaings badigeonnés de blanc cassé. La minuscule cuisine était équipée d'une bouilloire en panne et d'une table en Formica ébréché.

Je revois Pete allongé au milieu du matelas, les yeux rivés sur l'écran de la petite télévision installée dans un coin de la pièce, à une dizaine de centimètres du plafond. Le lit de la chambre était si grand qu'on pouvait à peine se déplacer autour. Pete ne portait plus que son slip kangourou blanc. C'était un homme bien bâti – solide, pourrait-on dire. Sa taille était aussi large que ses épaules, tandis que ses cuisses pâles étaient énormes. Le soir où nous nous étions rencontrés à un barbecue chez une personne que je connaissais vaguement, il m'avait raconté qu'il avait été cycliste de haut niveau à l'adolescence. D'après lui, c'était tout ce pédalage qui avait développé les muscles de ses cuisses. Comme c'était l'été, il portait un short, alors que la plupart des invités avaient opté pour un pantalon léger, plus habillé. Il avait retroussé les bords, contracté ses muscles pour me le prouver, puis m'avait expliqué qu'il avait laissé tomber le cyclisme après avoir découvert que les sélectionneurs avaient leurs préférés. Autrement dit, il n'avait aucune chance d'être choisi.

Je l'ai observé, étendu sur le lit, en essayant d'évaluer son humeur.

« J'irais bien aux sources chaudes. Elles ne ferment pas avant vingt heures. »

Pete n'a pas décollé les yeux de la télévision.

« Bof, ça me dit rien ce soir.

— Je pensais que ce serait sympa. »

J'ai ouvert le rideau de la fenêtre et regardé dehors. De toute évidence, la plupart des autres logements étaient libres. La lumière hivernale faiblissait déjà et tous les arbres du terrain de camping étaient nus. Les emplacements réservés aux tentes et aux caravanes étaient vides. Près du bureau du gérant, deux garçons jouaient avec un pneu suspendu à une branche par une corde. Apparemment, cette balançoire n'avait plus grand intérêt à leurs yeux. Ils la poussaient mollement sans prendre la peine de grimper dedans.

« Ce serait tellement agréable de se plonger dans un de ces bassins d'eau chaude, ai-je insisté sans me détourner de la fenêtre.

— Je viens de te répondre que ça me disait rien. Commence pas à me casser les pieds. Tu sais bien que je déteste quand tu fais ça.

— Je vais peut-être y aller toute seule dans ce cas.

— Comme tu veux, je m'en cogne. »

Je m'en suis voulu de l'avoir agacé.

Comme il ne laissait jamais personne conduire sa voiture, je suis partie à pied, mon maillot de bain enroulé dans une serviette sous le bras. J'ai pris la longue route sinueuse qui longeait la plantation de pins puis le terrain de golf. Les sources se trouvaient encore plus loin que je le pensais. La nuit était tombée, et il n'y avait pas le moindre lampadaire.

La plupart de mes disputes avec Pete ressemblaient à celle-ci. Lorsque j'insistais pour obtenir quelque chose, il s'énervait. Si je m'entêtais un peu trop, il devenait tout rouge et finissait par jurer. Après chaque querelle, je me réprimandais en me promettant d'être moins têtue à l'avenir, d'essayer de mieux comprendre son point de vue. Pete était mon premier vrai petit ami. J'étais sincèrement convaincue que les tensions s'apaiseraient entre nous après le mariage.

J'ai senti l'odeur des sources bien avant de les atteindre. Plusieurs immenses conifères poussaient près de l'entrée. Bien que leurs troncs soient éclairés, leurs plus hautes branches disparaissaient dans l'obscurité. Après avoir payé mon ticket, je me suis dirigée vers le vestiaire en passant devant les trois grands bassins circulaires creusés dans le sol. Sans les lumières qui éclairaient l'eau des piscines et celles cachées dans les buissons le long des chemins, tout le complexe aurait été plongé dans l'ombre. L'air était suffisamment froid pour qu'un voile de vapeur épaisse forme de lents tourbillons au-dessus de l'eau. À l'intérieur de ce nuage, les rares courageux qui se baignaient toujours une heure avant la fermeture paraissaient aussi lisses que des statues romaines extraites du fond de la mer, le visage poli par le temps, le sable et les courants.

J'ai enfilé mon maillot de bain dans le vestiaire désert. Quand je suis ressortie, j'ai senti le froid mordant de l'air sur ma peau nue. Une main sur la rampe, j'ai descendu les marches du premier bassin sur mon chemin à travers la vapeur. L'eau était si chaude que j'ai dû m'arrêter en attendant que cette sensation devienne supportable. Arrivée en bas, j'ai plié les genoux puis, tout doucement, centimètre par centimètre, je me suis accroupie jusqu'à ce que l'eau me lèche les épaules.

Un banc immergé faisait tout le tour de la piscine. J'ai avancé jusqu'à lui et me suis assise le dos contre le mur. De petites poussières noires semblables à des fragments de parchemin brûlé flottaient dans l'eau. Nous n'étions qu'une demi-douzaine de baigneurs. D'instinct, nous nous étions installés à intervalles réguliers le long du mur. À ma gauche, j'apercevais un couple asiatique, des jeunes mariés peut-être, assis épaule contre épaule. À ma droite se trouvait une femme aux longs cheveux foncés qui pendaient dans l'eau. En face de moi, une très vieille dame coiffée d'un bonnet de bain blanc en caoutchouc se détendait, les yeux fermés. Tous apparaissaient et disparaissaient de mon champ de vision au gré des mouvements de la vapeur.

Tandis que la chaleur pénétrait mon corps, je suis restée assise un long moment en essayant de ne penser à rien. Finalement, mon cuir chevelu a commencé à me démanger, et j'ai brusquement ressenti un sentiment de claustrophobie. Je me suis relevée, de l'eau jusqu'à la taille, et retournée afin de poser les avant-bras sur le bord en béton alvéolé de la piscine. J'ai regardé la vapeur s'élever de ma peau. L'air froid était rafraîchissant à présent.

Soudain, j'ai ressenti une piqûre violente au poignet. J'ai poussé un petit cri et me suis mise à pleurer comme une idiote.

« Est-ce que ça va ? a demandé la femme aux longs cheveux bruns qui s'était approchée.

— Je crois que je viens de me faire piquer par une abeille.

— Montrez-moi ça. »

Elle a doucement soulevé mon bras et l'a retourné pour examiner mon poignet.

« Le dard est encore là. »

Elle a passé le bout de l'ongle sur mes veines bleutées que l'eau chaude avait rendues plus visibles. Quand elle me l'a montré, j'ai découvert ce qui ressemblait à un petit cœur blanc encore battant glissé sous son ongle. Je me suis sentie nauséeuse.

« Vous n'avez pas lu les panneaux ? »

Suivant son geste du regard, j'ai aperçu les mots Attention aux abeilles : elles piquent ! inscrits en caractères rouges sur le dossier d'un siège proche.

« Non, je n'avais rien vu du tout. »

C'était moi tout craché. Pete disait souvent que je vivais trop dans mes pensées, que j'étais aveugle aux détails importants. S'il m'avait accompagnée, il m'aurait montré les pancartes tout de suite et je n'aurais pas été piquée.

D'une pichenette, la femme s'est débarrassée du cœur miniature qui est tombé sur le sol. Au lieu de s'éloigner, elle s'est enfoncée dans l'eau, le dos au mur, les yeux fermés, jusqu'à ce que ses cheveux flottent à la surface. Elle devait avoir une dizaine d'années de plus que moi.

Je me suis assise à côté d'elle, le bras hors de l'eau, et j'ai tenté d'oublier ma mésaventure malgré les élancements dans mon poignet. De temps en temps, je le pressais contre mes lèvres pour soulager la douleur. La nuit avait dû se refroidir car la vapeur semblait s'être encore épaissie. Je ne voyais plus rien au-delà de ma voisine et de la petite étendue d'eau éclairée autour de nous. Même la vieille femme au bonnet blanc avait disparu.

« Merci pour votre aide.

— Pas de problème, a-t-elle murmuré d'une voix d'enfant ensommeillé.

— D'où venez-vous ?

— De Christchurch. Mais j'ai fugué. »

J'ai ri bêtement en croyant qu'elle plaisantait. Comme elle se taisait, j'ai demandé : « Qu'est-ce que vous voulez dire ? »

Elle a ouvert les yeux, tourné la tête vers moi et soupiré.

« Vous êtes trop jeune pour comprendre. »

Évidemment, c'était vexant.

« Je ne suis pas si jeune que ça. Je suis même déjà fiancée.

— C'est vrai ?

— Oui. »

Le silence qui a suivi a duré si longtemps que j'ai cru qu'elle m'avait oubliée. Finalement, le regard perdu dans l'épais brouillard qui rampait sur l'eau, elle a commencé à me raconter sa vie. Le dos calé contre le mur, je l'ai écoutée. Je n'ai pas prononcé un mot, consciente qu'elle n'attendait aucune réaction de ma part.

Elle m'a parlé de ses deux fils et de l'homme avec qui elle était mariée. Elle avait aussi une fille encore bébé. Son mari buvait. Il avait investi toutes leurs économies dans une entreprise qui construisait des maisons au bord d'une plage. Elle était convaincue que ce serait un échec. En plus, elle avait récemment découvert qu'il couchait avec une autre femme. Certains jours, elle n'arrivait plus à se sortir du lit.

Je ne vais pas prétendre que chaque détail de son récit est encore frais dans ma mémoire. Mais je me souviens de sa voix, de son intonation, même si j'ai oublié le sens exact de ses paroles. C'était étrange qu'elle se confie ainsi à moi, une inconnue, avec une telle sincérité. Mais après y avoir longuement réfléchi, je suis arrivée à la conclusion que ce n'était pas à moi qu'elle parlait, du moins pas vraiment. Je me suis trouvée là alors qu'elle essayait de mettre de l'ordre dans ses pensées. L'atmosphère qui régnait n'y était pas pour rien. Je suis certaine qu'elle ne se serait jamais livrée de cette façon si nous avions été assises côte à côte dans un bus, par exemple, ou sur le banc d'un parc. Le brouillard et l'eau qui nous couvraient jusqu'aux épaules protégeaient en quelque sorte notre anonymat.

« Où comptez-vous aller ? » ai-je demandé lorsque j'ai été certaine qu'elle avait terminé.

Elle a tourné la tête vers moi, les sourcils froncés, comme si elle se demandait qui j'étais et pour quelle raison je lui parlais.

« Que voulez-vous dire ?

— Vous m'avez expliqué que vous aviez fugué.

— Non, a-t-elle répondu si bas que j'ai failli ne pas l'entendre. C'était juste un rêve. Mon mari m'a amenée ici pour le week-end. Il pensait que ça me remonterait le moral.

— Oh. Alors vous allez rentrer chez vous ?

— Bien sûr. Je ne vois pas ce que je pourrais faire d'autre. »

J'aurais pu lui demander où elle logeait et lui proposer de prendre un café après la fermeture de la piscine. Mais elle avait raison, j'étais très jeune. Je m'en rends compte maintenant. Finalement, je me suis levée et lui ai souhaité bonne chance, en toute sincérité.

J'ai retraversé le bassin jusqu'à l'escalier, remonté les marches et je me suis dirigée vers la rambarde sur laquelle était posée ma serviette. En me retournant, j'ai aperçu ses cheveux foncés à travers le brouillard. J'ai quitté le complexe sans la recroiser, et je ne l'ai plus jamais revue.

Je suis lentement rentrée au camping en réfléchissant dans l'obscurité. Pete ne se trouvait plus dans la maisonnette à mon arrivée. Sa précieuse voiture avait également disparu de notre place de parking. J'ai supposé qu'il était parti dîner en ville sans moi, afin d'enfoncer le clou, de me rappeler qui commandait. C'était le genre de crasse puérile dont il était capable.

Je suis retournée dans la chambre et j'ai fait ma valise. Le gérant n'était pas dans son bureau, mais son fils, un jeune homme séduisant qui avait à peu près mon âge, m'a montré les horaires de car que son père affichait sous le verre du comptoir.

Le dernier pour Christchurch partait dans une demi-heure. Comme il était trop tard pour me rendre en ville à pied, il a gentiment offert de me déposer à l'arrêt. J'ai accepté, séduite par son visage ouvert et sympathique et par son humour pince-sans-rire. J'ai grimpé dans le car juste quelques minutes avant son départ.

Lorsque Pete a appelé chez mes parents le lendemain, ma mère lui a annoncé que le mariage était annulé. Convaincue depuis le début qu'il ne me rendrait pas heureuse, elle a déclaré d'un ton ferme :

« Cathy a changé d'avis. »

Depuis le couloir, je l'ai entendue ajouter qu'elle lui serait reconnaissante de cesser de m'importuner une bonne fois pour toutes.

Hormis les quelques soirs où j'ai cru entendre le moteur de sa voiture dans notre rue, je n'ai plus jamais été importunée par Pete De Bruin, ni par aucun homme comme lui.

Quelque chose d'ancien, quelque chose de neuf

Une carte dessinée à la main était imprimée au dos du faire-part de mariage, mais j'avais quand même fini par me perdre sur les étroites routes de l'arrière-pays, au nord d'Oamaru. Nous avions traversé la majeure partie du South Canterbury en filant sur des tronçons d'autoroute parfaitement droits, portés par le vent chaud du nord-ouest. Assise à côté de moi, Lisa était de toute beauté dans sa robe d'été bleu clair. De sa voix calme et sérieuse, elle me parlait de son enfance. Elle m'a raconté l'origine de sa petite cicatrice au genou, le divorce de ses parents et le harcèlement subi à l'internat où elle avait passé quelques années dans le Nord, à Auckland. Sa mère s'était remariée, et on venait de lui diagnostiquer une arthrose des hanches.

J'ai pensé que tout ça ne cassait pas trois pattes à un canard, mais j'ai gardé le silence parce que nous ne sortions pas ensemble depuis très longtemps, deux ou trois semaines seulement. Nous apprenions encore à nous connaître.

La carte était devenue moins fiable depuis que nous avions quitté l'autoroute. Elle n'était pas à la bonne échelle, mais ce n'était pas le plus gros problème : il manquait la moitié des panneaux aux intersections. Soit des touristes les avaient piqués en guise de souvenirs, soit il n'y en avait jamais eu. À mon avis, la plupart des gens qui empruntaient ces routes savaient où ils se trouvaient sans l'aide de panneaux.

J'ai ralenti en atteignant une nouvelle petite route anonyme.

« Fait chier. »

Comme Lisa me regardait bizarrement, j'ai compris que j'avais parlé plus fort que je le pensais.

« Désolé. Le vent du nord-ouest me met toujours à cran.

— Nous n'avons qu'à sonner chez quelqu'un. »

Tout était parfait chez elle : son maquillage, ses cheveux blonds, ses épaules bronzées.

« Dans le sud de la France, en Provence, je crois, ce type de vent s'appelle le mistral. »

Elle m'avait déjà raconté qu'elle avait étudié là-bas pendant un an.

« C'est vrai ?

— Les gens de la région pensent qu'il peut rendre fou. On se serait même servi de cet argument pour défendre des personnes accusées de meurtre. »

Voulant me faire pardonner ma grossièreté, j'ai déclaré avec un horrible accent français : « "Désolé, votre honneur, mais c'est la faute du vent si je l'ai battu à mort." Quelque chose comme ça ? »

Elle a poussé un petit gloussement qui l'a fait paraître encore plus jeune.

« *Oui.* »

Depuis un bon moment, nous roulions sur une route sans marquage, bordée au nord par une haute haie de cyprès. On avait dû la tailler récemment, car l'herbe du bas-côté était recouverte d'un tapis de chutes vertes semblable à un lit d'asperges. En attendant, j'ignorais toujours s'il s'agissait bien de la longue route dessinée sur le faire-part.

Lisa a regardé sa montre.

« Il ne faudrait pas qu'on arrive en retard à la cérémonie. Arrêtons-nous à la prochaine maison pour demander le chemin.

— Ça ne fera que renforcer les préjugés de ces campagnards contre les citadins.

— Tu n'as pas le droit d'être en retard au mariage de ta sœur. »

La chance a fini par nous sourire. Environ une minute plus tard, j'ai aperçu les piliers en pierre d'un portail auquel étaient attachés trois ballons jaunes que le vent chaud et sec tentait d'emporter. Le nom de la ferme était gravé sur une plaque en laiton : *TAHUNA*.

L'air soulagé, Lisa a pointé un ongle rose vers la grande maison construite sur une légère élévation, soudain impossible à manquer à travers les arbres.

« Nous y sommes.

— Finalement, nous allons nous pointer en avance.

— Mais non.

— Il reste plein de temps avant la cérémonie.

— Un quart d'heure.

— Un siècle, tu veux dire. »

Elle a compris que je plaisantais et cessé de froncer les sourcils.

J'ai suivi les panneaux plantés le long d'une allée bordée de vieux chênes jusqu'à un champ derrière la maison où une quarantaine de voitures étaient déjà stationnées. Nous avons fait le tour de la grande demeure en direction de la pelouse. Le bâtiment était immense et sentait l'aristocratie paysanne à plein nez – à première vue, murs de briques en triple épaisseur, large véranda sur deux côtés, trois grands pignons et au moins cinq cheminées. Devant la maison, une centaine de personnes en costumes et robes d'été flânaient sur la pelouse qui descendait en pente douce vers un petit lac. Un trio à cordes s'était installé à l'ombre d'un arbre. Tous les invités bavardaient, une flûte de champagne à la main, des lunettes de soleil sur le nez. A priori, la plupart étaient des amis de Sam et Pollock. Certains s'étaient déjà approprié un siège parmi les trois rangées de chaises blanches disposées en demi-cercle devant une pergola décorée de roses jaunes. J'ai cherché autour de moi, mais n'ai aperçu aucun membre de la famille.

J'ai pris deux flûtes sur le plateau que me tendait une jeune femme en uniforme noir et blanc, et j'en ai donné une à Lisa. Une fraise était enrobée de bulles au fond de chaque verre.

« Merci de m'avoir invitée. J'adore les mariages.

— Évidemment. Comme tout le monde. »

Elle semblait parfaitement à sa place au milieu des amies de Sam. Après tout, elle était plus proche de leur âge que du mien.

« Tu dois connaître plein de gens. Tu n'as pas envie d'aller leur parler ? »

J'ai balayé du regard la multitude de costumes élégants et de chapeaux. Les ongles d'orteils vernis des femmes ressortaient sur l'herbe verte.

« Sam est beaucoup plus jeune que moi. Je ne reconnais personne.

— Combien d'années de moins que toi ?

— J'avais treize ans quand elle est née.

— Ça fait une grosse différence d'âge.

— Pas faux.

— Et comment tu trouves son futur mari ?

— Eh bien, on le surnomme Pollock.

— Sans rire ?

— Il est peintre, enfin artiste. Il commence à devenir connu à ce qu'il paraît.

— Oh, super. Tu l'aimes bien ? »

J'ai passé sous silence le fait que je ne l'avais rencontré que deux fois depuis que Sam et lui avaient commencé à sortir ensemble, dix ans plus tôt.

« Ouais, bien sûr, il est sympa. Allons nous asseoir. »

Nous nous sommes approchés des chaises.

« Tu ne veux pas te mettre au premier rang ?

— Nan. »

Je m'apprêtais à m'asseoir lorsqu'une main m'a tapoté l'épaule. J'ai fait volte-face en me préparant au pire. Mais ce n'était que Davey et son sourire canaille. Il était toujours aussi mince, et ses cheveux lui arrivaient maintenant aux épaules. Il était habillé tout en noir, le col de sa chemise ouvert. Nous avons hésité une seconde à nous serrer dans les bras, avant de nous décider pour une longue poignée de main et quelques tapes sur l'épaule.

« Comment ça va ? ai-je demandé.

— Bien. Et toi ?

— On fait aller.

— Tu retapes toujours des maisons ?

— Ouais. J'ai fini par embaucher quelques mecs.

— Super. »

Davey s'est retourné et a lancé un sourire à ma copine.

« Salut.

— Oh, désolé, je te présente… »

L'espace d'un instant, j'ai eu un trou de mémoire. Ça n'a duré qu'une fraction de seconde, mais c'était tout de même trop long pour qu'elle ne s'en aperçoive pas.

« Lisa.

— Salut, Lisa. Je suis David, le petit frère de Mark.

— Enchantée. »

Je l'ai regardée faire les mêmes yeux de merlan frit que toutes les femmes qui croisaient la route de Davey. C'était comme ça depuis les quatorze ans de ce foutu Roméo. Le phénomène s'était même aggravé avec le temps. J'étais prêt à parier que plus de la moitié des femmes qui bavardaient sur la pelouse épiaient ses moindres faits et gestes.

« Lisa, je dois discuter d'un truc avec Davey. Je peux te laisser une minute ?

— Oui. Je vais m'asseoir ici en attendant.

— Merci. Ce ne sera pas long. »

Mon frère et moi avons marché vers le lac.

« Elle a l'air sympa.

— Ouais.

— Ça fait longtemps que tu sors avec elle ?

— Pas vraiment. Est-ce que Pat est là ?

— Sam a fait la route jusqu'à Kaipuna jeudi pour aller le chercher.

— La vache, elle cherche les emmerdes. »

Davey a haussé les épaules.

« Elle tenait à ce qu'il soit présent à son mariage – ça peut se comprendre. Tante Nola le surveille, et tu la connais, c'est un vrai cerbère. Elle l'a limité à deux verres avant la cérémonie.

— Elle ne pourra pas l'avoir à l'œil toute la soirée.

— Sam lui a réservé une chambre à l'étage. On aura sans doute besoin de ton aide pour le mettre au lit plus tard.

— Comptez pas sur moi, frérot. »

Lorsque les musiciens ont entamé la marche nuptiale, Davey et moi nous sommes tournés vers les chaises et la grande maison qui se dressait derrière. J'ai vu Pollock se placer à côté d'une femme au chapeau gigantesque, probablement l'officiante. Il avait dû se faire couper les cheveux car il ressemblait un peu moins à Tahiti Bob qu'à notre dernière rencontre. Bien entendu, il était toujours ridiculement grand et maigre, mais, n'ayons pas peur des mots, il y avait une nette amélioration. Il était presque beau.

« Ne me dis pas que Sam va débarquer au bras de Pat. »

Davey a secoué la tête.

« Elle voulait que Fred et lui l'accompagnent, mais quand elle lui a fait part de son idée, Pat a piqué une grosse colère.

— Oh, bordel. »

Davey a fait une grimace.

« Ouais. Sam ne voulait pas d'histoires, alors finalement, personne ne lui prendra le bras. » La musique s'est amplifiée. « On ferait mieux d'aller s'asseoir. »

Lorsque je me suis glissé sur la chaise à côté de Lisa, elle s'est penchée vers moi et a chuchoté :

« Tu ne m'avais pas dit que ton frère était aussi beau gosse.

— Tu trouves ?

— Arrête.

— Non, je t'assure, c'est la première fois qu'on me le dit. »

Elle a gloussé à nouveau.

Deux demoiselles d'honneur en robes jaunes sont sorties de la maison et ont descendu les marches, un panier à la main. Quand elles ont atteint la pelouse, elles ont commencé à lancer d'énergiques poignées de pétales de rose devant elles. La foule a laissé échapper un murmure admiratif lorsque Sam est apparue. Sa robe, élégante et sexy, était couleur or pâle. Sur ses cheveux foncés était posée une couronne de tiges de rosier et de boutons jaunes.

Pollock attendait son arrivée à côté de la pergola, l'air si heureux que ses yeux lui sortaient quasiment de la tête. Arrivée près de lui, ils se sont pris par la main, l'air à la fois nerveux et excités, puis Pollock s'est penché pour l'embrasser sur la joue. Inutile de savoir lire sur les lèvres pour deviner ce qu'il lui a ensuite murmuré.

À un moment de la cérémonie, j'ai repéré Pat assis au bout à droite du deuxième rang. Tante Nola était à côté de lui, ses cheveux gris attachés en chignon. Le costume qu'il portait semblait dater de son ancienne carrière de promoteur immobilier, dans les années quatre-vingt. Le tissu était fin et brillant. Le peu qui restait de sa belle gueule s'était fait la malle depuis la dernière fois que je l'avais vu. L'épaisse chevelure foncée qu'il passait jadis des heures à entretenir avait presque entièrement disparu. À cause de l'alcool, la peau de ses joues et de son nez était rougeaude, et son visage était si bouffi qu'il n'avait plus de menton. J'ai vainement tenté de ne pas le regarder. Mes yeux ont été attirés par lui comme par un aimant pendant tout le reste de la cérémonie.

Après l'échange des vœux et la signature du registre, Sam et Pollock ont sabré un magnum de champagne. Une demi-douzaine de ballons jaunes gonflés à l'hélium étaient attachés à son bouchon par des rubans. Lorsqu'il a sauté, de la mousse a coulé sur l'herbe. Lisa a serré ma main avec un soupir ému, tandis que les ballons emportaient le bouchon vers le ciel sous les applaudissements et les acclamations des invités. Une chaude rafale les a aussitôt chassés vers l'est. J'ai cru que les rubans allaient s'accrocher dans la cime des hauts pins derrière la maison, mais par chance, ils sont passés par-dessus les arbres et montés de plus en plus haut, devenant de plus en plus petits, jusqu'à ce qu'ils se fondent dans l'azur.

Après la cérémonie, j'ai rejoint la file pour présenter mes vœux aux jeunes mariés.

« Félicitations. »

J'ai étreint longuement Sam puis serré la main de Pollock.

« J'avais peur que tu n'arrives pas à temps, a-t-elle dit.

— On s'est un peu perdus. Au fait, je te présente Lisa.

— Enchantée, a dit celle-ci. Vos vœux étaient magnifiques. J'en ai eu les larmes aux yeux. »

Afin d'occuper les invités pendant les quatre-vingt-dix minutes de séance photo, on a servi des canapés et une nouvelle tournée de champagne sur la pelouse. J'ai emmené Lisa explorer la maison et le domaine, puis nous avons discuté avec tante Nola, oncle Bevan et leur fille Megan. J'ai été soulagé quand l'assistant de la photographe est enfin venu nous demander, à Lisa et moi, de grimper sur les marches devant la maison où avaient lieu les photos de groupe. Sam, Pollock et Davey s'y trouvaient déjà.

« Il ne manque plus que Pat », a dit ma sœur.

La photographe était une jeune femme prénommée Steph. Dix minutes plus tard, Pat n'était toujours pas réapparu. Elle a commencé à perdre patience. J'ai été tenté de suggérer que le portrait serait plus réussi sans lui, mais j'ai gardé mes réflexions pour moi, par égard pour Sam. Finalement, il est apparu en titubant dans l'entrée de la maison. Manifestement, tante Nola avait échoué dans sa mission.

« Vous m'attendiez ? Désolé, j'ai eu un besoin pressant. »

La photographe l'a pris par le coude et guidé jusqu'à la marche la plus haute.

« Mettez-vous au milieu, s'il vous plaît, entre vos fils.

— Vos désirs sont des ordres, ma chère. »

Tandis que la photographe retournait se placer derrière son appareil, Pat a tourné la tête vers moi.

« Bonjour, Mark.

— Salut.

— Comment ça va ?

— Bien. Et toi ?

— Comme sur des roulettes. »

La photographe a levé une main.

« Bon, regardez-moi. Mark, rapprochez-vous un peu de votre père. Encore un peu. C'est bon. Allez, faites-moi tous un grand sourire ! »

Le dîner avait lieu dans l'ancienne salle de bal de la maison. Les invités ont commencé à chercher leurs places. Il a fallu que nous soyons assis pour que je m'aperçoive que, contre toute attente, Davey n'était pas venu accompagné. Il était à la même table que Lisa, moi et quelques-uns de nos cousins. Pat se trouvait à l'autre bout de la pièce en compagnie de Nola et Bevan.

Les discours ont été étoffés des habituelles anecdotes vaguement embarrassantes et témoignages sincères de bienveillance. Fred, le père de la famille d'accueil de Sam, a prononcé l'éloge le plus émouvant de la soirée. Pendant qu'il parlait, j'ai observé Pat de loin, mais il se contentait de serrer sa fourchette dans son poing d'un air renfrogné. Fred nous a raconté la fois où Sam avait fugué à neuf ans. Quand il l'avait enfin retrouvée à l'arrêt de bus, elle lui avait expliqué qu'elle partait sauver les baleines. Il a déclaré que sa femme June et lui avaient toujours été extrêmement fiers d'elle, de son attitude empathique et de sa farouche détermination à prendre la défense des personnes qu'elle estimait victimes d'injustices.

J'ai poussé un soupir de soulagement quand il est devenu évident que Pat ne prendrait pas la parole. Ce vieux con n'aurait réussi qu'à se ridiculiser.

Après le dîner, le copain de Pollock qui animait la soirée a annoncé que l'heure était venue d'ouvrir le bal. Les invités se sont rassemblés autour de la piste de danse afin de regarder les jeunes mariés exécuter la première valse. Pollock mouvait son corps avec l'aisance d'un phasme avançant sur une plaque de verre huilée par vent fort. Au changement de musique, ils se sont lancés dans un rock endiablé, et la foule les a acclamés en frappant dans les mains. Pollock dansait toujours comme un pied, mais il donnait tout ce qu'il avait et son enthousiasme débordant compensait largement ses faiblesses. Fred et June les ont rejoints, visiblement mieux entraînés. Une ribambelle de couples a commencé à se diriger vers le centre de la piste, et les danseurs se sont rapidement trouvés serrés comme des sardines.

« Viens, a dit Lisa.

— Nan, j'aime pas danser.

— Oh, allez, Mark. S'il te plaît… »

J'ai fait de mon mieux pour assurer, mais il m'aurait fallu plus de trois verres de bulles pour réussir à me détendre. Au moins Lisa s'amusait bien. Elle tournait autour de moi en roulant des hanches, suffisamment gracieuse pour que le balancement lourd de mon corps passe presque inaperçu. Au bout de trois chansons, je l'ai entraînée jusqu'à notre table.

« Accorde-moi une petite pause. Je te rappelle que je suis plus vieux que toi.

— Je m'amuse comme une folle.

— Tant mieux. Ça me fait plaisir.

— Pas plus de cinq minutes, d'accord ? Ensuite, on retourne danser.

— Ça roule. »

La photographe a réapparu et nous a tiré le portrait. Elle a tourné son appareil vers nous pour nous montrer le résultat.

« Pourquoi fronces-tu tout le temps les sourcils ? a demandé Lisa quand elle est repartie.

— Je suis juste un peu fatigué.

— Pas seulement ce soir. On dirait que tu t'attends toujours à ce que les choses tournent mal.

— C'est vrai ? »

Elle a passé les doigts sur les plis de mon front puis sur les cicatrices autour de mon œil amoché.

« Je vais nous chercher à boire.

— Tu es sûr que ça ne pose pas de problème si nous dormons ici cette nuit ?

— Sam a dit qu'elle nous avait réservé un lit à l'étage.

— D'accord. Dans ce cas, je veux bien un autre verre de vin, s'il te plaît. »

À mon retour du bar, Lisa et Davey étaient en pleine conversation. Installé sur la chaise que j'avais libérée, mon frère, tout sourire, se penchait vers elle pour l'entendre à cause de la musique bruyante. Lisa pouffait comme une gamine, mais ça m'était égal. Je savais que Davey n'était pas en train de la draguer. Il se montrait simplement amical. Je pouvais me tromper, mais il me semblait reconnaître la lente fluidité qui animait ses mouvements quand il était défoncé, ce qui lui arrivait assez souvent dans sa jeunesse. Enfin, mon frère était peut-être juste agréablement éméché, comme le reste des invités.

À quoi bon les interrompre et gâcher le plaisir de Lisa ? J'ai posé son verre de vin sur la table puis, ma bière à la main, je suis sorti sur la véranda et j'ai descendu les marches en béton. Le vent du nord-ouest était retombé, comme presque toujours dans la soirée, mais l'air était encore assez chaud pour que ma chemise humide de sueur après mon numéro de danse ne soit pas froide sur ma peau. Du côté de l'entrée principale de la propriété, l'allée de gravier était éclairée comme en plein jour. À l'autre bout de l'étendue sombre de la pelouse, des projecteurs encastrés dans le sol illuminaient les deux plus grands arbres au bord du lac.

J'ai suivi la lueur des lampes solaires qui bordaient le chemin autour de la maison jusqu'à ce que j'entende deux personnes se disputer. Le temps que je les rejoigne, Pat et Fred en étaient venus aux mains : ils roulaient sur l'herbe à côté d'un terrain de pétanque en jurant et grognant. Aucun doute que Pat avait provoqué la bagarre. J'ai été tenté de les laisser se débrouiller, mais c'était le mariage de Sam, et ce vieux salaud allait ruiner la soirée.

Je me suis approché et l'ai attrapé par le col de sa veste tandis qu'il avait momentanément le dessus, puis je l'ai tiré brutalement en arrière. Toutes ces années à abattre des murs et à soulever des poutres et des sacs de ciment m'avaient rendu plutôt costaud. Je l'ai traîné plus loin que nécessaire et, dans un dernier mouvement qui a déchiré sa veste, je l'ai largué sur le gravier du terrain de pétanque.

« Bouge pas de là, compris ? »

Il s'est relevé péniblement et m'a regardé en soufflant par le nez, les jambes flageolantes.

« T'as pas intérêt à me toucher.

— Bourré. Comme d'habitude.

— Pas plus que toi.

— Tu es en train de passer pour un abruti, je te signale. »

Il a esquissé une moue méprisante.

« Tu oses parler comme ça à ton père !

— C'est le mariage de Sam, putain de merde.

— Très bien, tu l'auras voulu. »

Je l'ai regardé dans les yeux.

« Va. Te. Faire. Foutre. »

Il s'est élancé vers moi en rugissant et m'a envoyé un coup de poing circulaire à la trajectoire aussi prévisible que le mouvement de l'aiguille d'une montre. J'ai soudain pris conscience que c'était ce que je voulais, l'occasion que j'attendais depuis des années. Je lui ai balancé mon poing dans le ventre le plus fort possible, juste sous le diaphragme. Il a craché de l'air et s'est plié en deux. Fin de l'histoire. Simple comme bonjour.

Mais non. C'était trop rapide. Pas question qu'il s'en tire aussi facilement. J'étais loin d'en avoir terminé avec lui.

Le salaud était penché en avant, mais toujours debout. La proie idéale. Je me suis avancé vers lui et lui ai décoché un crochet du droit dans la tempe, histoire de l'envoyer au tapis. J'ai senti l'impact des os de ma main contre son crâne, mais j'ai ignoré la douleur qui a jailli. Le corps tout entier de Pat a pivoté sur lui-même, puis il s'est effondré comme un tronc d'arbre pourri.

« Lève-toi ! Allez, viens te battre ! »

Je lui ai envoyé un bon coup de pied dans le ventre. L'envie de rosser son corps recroquevillé était forte. Je rêvais de le piétiner, de voir ce sac à merde couvert de sang et tremblant de peur.

Fred m'a attrapé le bras par-derrière.

« Arrête ! Laisse-le, Mark ! »

Je l'ai obligé à me lâcher et me suis tourné vers lui.

« Dégage ! »

Il a reculé d'un air effrayé, les mains levées.

« Mais qu'est-ce qui t'arrive ? Tu vas le tuer. »

J'ai poussé un juron et donné un coup de pied dans le gravier. Une gerbe de petits cailloux s'est élevée puis est retombée sur les rosiers. J'ai commencé à faire les cent pas en serrant les poings.

« Calme-toi, a dit Fred.

— C'est bon, ça va. C'est fini. »

Je me suis arrêté.

« Tu es sûr ?

— Ouais. C'est bon. »

Ses yeux se sont posés sur Pat.

« Putain de merde, Mark, c'est ton père.

— Il l'a bien cherché. Tu ne sais pas la moitié de ce qu'il a fait.

— Tu ferais mieux de nous laisser. Allez, file. Je vais m'occuper de lui. »

Pat a porté une main à sa tête en gémissant. Je suis resté planté à côté de Fred à le regarder.

« Qu'est-ce que tu vas faire de lui ?

— Je n'en sais rien. Il a sans doute besoin de voir un médecin.

— Mais non.

— Tu lui as flanqué une de ces raclées !

— Bon, je vais t'aider à l'installer à l'étage. Sam lui a fait préparer une chambre. Si elle découvre ce qui s'est passé, elle va piquer une crise. »

Moi d'un côté, Fred de l'autre, nous avons remis Pat sur pied. Un relent d'alcool se mêlait à l'odeur douceâtre de sa sueur de vieux croulant, et ses cheveux puaient la brillantine Pall Mall. Appuyé sur nous, il est parvenu à avancer vers la maison en boitant. Arrivés dans l'allée, nous avons été accueillis par le flot de lumière et de musique qui se déversait par la porte ouverte et les fenêtres à guillotine qu'on avait relevées pour laisser entrer l'air frais. Depuis la véranda, trois fumeurs nous jetaient des regards intrigués.

« Il a bu quelques verres de trop », ai-je expliqué au moment d'entrer.

Arrivés à la moitié de l'escalier, nous nous sommes arrêtés sous le portrait d'un fermier à l'air austère, le temps que Fred reprenne son souffle. Le visage rouge, il respirait difficilement. Je commençai à craindre qu'il nous fasse une crise cardiaque. Il ne manquerait plus que j'envoie les deux pères de Sam à l'hôpital le soir de son mariage ! J'en entendrais parler jusqu'à la fin de ma vie. Par chance, son visage a fini par retrouver une couleur à peu près normale. Il m'a adressé un signe de tête.

« C'est bon, allons-y. »

À l'étage, le long couloir lambrissé était percé d'une dizaine de portes.

« Quelle chambre ? a demandé Fred.

— N'importe laquelle, à mon avis. Tant que ce n'est pas la suite nuptiale.

— Ouais, ça pourrait être gênant plus tard. »

Notre choix s'est porté sur une petite chambre au bout du couloir. Fred a rabattu les draps du lit, puis j'ai aidé Pat à s'allonger sur le matelas. Il avait un coquard à l'œil gauche. Il a roulé sur le côté en marmonnant lorsque j'ai tiré sur sa veste. Elle avait une grande déchirure sous le bras et la couture avait craqué dans le dos. Je lui ai retiré ses chaussures et les ai jetées dans un coin de la chambre, avant de rabattre l'épaisse couette sur lui.

« Bon. On s'en sort pas trop mal, a dit Fred.

— Ça ira mieux après une bonne nuit.

— Tu es sûr qu'il n'a pas besoin d'être examiné ? Il pourrait avoir une commotion cérébrale.

— Non, ça va aller. Il en a vu d'autres. Ce vieux salaud est invincible. »

J'ai éteint la lumière en sortant. Avant de refermer la porte, j'ai écouté un instant la respiration de mon père, aussi bruyante qu'une lime métallique dans l'obscurité.

« Merci pour ton aide, ai-je dit à Fred au pied de l'escalier.

— Pas de problème.

— J'espère que cet incident n'a pas ruiné ta soirée.

— Mais non. On en rigolera probablement dans quelques années.

— Ouais, c'est ça. »

Il m'a adressé un sourire en coin puis est retourné à la fête. Je suis sorti sur la véranda et j'ai observé les invités qui s'amusaient à l'intérieur. Les danses allaient toujours bon train, même si la plupart des couples âgés étaient retournés à leurs tables autour de la piste, souriant aux jeunes qui semblaient prêts à se tortiller jusqu'à l'aube. Lisa dansait avec un mec de son âge que je ne connaissais pas. Les cheveux détachés, elle agitait les bras en l'air. Je ne me suis pas senti jaloux. En fait, je ne ressentais rien.

Sam et Pollock étaient assis à la table des mariés. Une demoiselle d'honneur rousse leur parlait en faisant des gestes avec les mains. Quand est arrivée la chute de son histoire, tous trois ont éclaté de rire. Sam ressemblait à notre mère ; pas trait pour trait, mais juste assez pour me donner la chair de poule. Autrefois, un portrait de maman était posé sur une chaise à côté du lit de Davey. Pendant les trois années horribles qui ont suivi sa mort, nous avons continué à habiter dans la maison de New Brighton. Sur la photo, elle avait à peu près l'âge de Sam aujourd'hui. Assise sur les galets d'une rivière, elle regardait sur le côté en riant, comme si quelqu'un venait de lui raconter une blague. Je me suis toujours demandé ce qui l'amusait autant.

Il fallait que je parte. Je n'étais pas de taille pour ça, pour le reste, que sais-je. J'ai fait le tour de la maison en direction du parking, je suis monté dans ma voiture et j'ai redescendu lentement l'allée entre les ombres des deux longues rangées de chênes. En baissant ma vitre, j'ai senti une odeur d'herbe fraîchement tondue. Je savais déjà que Lisa ne me le pardonnerait jamais. Je merderais forcément si j'essayais de lui expliquer pourquoi je l'avais plantée là, à cette fête où elle ne connaissait personne, pour disparaître dans la nuit. Comment me justifier si je ne comprenais pas moi-même ma décision ?

En regagnant lentement la route, j'ai jeté un coup d'œil derrière moi. La vieille maison, dont presque toutes les pièces étaient éclairées, scintillait comme un paquebot de croisière voguant sur la silhouette de la colline. Il était encore temps de changer d'avis et de faire demi-tour. J'ai préféré regarder devant moi et filer sur la route de campagne, la première d'une longue série de voies sombres et quasi anonymes.

La brûlure de Davey Waters

Enveloppé dans un manteau de brouillard blanc, j'attends sur le bas-côté de la nationale qu'une voiture passe… Je suis également étendu dans une chambre d'hôpital aux murs blancs. Le souffle lent et bruyant, je flotte juste au-dessus des couvertures, tandis qu'une chaude rivière de morphine coule dans mon bras… Je suis planté au milieu du brouillard et, en même temps, je suis couché sur mon lit d'hôpital. Vous me suivez ?

Avant de me retrouver aux deux endroits à la fois, je logeais dans le bungalow de mon père à Shingle Bay, près de Kaipuna, où j'étais monté faire un break. Après quelques semaines de cohabitation, j'avais fini par me sentir encore plus mal. Il avait insisté pour que je reste.

« Non, je peux pas. Il faut vraiment que je rentre. »

Ses traits flétris s'étaient affaissés, et il m'avait paru encore plus vieux.

« T'es sûr, Davey ? Tu pourrais pas prolonger un peu tes vacances ? »

Je lui avais sorti le premier mensonge qui m'était passé par la tête.

« J'ai trouvé un boulot dans un restaurant. Je commence jeudi.

— Ah, d'accord. Bon ben, c'est comme ça. »

Pat prenait clairement plaisir à ne plus boire seul. Je préparais également ses repas et réglais ses affaires en ville. Je pense toutefois que c'était la solitude qui lui pesait le plus.

« La personne qui me ramène a décidé de partir tôt demain matin. J'essaierai de ne pas te réveiller.

— Dacodac. »

Le brouillard était arrivé du large pendant la nuit. En ouvrant le rideau de ma chambre, je m'étais demandé si j'étais toujours en train de rêver. J'avais trouvé quelqu'un pour me ramener dans le Sud. Un certain Brendon, ou Brandon, rencontré seulement deux ou trois jours auparavant. Mais il m'avait envoyé un message pendant la nuit pour me prévenir qu'il avait changé de programme.

Tant pis, je partirais quand même. Mon sac à dos à l'épaule, j'avais traversé l'épaisse blancheur cotonneuse jusqu'à la nationale à l'aveuglette. Ma plus grande crainte était de m'éloigner de la route et de me perdre, mais j'avais fini par atteindre le carrefour que je cherchais.

Je n'ai pas bougé depuis mon arrivée. Jusqu'à maintenant, seules trois ou quatre voitures sont passées. Elles roulaient lentement, les phares allumés. On aurait dit des poissons lumineux nageant dans un océan de lait. Enfin, quel conducteur s'arrêterait pour prendre un autostoppeur brusquement apparu au milieu du brouillard ? Je pensais qu'il se dissiperait au cours de la matinée, mais il devenait encore plus épais. Vous avez déjà remarqué combien il transforme les sons ? C'est une chose que j'ignorais. Par exemple, j'entends l'océan mordiller la plage de galets au loin, et soudain, on dirait qu'il est juste derrière moi, voire carrément dans mon oreille. Je ne peux pas m'empêcher de me retourner pour voir s'il y a quelqu'un. J'entends aussi les cris et les claquements de becs d'un millier d'oiseaux marins perchés dans un arbre. Et impossible de deviner à combien de mètres ils se trouvent.

La lueur d'un phare solitaire approche très lentement dans le virage. C'est un break Datsun. Son deuxième phare est en panne et une planche de surf dépasse de son coffre. Il passe en flottant devant moi, et ses feux de freinage enflamment le brouillard lorsqu'il se range sur les graviers du bas-côté.

Je ramasse mon sac et le rejoins au trot. Je jette mon sac sur la banquette arrière et monte à côté du chauffeur. Je suis surpris de tomber sur Brandon, ou Brendon.

« Qu'est-ce qui se passe ? Je croyais que tu ne descendais pas aujourd'hui.

— J'ai changé d'avis.

— Tu aurais pu me renvoyer un message.

— Pourquoi ?

— Pour me prévenir que tu pouvais finalement passer me prendre. »

Il hausse les épaules.

« Je te croyais déjà parti. »

Nous roulons en silence. Il est presque impossible de voir que la voiture avance. Les pointillés du milieu de la chaussée pourraient très bien défiler en boucle telle la bobine détraquée d'un film. Le seul indice fiable, c'est la vibration de mon siège en vinyle craquelé. Quand Brandon/Brendon tourne la tête pour me regarder, je remarque que ses pupilles font la taille de deux pièces de dix cents.

« Tu ferais mieux de regarder la route. »

Je n'aurais jamais dû monter dans sa voiture.

« Ouais, ouais. T'inquiète, je suis bon conducteur. »

Plus tard, au milieu d'un trou dans le brouillard, j'aperçois un animal mort attaché au sommet d'un haut poteau. Une hermine ou une belette, peut-être un jeune opossum. Je me demande ce qu'il peut bien foutre là-haut et qui l'a suspendu par le cou. Est-ce un avertissement destiné aux nuisibles ? Un trophée ? Je m'aperçois finalement que ce n'est pas un animal, mais une manche à air dégonflée. Nous longeons probablement la piste d'atterrissage. Je n'avais pas réalisé que nous avions parcouru tout ce chemin. Nous avons déjà dépassé les grottes de calcaire, le terrain de golf et le camping pour caravanes, mais je n'ai rien vu du tout.

« Bon, nous allons changer ces pansements, d'accord ? » dit très distinctement une voix féminine.

Je regarde Brandon/Brendon.

« Pardon ?

— Quoi ? J'ai rien dit. »

La chaussée commence à serpenter à un rythme hypnotique. Je suppose que nous roulons sur le haut tronçon qui contourne les baies. Je me souviens suite à de précédents trajets que la route surplombe ici de petites criques rocheuses envahies de varech brun.

« Je croyais vraiment que ça collait entre nous, dit Brendon/Brandon.

— Entre qui ? »

Je pense toujours à la voix féminine que j'ai entendue tout à l'heure.

« Elle s'appelait Moon. »

Pas la peine de le lui dire, mais j'ai déjà rencontré Moon. Après avoir été expulsé d'Australie, son petit ami avait créé son propre gang, à ce qu'il paraît. J'aimerais bien que le brouillard se dissipe, parce que j'ai la sensation qu'il n'existe plus rien en dehors de ce break et que nous sommes les deux seuls humains encore en vie.

Un énorme truc noir apparaît en plein milieu de la route.

« Attention ! »

Je saisis le volant et tire dessus d'un coup sec pour faire virer la Datsun à gauche. Heureusement que la chaussée est protégée par un muret en béton, sinon nous aurions quitté la route et plongé vers les rochers invisibles, peut-être même directement dans l'océan où je me serais sans doute noyé, empêtré dans les algues. Ma portière racle bruyamment le mur jusqu'à ce que Brandon/Brendon donne un coup de volant dans l'autre sens. La voiture traverse tout droit les deux voies et s'enfonce dans un buisson où elle termine sa course dans un grondement de moteur.

Je me tourne vers lui.

« Est-ce qu'on l'a heurté ? »

Il retire le pied de l'accélérateur et coupe le moteur.

« Heurté quoi ? demande-t-il d'un ton incroyablement calme.

— Il y avait un phoque au milieu de la route.

— Un phoque ? »

Il scrute le brouillard derrière moi.

« Où ça ? »

Je me retourne, mais ne le vois plus.

« Il est parti.

— Parti.

— Ouais. C'était vraiment un phoque, je te jure. On a dû le faire fuir.

— Jésus, Marie, Joseph », dit-il avant de se signer, un geste que je n'avais jamais vu personne faire, à part dans les films.

Je n'avais pas remarqué la croix argentée au bout de la chaîne qui pend à son cou. Nous sortons afin d'évaluer les dégâts. Les mains tremblantes, Brandon/Brendon caresse tendrement le flanc salement éraflé et cabossé du break. Le rétroviseur a été littéralement décapité.

« Et si tu me laissais le volant un petit moment ? »

Il hausse les épaules.

« OK. »

La clé est restée dans le démarreur, attachée à une patte de lapin que je trouve incroyablement douce au toucher. Je mets le moteur en marche puis, en regardant par-dessus l'épaule, je commence à sortir la voiture des buissons et regagne la chaussée toujours noyée dans le brouillard. Maintenant que nous avons échappé de peu à un grave accident, j'ai l'impression qu'une sorte de lien nous unit, Brandon/Brendon et moi.

« Au fait, je n'ai jamais vraiment su comment se prononce ton prénom.

— Miguel.

— Ah bon ?

— Ouais, ma mère est espagnole.

— Miguel ?

— Qu'est-ce qu'il y a de si drôle ?

— Rien. Je croyais que tu t'appelais autrement. C'est tout. »

Des bribes de ce qui s'est passé ensuite me reviennent parfois. La soudaine apparition des hauts phares éblouissants du camion. Le vacarme assourdissant et l'impression simultanée de basculer en arrière. Je me suis retrouvé la tête en bas. J'ai flairé une odeur d'essence. Lorsque j'ai tourné la tête, Miguel avait mystérieusement disparu de son siège, comme si j'avais imaginé sa présence. Apparemment, le brouillard se dissipait enfin : tout à coup, la lumière était si vive que ça ne pouvait être que celle du soleil. Je sentais même sa chaleur sur mon visage. Elle est devenue de plus en plus forte. De plus en plus chaude. Je me suis mis à hurler.

Je revois la rafale de neige de l'extincteur et le camionneur barbu, portrait craché de Willie Nelson, m'extirper du break retourné.

« Ça va aller, gamin. Ça va aller. »

Comme il n'arrêtait pas de répéter ces mots, j'ai compris qu'il mentait.

La fois suivante où j'ai ouvert les yeux, les pales d'un hélicoptère balayaient le brouillard. Je me suis senti soulevé par une force puissante, comme un enfant dans les bras de son père. Ensuite, j'ai plané au-dessus de la purée de pois. Les montagnes émergeaient de la nappe, pareilles à des îles vertes au milieu d'un océan blanc. Ascension – je me suis rappelé ce mot appris quand j'étais enfant.

« Je vais vous donner quelque chose pour calmer la douleur », a crié quelqu'un par-dessus le vacarme de l'hélicoptère.

J'ai senti une aiguille s'enfoncer dans une de mes veines.

Un jour, en caressant très doucement mon cou et la peau greffée du dos de ma main, ma fille Marika me demandera :

« Est-ce que ça fait mal ?

— Non, pas aujourd'hui. »

Elle hochera pensivement la tête.

« Mais parfois oui.

— Oui. »

Inutile de lui cacher la vérité. Les gamins savent quand on leur ment.

Un jour, je travaillerai comme psychothérapeute dans une prison et, plus tard, auprès de personnes victimes de blessures traumatisantes. Des accidentés de la vie. J'imagine que je les aiderai à aller mieux, mais ce sera difficile à dire – ce n'est pas un travail aux résultats mesurables. La plupart du temps, on n'en voit jamais vraiment la fin.

Mais ça, c'est l'avenir.

Pour le moment, je poursuis mon ascension au-dessus du brouillard. En même temps, je me réveille d'un coma artificiel dans une salle blanche, le corps brûlé à vingt pour cent. Je suis également planté au milieu du brouillard sur le bas-côté de la nationale, juste au sud de Kaipuna, où j'attends qu'une voiture passe en râlant contre le mec qui m'a laissé tomber. Vous me suivez ?

Le plus beau garçon au monde

Le téléphone sonna juste au moment où nous passions à table. Attaché dans sa chaise haute, Joe se tortillait en geignant pour se débarrasser des sangles. La petite assiette posée sur la tablette devant lui était déjà tombée une fois par terre, mais j'avais récupéré presque toutes les pâtes en respectant la règle des cinq secondes. Notre cuisine était suffisamment petite pour que Sarah puisse attraper sans se lever le téléphone sans fil sur le plan de travail, où sa base était posée à côté du grille-pain.

« Allô ? »

« Ça suffit maintenant, dis-je à Joe. Arrête de gigoter. »

Il faisait ses dents depuis près d'une semaine et se réveillait toutes les quelques heures la nuit. Le gel anesthésiant recommandé par la mère de Sarah ne faisait pas le moindre effet. Et puis il y avait le bébé, Emma. Comme elle n'était à la maison que depuis six semaines, elle dormait dans le couffin à côté de notre lit. Du coup, quand ce n'était pas Joe qui nous réveillait, c'était elle.

J'étais prêt à parier que c'était encore un de ces démarcheurs qui habitent à l'autre bout du monde et prennent un faux accent américain pour vous parler d'une étude imaginaire ou d'une offre gratuite. Ils téléphonaient toujours à l'heure du dîner. Nous avions déjà eu cinq ou six appels cette semaine. À croire qu'on était automatiquement inscrit dans une base de données internationale quand on achetait une maison.

Nous avions emménagé la veille de la naissance du bébé, alors que nous étions censés nous y installer des semaines plus tôt. Ça n'avait pas pu se faire pour différentes raisons, la principale étant que l'agent immobilier s'était planté en rédigeant les actes.

Nous avions emprunté le montant maximum que la banque avait accepté de nous prêter, une somme assez importante pour que je passe mon temps à refaire mentalement tous nos calculs. Presque chaque *cent* que je gagnais allait servir à payer les intérêts. Le remboursement du prêt en lui-même s'apparentait à un marathon de trente ans auquel je préférais ne pas penser.

Notre maison était un pavillon rénové comptant seulement deux chambres. L'agent avait tenté de le faire passer pour un quatre pièces, mais on ne pouvait pas raisonnablement considérer le solarium comme une chambre, même s'il était possible d'y caser un lit une place. En tout cas, la maison se trouvait dans une rue calme et bordée d'arbres d'un quartier sûr. L'école primaire du coin comptait peu d'élèves de milieux défavorisés, un critère auquel Sarah tenait plus que moi. J'étais d'avis qu'un gamin doué peut avoir de bonnes notes dans n'importe quelle école.

À la première visite, nous étions au moins une douzaine de jeunes couples à flâner dans le couloir lambrissé. J'avais vu les autres se pencher sur le regard de la salle de bains et constater la qualité douteuse des pieux de fondation, puis ouvrir et refermer la porte du vieux four d'un air sceptique. La salle de la vente aux enchères était cependant pleine à craquer. J'avais remporté la vente en dépassant de vingt-cinq mille la limite que nous nous étions fixée. C'était cinq mille de plus que ce que voulait bien nous prêter la banque.

« Oui, c'est le bon numéro », dit Sarah en regardant Joe gigoter d'un air inquiet.

Elle avait des traces de maquillage sous les yeux.

« Tim Doyle est mon mari. »

Le petit avait réussi à se libérer d'une des sangles. Elle craignait tout le temps qu'il finisse par s'étrangler en glissant de son siège. La semaine passée, j'avais répondu pour plaisanter que ça me serait bien égal – j'aurais donné n'importe quoi pour passer un dîner dans le calme et une bonne nuit de sommeil. Elle m'avait regardé avec un mélange d'inquiétude et de dégoût, comme si elle ne me reconnaissait plus.

Je me penchai vers lui et tapotai le bord de son assiette avec ma fourchette.

« Allez, mange tes pâtes, Joe. Pas la peine d'en faire de la purée. »

Il prit son air têtu et baragouina un mot qui ressemblait à *purée*. Je saisis la cuillère qu'il serrait entre ses doigts gras et tentai de le faire manger.

« Regarde, Joe, regarde. Le train entre dans le tunnel. Tchou-tchou ! »

Il tourna la tête d'un côté et de l'autre pour éviter la cuillère.

« Joey. Joey. Tchou-tchou ! Allez, ouvre-moi ce foutu tunnel. »

Sarah me regarda en fronçant les sourcils et secoua la tête.

« Oui, c'est exact, répondit-elle. Il a grandi à New Brighton. Un instant, je vous le passe. »

Elle me tendit le combiné par-dessus la table.

« Tiens, c'est pour toi.

— Qui c'est ?

— Un de tes vieux amis, je crois. »

J'emportai mon assiette et le téléphone dans le salon. Derrière moi, Sarah demandait à Joe d'arrêter de jouer avec la nourriture.

« Oui, allô ?

— Salut, Tim. Écoute, je ne sais pas si tu te souviens de moi. C'est Mark Waters. Le frère de Davey. »

Si on m'avait demandé de deviner qui m'appellerait dans la soirée, Mark Waters aurait bien été le dernier sur ma liste. Il n'y aurait peut-être même pas figuré. Je n'avais pas revu le grand frère de Davey depuis vingt ans. Quand Davey et moi étions devenus meilleurs amis à l'adolescence, Mark ne traînait déjà plus beaucoup à New Brighton. Je ne parvins même pas à revoir son visage. Quand je fermai les yeux au milieu du salon, le seul que je visualisai fut celui de Davey.

« Évidemment que je me souviens de toi ! Comment ça va ?

— À vrai dire, pas très bien. C'est pour cette raison que je t'appelle. Il y a quelques semaines, Davey a eu un grave accident de voiture. Il va devoir passer un bout de temps à l'hôpital. Au moins quelques mois.

— Je suis navré de l'apprendre.

— En fait, si je t'appelle, c'est qu'il demande à te voir. »

À travers la fenêtre, je contemplai la petite pelouse devant notre maison que l'obscurité enveloppait peu à peu. J'avais promis à Sarah de trouver le temps de la tondre ce week-end. On était fin mai, les jours raccourcissaient. Le temps était clair et la température sans doute suffisamment basse pour qu'il commence à geler.

« Tim, tu es là ?

— Ouais, pardon. Écoute, ça fait vingt ans que je n'ai pas croisé Davey.

— Je sais. Mais il veut vraiment te voir.

— Pourquoi ? »

J'entendis quasiment le gars hausser les épaules.

« Franchement, je n'en sais rien. Il répète simplement qu'il veut te voir. Il n'en démord pas. Je lui ai promis d'essayer de retrouver ta trace. Pardon de t'embêter avec ça, mais Davey ne lâche pas l'affaire.

— Je pense que ça ne va pas être possible. Désolé.

— Je l'ai prévenu que c'était ce que tu risquais de répondre.

— Ça fait trop longtemps.

— C'est ce que je lui ai dit. »

Pendant que Mark Waters parlait, j'entendais des voix assourdies derrière lui qui s'approchaient et s'éloignaient. Lorsque quelque chose émit un cliquetis, j'imaginai un chariot avançant lentement. Il m'appelait sans doute depuis un couloir ou l'accueil de l'hôpital.

« Qu'est-ce qui s'est passé ? Comment il a eu cet accident ?

— La voiture qu'il conduisait a été percutée par un camion sur la nationale, au sud de Kaipuna.

— Il est gravement blessé ?

— Tu connais Davey, il ne fait pas les choses à moitié. Il a toujours aimé les sensations fortes. Le passager à côté de lui a été tué sur le coup.

— Merde. Est-ce que Davey va s'en sortir ?

— Oui. Mais la voiture a pris feu. Le chauffeur du camion a éteint les flammes avec un extincteur, mais Davey a subi des brûlures assez sévères. Les médecins ont déjà réalisé quelques greffes de peau. »

Ne sachant pas quoi dire, je gardai le silence.

« Il en est sûrement à sa neuvième vie. Tu te souviens de la fois où il était dans cette voiture ancienne qui s'est renversée sur la plage ? »

Je n'avais aucune envie de reparler du passé.

« Écoute, Mark, j'étais en train de dîner en famille.

— OK, je vais te laisser.

— Désolé, mais je ne peux vraiment pas passer le voir.

— Je lui dirai que je ne t'ai pas trouvé.

— Tu peux lui dire la vérité, ça ne me dérange pas.

— D'accord. »

J'attendis qu'il raccroche.

« Écoute, il m'a raconté ce qui s'est passé. À ta place, je refuserais aussi de le voir. Mais au cas où tu changerais d'avis, il est à Burwood, au service des grands brûlés.

— D'accord, merci.

— Au revoir.

— À la prochaine », répondis-je sans comprendre ce qui me passait par la tête.

Après le dîner, je lus une histoire à Joe pendant que Sarah donnait le sein au bébé dans notre chambre. Sa mère nous avait envoyé un livre d'images d'Angleterre, en même temps qu'une tonne de vêtements roses et qu'un chèque en livres équivalant à mille dollars. Je soupçonnais Sarah de lui avoir révélé combien notre budget était serré depuis que nous vivions avec un seul revenu. Quand je l'avais interrogée à ce sujet, quelques soirs plus tôt, nous avions fini par nous disputer. Le chèque avait tout de même été encaissé depuis. J'essayais de ne pas trop y penser.

Lorsque Joe fut enfin couché, j'allai rincer la vaisselle avant de la ranger dans la machine. Je la mis en marche, posai les mains un moment à plat sur le plan de travail et fermai les yeux. C'était apaisant d'écouter le clapotis de l'eau et le faible tintement d'une casserole. On aurait dit les sons d'un navire qui avançait dans l'obscurité.

Je passai dans le salon où se trouvait ce que j'appelais mon coin bureau et vérifiai mes e-mails. J'avais reçu quelques messages professionnels, plusieurs factures de la compagnie d'électricité et des demandes de devis : le changement de résistance d'un ballon d'eau chaude en panne ; le raccordement au réseau électrique d'une maison en construction. Ma sœur m'avait également écrit de Toronto. La plupart des messages venaient cependant de Trade Me. Sarah ajoutait sans arrêt des affaires de bébé à sa liste d'objets suivis : vêtements, stérilisateurs, tapis de jeux, literie. Et dès que la fin d'une enchère approchait, nous recevions un e-mail. Je commençais à en avoir ras le bol de ces alertes qui encombraient la boîte de réception. Je risquais de rater des messages pour le boulot et d'autres trucs importants.

Je vérifiai le solde de notre compte en banque et transférai de l'argent sur la Visa, histoire de rembourser au moins la somme minimum. Ensuite, je sortis la paperasse des travaux effectués dans la journée et commençai à établir mes factures. Qui sait, un client pourrait avoir l'idée miraculeuse de régler la sienne avant la fin du mois.

Sarah me rejoignit dans le salon vers 22 h 30, deux albums photos entre les mains.

« Où as-tu trouvé ça ?

— Dans un carton de vieux trucs à toi dans le garage, que tu n'as toujours pas vidé.

— Ouais, c'est sur ma liste, en plus de tout le reste. Comment va la choupette ?

— Elle dort. »

Je me tournai vers ma paperasse tandis que Sarah s'installait sur le canapé derrière moi. Elle commença à feuilleter lentement les pages du premier album.

« Bon, il doit bien y avoir une photo de ce mec quelque part. Ton ancien copain, là. Comment il s'appelait déjà ?

— Davey.

— Comment se fait-il que tu ne m'aies jamais parlé de lui ?

— On s'est perdus de vue. C'était bien avant que je te rencontre.

— Quelle tête il a ?

— Tu le reconnaîtras quand tu le verras.

— Comment ça ?

— Ce sera le plus beau gosse de la photo. »

Elle éclata de rire.

« Moi qui pensais que c'était toujours toi le plus beau !

— On ne boxait pas dans la même catégorie, lui et moi. Tout le monde disait qu'il avait une gueule à faire carrière à Hollywood. C'était le plus beau mec que j'aie jamais rencontré. »

Elle me lança un regard bizarre. Je suppose que ça faisait un peu homo. Je fis pivoter mon fauteuil vers le bureau et recommençai à taper sur les touches de ma calculatrice. Sarah continua à tourner les pages couvertes de plastique. J'avais beau recalculer la somme des colonnes de chiffres, je n'arrivais jamais deux fois au même résultat, même avec la machine.

« C'est lui le surfeur aux longs cheveux blonds ?

— Si tu te poses la question, ce n'est pas Davey.

— Allez, arrête. Montre-le-moi.

— Non, continue à chercher. »

Je n'eus pas beaucoup à attendre. Sarah retint brusquement son souffle, un son tout juste audible par-dessus le bruit de la pompe à chaleur et les gargouillements du lave-vaisselle qui nous parvenaient de la cuisine.

« D'accord. Je vois ce que tu veux dire. »

Je me levai pour regarder par-dessus son épaule. Sur la photo qu'elle avait trouvée, je posais en compagnie de Davey et Craig Percy. Nous portions tous trois des smokings de location et des cravates assorties, d'un bleu si vif qu'elles étaient presque fluorescentes. Cette photo avait été prise juste avant le bal de promo du lycée. Je reconnaissais le tableau d'affichage en liège et le plan de travail carrelé de la cuisine de mes parents, à Pine Avenue. Nous étions tous plutôt classe, mais en vérité, Craig et moi n'aurions pas dû nous donner la peine de poser, parce qu'à côté de Davey, nous étions invisibles.

On voit sans arrêt des gens beaux à la télé et au cinéma, sur les affiches et les panneaux promotionnels, sur les couvertures des magazines. Les publicitaires se servent de la beauté pour vendre du dentifrice, du shampoing et des assurances. Mais, dans la vie de tous les jours, on croise rarement des personnes au physique exceptionnel.

« Rappelle-moi pourquoi tu ne m'as jamais parlé de lui.

— Je l'ai probablement fait.

— Je suis certaine que non.

— J'ai bien dû prononcer son nom. »

Elle émit un son dubitatif.

« Franchement, tu ne passes pas ton temps à me parler de tes anciennes copines de lycée.

— De celles dont j'étais proche, si. Je vois toujours Mary et Jenny. »

Je haussai les épaules.

« On n'était pas si proches que ça, lui et moi. »

Je mentais et elle le savait. Davey Waters avait été mon meilleur ami.

Je bouclai ma facturation et allai me coucher en même temps qu'elle. Il y avait un léger froid entre nous depuis l'histoire du chèque de sa mère. Je fus donc surpris quand elle se tourna vers moi, glissa une jambe par-dessus les miennes et me murmura une phrase vaguement obscène à l'oreille. Comme le bébé dormait dans le couffin, il fallait rester discret. Tandis que Sarah gémissait doucement en remuant les hanches sous mon corps, je ne pus m'empêcher de me demander quel visage elle visualisait sous ses paupières frémissantes.

Je n'aurais su dire combien de temps j'avais dormi lorsque le babyphone crachota un braillement de Joe.

« Encore ses dents, j'imagine, chuchota Sarah pour éviter de réveiller Emma. Tu pourrais essayer le gel.

— Il n'arrête pas de l'avaler. Et si on retentait de le laisser pleurer ? Il faut bien qu'il apprenne. »

Elle soupira.

« D'accord. »

Nous restâmes un moment à fixer le plafond tandis que les cris du gamin redoublaient. Je craquai au bout de dix minutes.

« J'y vais. »

Joe était debout dans son lit, le visage rouge et les joues barbouillées de larmes et de morve.

« Hé, ça va, calme-toi, calme-toi. »

Dès que je le pris dans mes bras, il se blottit en reniflant contre mon épaule et s'essuya le visage sur ma robe de chambre. Je le berçai en lui tapotant le dos, une main sous sa couche. Je poussai la porte pour éviter que la lumière du couloir ne le gêne et commençai à marcher à pas lents dans la pièce éclairée par la lueur jaune de la veilleuse branchée à quelques centimètres du sol. Sa respiration se calma peu à peu. J'ignore combien de temps je passai à faire le tour de la petite pièce, tandis que mon fils sombrait lentement dans le sommeil contre ma poitrine. Suffisamment en tout cas pour commencer à rêver, moi aussi.

C'était un samedi au début du mois de décembre ; l'année scolaire était déjà terminée. Le cabanon où logeait Davey pendant sa dernière année de lycée occupait un coin au fond du grand terrain situé derrière la maison de sa famille d'accueil.

Je passai le voir sans prévenir cet après-midi-là. Comme il faisait chaud, je voulais savoir s'il m'accompagnerait à la plage pour aller nager. Craignant qu'on me les pique si je les laissais sur mon porte-bagage, je coinçai ma serviette et mon maillot de bain sous mon bras, puis je descendis le chemin longeant le chenil désert et traversai la pelouse en direction de sa piaule. Au lieu de frapper, je me contentai de pousser la porte.

Ellie et Davey étaient couchés sur son lit. En y repensant plus tard, j'aurais préféré surprendre leurs corps moites en pleine scène pornographique. Curieusement, le choc aurait été plus facile à encaisser. Au lieu de ça, ils dormaient dans les bras l'un de l'autre. La tête d'Ellie posée sur la poitrine de Davey. Son long corps, qui portait déjà des marques de bronzage, blotti contre le sien. Une insupportable satisfaction se lisait sur son visage.

Davey avait dû m'entendre entrer. Alors que je restais planté sur le seuil, ma serviette sous le bras, il ouvrit les yeux et sourit, l'air d'avoir oublié qui dormait à côté de lui. Je sortis à reculons en secouant la tête. Je pensais qu'il me suivrait. Je voulais qu'il le fasse. Comment réagirais-je quand il essaierait de me parler ? Je tenterais probablement de lui casser la gueule, même si je n'avais jamais frappé personne de ma vie. Tandis que je bataillais avec l'antivol de mon vélo, je compris qu'il ne me rejoindrait pas. En pédalant comme un fou furieux sur Union Street, je pris brutalement conscience que je venais de les perdre pour toujours, Ellie et lui. Mon meilleur ami et la première fille que j'avais aimée. C'était terminé. Ce retournement de situation avait été plus rapide que le courant de retour qui menaçait de nous entraîner vers le large près de l'endroit où nous surfions. Aussi brusque et stupéfiant qu'un accident de voiture. Tout ça parce que j'avais eu envie de nager. Je pleurais comme un bébé sur mon vélo, au point que je voyais à peine la route.

Joe s'était rendormi. Je le reposai sur son matelas et tirai la couverture sur lui avant de sortir de la pièce le plus silencieusement possible. À mon retour, Sarah allaitait le bébé sur notre lit. Sans m'interrompre, elle écouta mon récit, qui sonna plutôt comme une confession. Lorsque je me tus enfin, on n'entendit plus que le doux bruit de succion des lèvres goulues d'Emma.

« Et tu ne les as plus jamais revus, elle et lui ?

— J'ai fait profil bas tout l'été. J'évitais tous les endroits où je risquais de les croiser. Papa m'a trouvé un apprentissage à Wellington qui commençait juste après le nouvel an. J'ai sauté sur l'occasion parce que c'était le seul moyen de quitter Christchurch. Pendant des années, j'ai pensé que je finirais par les recroiser, l'un ou l'autre, dans la rue, mais ce n'est jamais arrivé.

— Pourquoi tu ne m'avais jamais raconté cette histoire ?

— Je ne voulais plus y penser. Je croyais même que je l'avais oubliée.

— Mon pauvre chéri », murmura-t-elle avant de m'embrasser sur le front.

Bien que je n'aie pas repensé à Davey Waters depuis des années, son absence me fit brusquement aussi mal qu'une profonde blessure. J'étais toutefois certain qu'il ne servirait à rien de lui rendre visite à l'hôpital. Ce n'était pas le Davey couvert de pansements qui me manquait, mais le bel adolescent de dix-sept ans.

Sarah coucha le bébé somnolent à côté d'elle puis s'étira. Je posai la tête sur son épaule et tentai d'oublier à nouveau toute cette histoire. Ses cheveux étaient imprégnés de son odeur mêlée à celles du bébé et de Joe. L'odeur de nos vies entières.

2013-2019

Samantha

« Maman, qu'est-ce qu'elle a, Taylor ? » demande Ben par-dessus le crépitement de la pluie sur le toit de la voiture.

Dans le rétroviseur, tu vois Alice se pencher en avant pour entendre ta réponse. Aujourd'hui, tu as décidé de déposer les enfants à l'école plutôt qu'à l'arrêt de bus. Et apparemment, tous les parents de Wellington ont eu la même idée. Autour de Basin Reserve, la circulation est lente ; la longue file de voitures, tous phares allumés, s'arrête et redémarre de façon imprévisible. D'après la radio, un cyclone tropical a provoqué des inondations et des glissements de terrain dans tout le pays.

« Qu'est-ce que tu veux dire ?

— Elle est tout le temps grognon. Hier, elle m'a crié dessus pour rien.

— Et puis elle sent mauvais de la bouche, dit Alice.

— C'est vrai ?

— Ouais. »

Alice fait la grimace.

« Et elle reste tout le temps enfermée dans sa chambre », grogne Ben.

Le bas plafond nuageux se déchire brusquement. La pluie ricoche sur le capot et ruisselle sur le pare-brise. Lorsque tu passes les essuie-glace en vitesse rapide, les lames raclent la vitre en envoyant l'eau gicler à gauche et à droite, mais la voiture de devant reste floue. On se croirait sous l'eau. Tu es la capitaine d'un sous-marin accidenté, incapable de remonter à la surface. Ton petit équipage et toi n'avez plus qu'à vous enfoncer dans le froid et l'obscurité.

« Qu'est-ce que tu leur as répondu ? demande Pollock ce soir-là.

— Que Taylor était adolescente, et que la vie peut paraître, disons, assez écrasante quand ton corps change.

— Tu penses qu'ils t'ont crue ?

— Alice, oui. Ben, c'est moins sûr. »

Les enfants sont couchés. Pollock et toi regardez la télévision. Il repositionne son corps tout en angles osseux pour que tu puisses t'allonger sur le canapé, la tête sur son épaule. En te concentrant sur l'écran, tu t'aperçois que tu ne sais même pas quelle émission vous regardez, alors que tu es devant depuis une demi-heure.

« J'ai peur, Pol.

— Moi aussi.

— Mais qu'est-ce qui s'est passé ? Quand est-ce que ça a commencé ?

— Je n'en sais rien. »

Tu cherches dans tes souvenirs en t'efforçant d'identifier le premier signe du mal-être de Taylor. Il y a forcément eu des signes révélateurs, des détails qui t'ont échappé. Si tu avais été plus observatrice – ou, regardons les choses en face, si tu avais été une meilleure mère –, tu aurais remarqué qu'elle n'était pas dans son état normal. Tu aurais refusé tout compromis sur cette histoire de végétarisme. L'autoriser à arrêter de manger toute une catégorie d'aliments n'était-il pas le premier pas dans la mauvaise direction ? Est-ce que tu aurais dû lui confisquer son portable ? Ensuite, il y a eu ces mois où elle ne sortait presque plus de sa chambre. Est-ce que tu aurais dû la forcer à passer plus de temps en famille ? Tu aurais au moins pu l'empêcher de fermer sa porte à clé en allant chercher un tournevis dans le garage pour retirer cette foutue serrure.

« Ça ne sert à rien d'avoir des regrets, dit Pollock lorsque tu lui en parles.

— Je ne peux pas m'en empêcher.

— Je n'ai rien remarqué non plus. En tout cas, rien qui différait d'un comportement normal d'adolescente.

— Elle a toujours fait des trucs étranges, même quand elle était petite.

— Nous ne sommes pas psychologues, Sam.

— En effet.

— Ce sont nos actes qui comptent. »

Mais tu n'es pas convaincue. Il y a forcément des signes que tu as ignorés. Tu es incapable de ne pas t'en vouloir en y repensant.

Allumé. Éteint. Allumé. Éteint.

Taylor a dix ans. Dans le couloir sombre, tu regardes la lumière s'allumer et s'éteindre sous sa porte, comme si elle communiquait en morse. Lorsque l'obscurité s'installe enfin, tu frappes doucement et entre. Sa chambre sent le savon et les draps propres.

« Coucou, ma puce.

— Coucou, maman.

— Est-ce que tout va bien ?

— Oui, je lisais, mais je vais dormir maintenant.

— Est-ce qu'il y a un problème avec ta lampe ? »

Elle tourne la tête sur son oreiller pour la regarder. Après qu'elle a vu son premier film de Pixar, tu lui as offert une lampe à bras articulé Luxo pour son anniversaire, qu'elle a appelée Melman.

« Je crois pas.

— J'ai remarqué qu'elle clignotait tout à l'heure.

— Oh, non. C'est moi qui fais ça. »

Elle paraît légèrement embarrassée.

« Qu'est-ce que tu veux dire ?

— Je l'éteins toujours cinq fois avant de m'endormir.

— C'est vrai ? Pourquoi ?

— Je sais pas. J'ai l'impression que c'est mieux comme ça.

— Pas quatre ?

— Non. Il faut que ce soit cinq.

— Si tu l'éteignais juste une fois, elle serait éteinte pour de bon.

— Je sais, mais ça me gêne.

— Tu pourrais essayer.

— Si je le fais, j'arriverai pas à dormir. »

Tu décides de ne pas insister. Cette manie est un peu bizarre, mais assez inoffensive. Elle finira bien par passer.

« Ah, d'accord. Ça m'a surprise, mais n'en faisons pas toute une histoire. Bonne nuit, Tee. Je t'aime.

— Moi aussi, maman. »

Aux rencontres parents-professeurs, lorsque Taylor est en seconde, madame Gordon, sa professeure d'anglais, répète ce que les autres enseignants vous ont dit toute la soirée.

Taylor est une élève brillante, studieuse, polie et bien partie pour obtenir d'excellents résultats. C'est votre dernier entretien de la soirée. Tu es fatiguée après une semaine de travail chargée. Tu as hâte d'en finir.

Bien que l'élitisme des écoles privées vous dérange, l'essentiel pour Pollock et toi, c'est que Taylor, Ben et Alice reçoivent la meilleure instruction. Le lycée de Taylor est non mixte. Les effectifs des classes sont réduits, et les programmes répondent à tous les besoins. L'établissement compte deux gymnases, un amphithéâtre de cent cinquante places et des laboratoires de sciences qui semblent avoir été volés à la NASA. D'après ce que vous avez entendu dire, les problèmes de comportement y sont presque inexistants. Les frais de scolarité ne sont pas au-dessus de vos moyens. Les prix auxquels Max, l'agent de Pollock et le propriétaire de la galerie Max M de Taranaki Street, vend ses tableaux sont, d'après toi, absurdement élevés. Malgré tout, la liste d'attente des acheteurs est longue. Pour les collectionneurs qui ont acquis ses premières œuvres, cet investissement s'est avéré encore plus rentable que l'immobilier.

« Je pense cependant que vous devriez veiller à ce que Taylor relâche la pression, dit la professeure.

— Vous la trouvez trop exigeante envers elle-même ? » demande Pollock.

C'est une chose qu'il t'a déjà fait remarquer.

Madame Gordon jette un coup d'œil à la porte. Un autre couple attend dans le couloir mais ne les entend probablement pas.

« Les établissements comme le nôtre s'emploient à promouvoir l'excellence, et beaucoup d'élèves très capables adhèrent à ce principe, surtout les adolescentes brillantes comme Taylor. Le problème, c'est qu'elles ne font pas toujours la distinction entre excellence et perfection. Certaines de mes élèves considèrent qu'elles sont en échec si elles n'obtiennent pas la meilleure note à chacun de leurs devoirs. »

Pollock hoche la tête de façon agaçante, tel un petit chien sur la plage arrière d'une voiture.

« Tout à fait. Je vois très bien ce que vous voulez dire.

— En sport, certaines filles sont convaincues de devoir gagner absolument toutes leurs compétitions. Ce n'est pas réaliste. Cela les prépare mal pour l'avenir. »

Tu admets que Taylor peut être dure envers elle-même.

« On leur en demande beaucoup. Et essayer d'être parfaite partout, en permanence, en rend certaines terriblement malheureuses. J'ai vu des élèves comme Taylor craquer avant même d'atteindre l'université.

— Elle prend les examens de fin d'année très au sérieux, dit Pollock.

— Il ne s'agit pas seulement de Taylor, le problème touche tout un groupe de son année. C'est pour cette raison que je vous en parle.

— Que devrions-nous faire, selon vous ? demande-t-il.

— J'ai demandé à plusieurs parents d'encourager leurs filles à s'amuser davantage, voir des amies, participer à des activités dans lesquelles elles ne sont pas obligées d'exceller.

— Vous voulez qu'elles fassent la fête et sortent avec des garçons au lieu d'étudier ? »

Pollock te regarde de travers.

« Je parle juste de rééquilibrer les choses. N'oubliez pas que la priorité du lycée est sa réputation. Le succès attire davantage d'élèves, c'est un concept commercial. Mais quelquefois, les élèves payent elles-mêmes le prix de ce qu'on considère comme le succès. »

Alors que vous descendez l'escalier après cet entretien, tu dis à Pollock :

« Eh bien, c'était un peu étrange. Est-ce qu'elle n'est pas censée faire la promotion de l'établissement ?

— J'ai trouvé ces réflexions très justes.

— J'ai plutôt eu l'impression qu'elle avait des comptes à régler avec l'administration. Si c'est aussi horrible qu'elle le dit, elle ferait peut-être mieux d'aller enseigner dans une école publique. »

Il ne prend pas la peine de te répondre.

Deux ans plus tôt. Taylor a treize ans. Pollock a préparé du riz au poulet et au pesto accompagné de légumes pour le dîner. Comme son atelier est juste derrière la villa et qu'il travaille selon ses propres horaires, il trouve normal de s'occuper de la cuisine la plupart du temps. Vous préparer de bons repas nourrissants, aux enfants et à toi, est sa façon de vous montrer qu'il vous aime. C'est son langage d'amour. Mais il ne s'agit pas uniquement de cela. Quand il était enfant, sa mère était trop occupée, ou plus exactement trop désorganisée, pour faire de la cuisine une priorité. Le repas se résumait généralement à un gratin de macaronis au fromage, des *fish and chips* ou des hamburgers à emporter qui pouvaient atterrir sur la table à 17 heures 30 comme à 21 heures. D'après ce qu'il t'a raconté, il devait très souvent se contenter de toasts pour le dîner. Pas besoin d'être Freud pour comprendre pourquoi il tient tant à ce que vous dîniez tous ensemble chaque soir.

Taylor est occupée à retirer les petits morceaux de poulet enrobés de pesto de sa portion de riz et à les empiler sur le bord de son assiette.

« Le poulet n'est pas à ton goût ? demandes-tu.

— Je suis végétarienne maintenant. »

Ben et Alice lèvent les yeux de leurs assiettes.

« Depuis quand ?

— Je ne veux plus manger de viande.

— Tu es sûre ? C'est difficile pour les végétariens de consommer assez de protéines pour rester en bonne santé. Et suffisamment de vitamines, ajoutes-tu bien que tu ne sois pas vraiment sûre de ce que tu avances. Ils sont obligés de prendre des compléments alimentaires.

— C'est mon corps, répond Taylor d'un ton blessé.

— Bien sûr, s'empresse de répondre Pollock. J'ai été végétarien pendant un moment à l'adolescence. C'est une phase normale.

— Ce n'est pas une phase. Je trouve la viande dégoûtante. Avant, c'était un être vivant, vous savez.

— Nous mangeons surtout du poulet, dit Pollock. Je te mettrai de côté une portion sans viande. Et le poisson, Tee ? Certaines personnes excluent la viande, mais pas le poisson. Les pescétariens.

— Je ne veux pas en manger non plus.

— Tu es sûre ?

— Oui ! »

Tu es surprise par ce soudain coup de colère. Son poing s'abat sur la table et fait tinter les couverts. Elle fixe le contenu de son assiette avec une froide intensité que tu ne l'avais encore jamais vue exprimer.

Pollock et toi n'ayant jamais été sportifs, vous ne vous attendiez pas à ce que vos enfants le soient. Pourtant, les cours de natation que Taylor a commencé à prendre à quatre ans au sein d'un club local ont progressivement pris le rythme de trois entraînements par semaine. À dix ans, elle est sélectionnée pour intégrer une petite équipe entraînée par une femme qui a remporté une médaille d'argent aux Jeux du Commonwealth dans les années quatre-vingt. Tu es fière de ta fille, et tu la soutiens volontiers dans la mesure de tes possibilités. Cela exige surtout de préparer des pique-niques et de se lever tôt pour faire le chauffeur.

À douze ans, Taylor se qualifie pour les championnats nationaux de natation. La compétition a lieu à Rotorua. Elle y monte en car avec le reste de l'équipe de Wellington. Pollock passe le week-end à Sydney avec Max, où il doit répondre à une interview pour la télé, ou quelque chose comme ça. Il est écœuré de devoir manquer la compétition. Tu montes seule en voiture à Rotorua en écoutant ta musique aussi fort que tu l'aimes.

Taylor remporte sa série du deux cents mètres brasse, sa spécialité, et se qualifie pour la finale. Depuis le centre des gradins bondés, tu la regardes monter avec assurance sur le plongeoir du couloir numéro 5. Elle a hérité de la taille de Pollock et, bien qu'elle n'ait que douze ans, elle est large d'épaules et a le corps étonnamment ferme grâce à son entraînement intensif.

Au coup de sifflet, tu ne peux pas te retenir de bondir sur tes pieds. Les nageuses remontent à la surface. Tu t'entends crier des encouragements à Taylor, consciente de te comporter légèrement comme une folle. À mi-course, deux autres nageuses et elle ont encore toutes les chances de gagner. Elles plongent et glissent presque en ligne droite. La houle d'une limpidité chimique déferle et s'écrase contre le mur. C'est le virage final à présent – contact des mains, rotation, poussée avec les jambes, glissement sous l'eau. Tu lâches un grognement. Taylor s'est laissé distancer d'une longueur de bras par les autres filles. Mais elle a sans doute encore le temps de rattraper son retard. C'est peut-être l'espoir qui te joue des tours, mais dans les trente derniers mètres, il te semble que Taylor donne un dernier coup de collier et réduit la distance entre elles. Quinze mètres plus loin, elle les a rejointes. Les trois bonnets de couleur vive se jettent en avant et la course s'achève dans un déluge d'écume.

Il te faut lever les yeux vers l'écran pour découvrir qu'elle est arrivée deuxième de tout le pays. Moins d'un tiers de seconde derrière la gagnante. L'objectif de Taylor était de se qualifier pour la finale, personne n'avait évoqué la possibilité d'une médaille.

Ses amies nageuses s'attroupent au bout du couloir pour la féliciter. Deux d'entre elles la hissent hors de l'eau. À bout de souffle, elle dégouline au milieu d'une demi-douzaine d'autres filles aux larges épaules. Quelqu'un pose une serviette au nom de son club écrit en caractères bleus sur ses épaules. Tu regardes son entraîneuse la rejoindre en courant et la serrer dans ses bras.

Tu continues à te ridiculiser en criant, en applaudissant et en tapant des pieds encore plus fort que pendant la course. Tu exploses presque de fierté. Taylor lève les yeux vers les gradins. Elle te repère et agite la main. C'est une image que tu conserves en toi aussi soigneusement qu'une précieuse photo depuis toutes ces années.

Lorsque Taylor t'annonce qu'elle veut arrêter la compétition, tu lui réponds que tu comprends. La natation exige indéniablement un énorme investissement de sa part. L'entraînement matinal. Les séances de sport. L'alimentation *saine*. Si elle ne souhaite plus se soumettre à ce régime, si, comme elle l'explique, elle ne s'amuse plus, c'est totalement compréhensible. Pourtant, tu ne peux pas t'empêcher d'éprouver une certaine déception. Tu aimais bien être la mère d'une championne de natation.

« Tu pourras toujours continuer à aller t'entraîner une fois par semaine, pour le plaisir.

— Non, j'ai vraiment envie de faire une pause.

— Et les championnats nationaux ?

— J'ai déjà annoncé à Angela que je ne voulais plus faire partie de l'équipe.

— Ah, d'accord. Et elle l'a bien pris ?

— Elle a essayé de me faire changer d'avis. Beaucoup d'autres filles ont arrêté la natation ces derniers temps. Elle a simplement peur que le club ne remporte plus de médailles. »

Debout dans la cuisine, Taylor paraît fatiguée. La peau sous ses yeux est bleutée, et ses pommettes sont légèrement saillantes.

« Tu es vraiment sûre de ta décision, Tee ?

— Ouais. Je préfère me concentrer sur les cours et le reste. »

Tu en discutes avec Pollock le soir même. Il estime qu'elle a pris une décision raisonnable. En s'entraînant suffisamment dur, elle aurait peut-être gagné sa course aux championnats nationaux cette année. Mais ensuite ? Elle aurait défendu son titre, essayé de se qualifier pour les épreuves internationales, peut-être même pour les championnats du monde. La natation de compétition est une montagne qu'elle risquait de grimper pendant des années.

Non, elle avait raison. Mieux valait s'arrêter avant que cela n'éclipse tout le reste dans sa vie.

Beaucoup plus tard, tu te rends compte que tu n'as plus jamais revu Taylor en maillot de bain, ni même en short depuis le jour où elle est arrivée deuxième aux championnats nationaux à Rotorua. Désormais, elle ne porte plus que l'uniforme du lycée – une jupe longue et un blazer – ou des jeans baggy, des T-shirts, des sweatshirts à capuche et, quand il fait froid, ces pulls vintage volontairement laids qui sont devenus sa tenue réglementaire en dehors des heures de cours. Pour faire du sport, elle enfile un pantalon de jogging informe et un sweat à capuche, même les jours de chaleur.

N'aurais-tu pas dû t'apercevoir qu'elle cachait son corps ? Étais-tu trop concentrée sur ton nouveau poste de directrice générale au théâtre pour comprendre ce qui se passait ? Ben et Alice qui, regardons les choses en face, sont plus faciles et plus drôles que leur sœur, monopolisaient-ils ton attention ? As-tu trop vite balayé les premiers doutes de Pollock ?

Peut-être que Taylor voulait que tu la prennes entre quatre yeux. Si elle sentait qu'elle perdait les pédales, peut-être qu'au fond, elle avait besoin que sa mère intervienne et prenne les choses en main, qu'elle joue son rôle de cheffe, de co-capitaine du navire familial. Si c'était le cas, alors tu lui as fait faux bond. Gravement. Enfin bref, il est trop tard pour émettre des hypothèses. Pour une raison ou une autre, tu n'as rien remarqué pendant beaucoup trop longtemps.

Un soir, Taylor annonce qu'elle ne veut plus dîner avec vous. À partir de maintenant, elle mangera dans sa chambre.

« Pas question. Le dîner, c'est en famille », répond Pollock.

Il y a des larmes et des cris. Pour la première fois de ta vie, un de tes enfants t'injurie. Taylor ne vise pas Pollock, mais toi seule. Elle te regarde droit dans les yeux et te traite de pauvre conne. Ben et Alice assistent à la scène, les yeux écarquillés.

Elle finit par s'enfuir de la cuisine en larmes. Rien n'est résolu. Tu te sens coupable, horriblement honteuse, même si tu n'as rien fait de plus que hausser la voix.

Ce soir-là, tu poses un plateau avec son dîner devant sa porte. Tu te dis qu'il ne s'agit pas d'un compromis. Les enfants ont besoin de manger. Autrement, elle se lèvera cette nuit pour aller fouiller dans le frigo. Deux heures plus tard, quand Pol et toi allez vous coucher, son assiette est intacte. Tu frappes doucement et lui demandes si elle va bien. Pas de réponse. La lumière sous sa porte indique qu'elle ne dort pas. Elle fait la tête. Tu dis à la porte que le dîner sera dans le frigo.

Le sport est une diversion.

Taylor a seize ans et termine sa première. Comme elle commence à marcher tous les jours, tu crois naïvement qu'elle a adopté un mode de vie plus sain. Elle ne fait plus de sport depuis qu'elle a abandonné la natation, alors tu te réjouis qu'elle ne passe plus tout son temps dans sa chambre, scotchée à son portable.

Avec l'argent de son anniversaire, elle s'achète une montre connectée. Quand tu l'interroges, elle t'explique volontiers son fonctionnement. Cette montre compte le nombre de ses pas, mesure son rythme cardiaque et sa tension et peut calculer le nombre de calories qu'elle brûle. Elle est même équipée d'un GPS. Toutes ces données sont envoyées à une appli sur son ordinateur où elles sont transformées en graphiques et en tableaux. Ce jour-là, elle a fait quinze mille pas et quelque.

« Et c'est bien ? »

Taylor réfléchit d'un air très sérieux.

« Certains pensent que dix mille suffisent. Mais la plupart de mes copines ne sont pas de cet avis.

— Suffisent pour quoi ? »

Elle hausse les épaules.

« Pour garder la ligne, je suppose. »

Des mois plus tard, lorsque Pollock et toi entrez dans sa chambre avec le double de sa clé pendant qu'elle est sortie, vous découvrez à quel point c'est devenu obsessionnel. Vous trouvez des diagrammes, des graphiques et des tableaux de chiffres soigneusement détaillés, le tout imprimé et rangé dans des classeurs. Tu n'arrives pas à croire qu'en une semaine, il y a moins d'un mois, elle a marché plus de cent kilomètres. Elle a dû s'absenter pendant des heures. Mais qu'est-ce que tu foutais pour ne rien remarquer ?

La plupart des graphiques et des listes concernent cependant son alimentation.

Tu regardes Pollock forcer le dernier tiroir verrouillé de son bureau. À ce stade, vous vous moquez qu'elle s'aperçoive que vous avez fouillé dans ses affaires. Vous avez peur. Vous vous asseyez sur le bord du lit, sosies de deux des trois singes, celui qui se cache les yeux et celui qui se bouche les oreilles peut-être, et vous lisez son journal. Au bout de quelques pages, vous êtes tous deux en larmes.

Trois jours après la fouille de sa chambre, tu ne lui as toujours pas parlé en face, et elle n'a fait aucun commentaire à propos du tiroir fracturé. Tu rentres tôt du théâtre et trouves Pollock dans son atelier, contemplant une toile à demi achevée d'un air absent. Il a oublié d'ouvrir la fenêtre. La pièce empeste la térébenthine et la peinture à l'huile.

« Il faut que je te montre quelque chose. »

Tu sors ton portable et tapotes l'écran plusieurs fois. Pol t'observe comme si tu manipulais une bombe artisanale.

« Je voulais vérifier ce qu'elle postait en ligne, alors j'ai demandé à quelques filles du chœur de *La Petite boutique des horreurs* comment accéder à son compte Instagram. Elles m'ont aidée à créer un faux profil, celui d'une fille que Taylor ou une de ses copines pourrait avoir envie de suivre. Nous avons utilisé les photos d'une actrice. Elle est jolie, mais vraiment maigre. »

Une semaine plus tôt, tu aurais considéré cette machination comme une violation totale de la vie privée de votre fille. À présent, tu te demandes pourquoi tu n'y as pas pensé plus tôt.

Tu continues à tapoter ton écran en parlant.

« Je ne pensais pas que ça fonctionnerait, mais une des copines de Taylor a commencé à suivre ce compte presque immédiatement. Ce matin, j'ai été ajoutée à son groupe de discussion privé. »

Pollock hésite lorsque tu lui tends ton téléphone.

Toutes les photos de Taylor sont des selfies ou ont été prises face au miroir en pied de sa chambre. Sur la plupart, son visage est invisible, mais tu as reconnu les meubles dans le fond. Déprimée, tu regardes Pollock faire défiler un à un les clichés de ses côtes saillantes, de ses hanches pointues, de ses bras aussi fins que des baguettes et de ses cuisses décharnées.

Et voici ce que disent les légendes : J'y suis presque !!!!! (cinq points d'exclamation) Prête pour le bikini – trop hâte d'être en été.

Celle que tu n'oublieras jamais, celle qui te brise le cœur, ressemble à une blague de très mauvais goût, mais Taylor ne l'a évidemment pas fait exprès.

Trop moche, j'ai l'air énorme dans ces fringues.

Son groupe a posté des commentaires sous ces images, tous débordants d'enthousiasme et de solidarité. D'après tes calculs, il compte une douzaine de filles. Différents indices te font penser qu'au moins deux vivent en Amérique et une en Australie. Toutes leurs photos illustrent cependant le même cauchemar que celui que vit Taylor.

Tu gères !

Tu es canon !

Continue comme ça !

Excellent !

T'es trooooop sexy !

Sur le coup, même si tu sais qu'elles souffrent de troubles psychologiques et qu'elles ont besoin d'aide, tu as envie d'étriper l'une après l'autre ces stupides gamines irréalistes, ces petites connes qui encouragent ta magnifique fille à se laisser mourir de faim.

Tu appelles ton frère pour lui demander conseil. En ce moment, Davey travaille pour le Département de l'administration pénitentiaire en tant que psychothérapeute auprès des détenus.

Il te suggère de ne pas perdre ton temps avec le système de santé publique. Le budget alloué à la santé mentale est dramatiquement insuffisant depuis des années. Taylor ne recevra pas l'aide substantielle d'un spécialiste dont elle a besoin, en tout cas pas de sitôt. Vous allez devoir chercher dans le privé. Davey se renseigne autour de lui et te rappelle le jour même pour te donner deux noms. La personne qu'il te recommande, même s'il ne peut pas te garantir sa disponibilité, est une psychologue clinicienne, Alice Stamp. Elle dirige un programme d'accueil dans le Wairarapa, près de

Carterton, destiné aux jeunes femmes souffrant de troubles de l'alimentation. Même si le coût du séjour est exorbitant, Pollock et toi ne prenez pas la peine d'en discuter. Vous avez la chance de pouvoir vous payer de l'espoir.

La tête toujours posée sur l'épaule de Pollock, tu regardes fixement l'écran de la télévision dont le son est coupé pendant les publicités. Tu repenses à un article que tu as lu récemment, une tribune, probablement dans *Listener*. L'autrice y décrivait son enfance. Ses parents croyaient fermement que tout ce qui constituait leurs deux filles était déterminé par la génétique – la couleur de leurs cheveux et leur taille, bien sûr, mais aussi leur personnalité, et plus tard, leurs choix de vie.

Elle affirmait que, pour cette raison, leur père et leur mère avaient été des parents totalement nuls. À part les nourrir et leur fournir un toit, ils n'avaient assumé presque aucune de leurs responsabilités. Pourquoi prendre la peine d'investir du temps et de l'énergie dans leur éducation puisque tout était une question de génétique ? Leurs enfants deviendraient ce qu'elles devaient devenir, quoi qu'ils fassent.

Tu aimerais croire aussi fermement au pouvoir des gènes. De cette façon, Pollock et toi seriez hors de cause. Aucun de tes actes de mère n'aurait favorisé l'apparition de la maladie de Taylor d'une quelconque manière, car tous ses problèmes auraient déjà été inscrits en elle au moment où tu poussais une dernière fois en criant, où elle glissait entre tes cuisses, hurlante et couverte de sang. Si la vie n'était qu'une affaire de génétique, alors Taylor était déjà détraquée au moment où Pollock a pris les ciseaux étincelants que lui tendait l'infirmière et coupé le long cordon ombilical caoutchouteux.

Lorsque tu l'as prise dans tes bras pour la première fois, rien n'aurait pu empêcher l'inévitable.

Le lendemain, il tombe toujours des cordes. Pour le deuxième jour d'affilée, tu déposes toi-même Ben et Alice à l'école. La circulation est encore plus lente que la veille. Les voitures avancent à touche-touche vers le tunnel.

« Hier, je vous ai expliqué que Taylor se comportait comme une adolescente normale, vous vous rappelez ?

— Ouais, répond Ben, à nouveau assis à côté de toi.

— Ce n'était pas totalement vrai. »

Il hoche gravement la tête, comme s'il savait que tu avais menti. Dans le rétroviseur, Alice regarde fixement son lapin bleu. Tu donnerais n'importe quoi pour qu'elle ait neuf ans toute sa vie.

« En réalité, elle ne va pas bien. Elle souffre d'une maladie qu'on appelle l'anorexie. »

Tu jettes un coup d'œil sur le côté pour voir la réaction de Ben. À douze ans, il pourrait être au courant de ce que c'est, mais il paraît surtout perplexe.

« Est-ce qu'elle va guérir ?

— Nous l'espérons. Elle vient de commencer à consulter une spécialiste. C'est à son cabinet qu'elle s'est rendue lundi, au lieu d'aller au lycée. Cette femme porte le même nom que toi, Alice.

— Alice Cunningham Waters ?

— Non, juste le même prénom.

— Elle est gentille ?

— Je crois. Elle est très douée pour aider les gens qui souffrent de la maladie de Taylor.

— Est-ce qu'elle va lui donner des médicaments ? »

Pollock et toi avez convenu d'être aussi francs que possible avec les enfants, sans trop entrer dans les détails.

« Ce n'est pas vraiment ce genre de maladie, mon cœur. Cette femme va surtout lui parler. Elle va essayer de la convaincre de manger sainement pour qu'elle ne soit plus aussi maigre et toujours fatiguée.

— Et grognon, dit Ben.

— Voilà. Taylor va passer quelques mois dans un établissement spécialisé, une espèce de pensionnat. Ce n'est pas très loin, juste un peu plus haut sur la côte. Nous pourrons lui rendre visite. »

Tandis que les voitures avancent lentement, tu t'efforces de répondre à leurs questions. La plus difficile, celle à laquelle tu n'en as sincèrement trouvé aucune réponse, est : pourquoi ?

« Pourquoi elle est tombée malade ? insiste Ben.

— Je n'en ai aucune idée. J'aimerais bien le savoir. Disons que ça arrive à certaines personnes. »

Quelle piètre explication. Ne devrais-tu pas être capable, toi, l'adulte, sa mère, de trouver mieux que le hasard ?

Tu déposes Ben et Alice devant le portail de l'école et les regardes courir vers les portes principales. Une pluie diluvienne s'abat maintenant sur la ville.

Après t'être assurée qu'ils sont entrés, tu roules au hasard, perdue dans tes pensées, cherchant toujours à comprendre ce que Pollock et toi avez fait ou pas. Tu roules jusqu'à ce que tu ne saches plus où tu es, jusqu'à ce que tes mains tremblent. Il faudrait que tu te gares, mais c'est impossible, car tu ne trouves nulle part où t'arrêter dans la rue inondée et encombrée. Alors tu continues à avancer, aux commandes de ton sous-marin accidenté. Qui coule lentement. Et s'enfonce peu à peu dans l'obscurité.

L'exorciste

Rentré de son séjour de trois jours chez Sam à Wellington, Pat parla longuement de sa petite-fille, Taylor, à Shelley.

« Elle n'a plus que la peau sur les os, dit-il en secouant la tête. Bon sang, Shell, ça fait peine à voir. Ses parents sont morts d'inquiétude. Si seulement je pouvais faire quelque chose. »

Ils attendaient leurs plats autour d'une table du bar principal du Mariner, où un bon nombre de clients, surtout des locaux, prenaient également leur déjeuner dominical. Shelley portait une longue robe verte ample au décolleté plongeant. Ce mois-ci, ses cheveux étaient bleus, et leurs extrémités noires lui effleuraient les épaules. Comme elle devenait un peu sourde, il devait élever la voix pour se faire entendre par-dessus le murmure des conversations, les éclats de rire et le roulement des billes du billard à l'autre bout de la pièce. L'une d'elles venait de tomber dans une poche et dévalait le rail de descente sous la table.

« Jade pourrait sûrement l'aider, répondit-elle.

— Qui ça ? »

Elle plissa les yeux d'un air agacé.

« Jade. Oh, bon sang, Pat : ma fille !

— Ah, ouais. Bien sûr. »

Shell avait trois filles et un fils. Pat ne savait plus très bien si Jade était la benjamine de son premier mariage ou si c'était un des enfants qu'elle avait eus avec son deuxième mari. Une de ses filles était venue à la fête de ses soixante ans, mais il n'avait jamais vraiment réussi à mettre un nom sur son visage. Il jeta un coup d'œil du côté de la cuisine en se demandant pourquoi le service était aussi long.

« Elle est psychologue, un truc comme ça ?

— Non, médium professionnelle.

— C'est-à-dire ?

— Tu sais bien, une médium. Elle aide ses clients à communiquer avec l'esprit des défunts. Elle tire également le tarot et lit les lignes de la main. Ses services sont très sollicités à Auckland. »

Pat eut assez de jugeote pour ne pas en rire. Elle pouvait être susceptible, surtout en ce qui concernait ses *croyances spirituelles*. A priori, c'étaient des trucs de hippie assez inoffensifs, tels que le yoga, la méditation et les cristaux guérisseurs posés sur sa table de chevet. À l'extérieur de sa maison, flottaient des centaines de drapeaux de prières décolorés et en lambeaux. Récemment, elle s'était mise à préparer son propre kombucha. Elle jurait que ce machin pouvait guérir n'importe quoi, de l'acné à la tumeur au cerveau. Apparemment, la plupart des aliments fermentés allongeaient notre espérance de vie. Par contre, il valait mieux éviter de la lancer sur le thème des vaccins. Et des ovnis.

« Je ne savais pas qu'elle était médium.

— J'y ai sûrement fait allusion.

— Nan, je suis certain que je m'en serais souvenu.

— Eh bien, c'est sa nouvelle activité, un vrai changement de cap après l'immobilier. Enfin bref, je pensais que tu te moquerais si je t'en parlais.

— Bien sûr que non. Quelle idée. »

Il sentait qu'elle s'apprêtait à reparler des fois où il l'avait bel et bien chambrée, ce qui arrivait généralement après quelques verres. Shell avait une mémoire encyclopédique des offenses qui remontait jusqu'à son enfance. Elle avait un frère à qui elle ne parlait plus depuis des années.

Par chance, Trish, la fille du patron du pub, arriva avec leurs plats. Pat attaqua aussitôt son steak.

« Son véritable gagne-pain aujourd'hui, c'est le tarot, dit Shelley en picorant pensivement ses frites.

— Hmmm, c'est vrai ?

— Le don de voyance est en fait assez répandu chez les femmes de ma famille. Ma grand-mère était capable de retrouver n'importe quel objet perdu. Elle avait un sixième sens pour les localiser. Un jour, mamie Ruth a retrouvé l'alliance d'une femme rien qu'en parlant avec elle au téléphone. Apparemment, elle était dans le tas de compost.

— Incroyable. »

Il avait demandé son steak à point, mais celui qu'on lui avait servi était trop cuit.

« Jade a déjà aidé des personnes qui souffraient d'anorexie ou de trucs comme ça.

— C'est vrai ?

— Oui, pas mal de fois.

— Comment au juste ?

— En réalité, les troubles de l'alimentation n'ont rien à voir avec la nourriture. C'est une idée fausse très répandue. Le vrai problème, c'est qu'il y a un esprit malheureux qui plane autour de ta petite-fille.

— C'est bien la première fois que j'entends cette théorie.

— C'est plus qu'une théorie, Pat. Les éléments qui le prouvent sont de plus en plus nombreux. La plupart des gens ne comprennent pas que le monde des esprits a un énorme pouvoir sur leur santé.

— Je l'ignorais totalement.

— Tu devrais demander à Jade comment ça fonctionne exactement. Je ne connais pas tous les détails techniques.

— Intéressant. J'y penserai.

— Il faudrait vraiment enseigner toutes ces choses aux étudiants en médecine.

— Tu as sans doute raison.

— Ce qu'elle m'a expliqué, c'est que l'anorexie est provoquée par l'esprit d'un parent proche, une femme habituellement, qui refuse de passer dans le monde suivant. Et il s'agit toujours d'une personne qui s'est suicidée. »

Le steak perdit son goût dans la bouche de Pat, et les bavardages chaleureux de la pièce se transformèrent en bruits parasites d'un micro mal branché. Il avala la boulette de viande molle collée sur l'arrière de sa langue et serra les dents dans l'espoir de se déboucher les oreilles, mais le son ne fit que monter dans les aigus d'une ligne à haute tension. Il n'avait jamais raconté à Shelley ni à un seul habitant de Kaipuna comment sa femme était décédée. Il se contentait d'expliquer qu'elle était morte jeune, le laissant seul avec trois enfants. D'après les quelques remarques de Shelley au fil des années, elle pensait que Marika était morte d'un cancer.

« Ça va, Pat ?

— Ouais, ouais. Bien sûr. »

Il essaya de lui faire approfondir le sujet, mais il s'avéra que c'était vraiment tout ce qu'elle savait. En tout cas, elle parut ravie qu'il s'y intéresse. À un moment, elle posa même affectueusement sa main couverte de bagues sur la sienne pendant quelques secondes.

« Je peux demander à Jade de t'appeler si tu veux.

— D'accord, pourquoi pas. Merci. »

Vingt-quatre heures plus tard, Pat était finalement convaincu que cette histoire de suicide et d'esprit n'était qu'une coïncidence. Si on se mettait à fouiller le passé de toutes les familles, on tomberait forcément sur un suicidé.

Il faisait réchauffer une tourte à la viande et au fromage au micro-ondes pour son dîner lorsque le téléphone sonna. Jade se présenta d'une voix voilée, si douce que c'était presque un chuchotement.

Il visualisa une trentenaire en léger surpoids, vêtue d'une ample tenue en soie et coiffée, pour une raison ou une autre, d'un turban bleu.

« Maman m'a dit que tu pourrais avoir besoin d'une cérémonie de purification de niveau un pour ta petite-fille.

— Je n'en suis vraiment pas sûr. C'est tout nouveau pour moi. En quoi ça consisterait exactement ?

— Rien de très compliqué. Les niveaux un sont assez faciles à résoudre. Dans les cas d'anorexie, de boulimie ou autres troubles de l'alimentation, un esprit féminin a été attiré par la personne malade. Il n'essaie pas exactement de posséder ta petite-fille… Pardon, comment s'appelle-t-elle déjà ?

— Taylor.

— C'est ça, Taylor. Comme je le disais, il n'essaie pas de la posséder, pas au sens technique du terme. Il trouve simplement réconfortant d'être près d'elle. Il ne sait même pas qu'il lui fait du mal.

— Donc rien à voir avec ce film où la fille vomit, tourne la tête à trois cent soixante degrés et flotte au-dessus de son lit. »

Il y eut un court silence glacial.

« Non. Ça, c'est un niveau trois – une possession démoniaque. Je ne suis pas qualifiée pour résoudre un problème de cette ampleur. »

Ils discutèrent encore quelques minutes. Pat devait bien admettre que la fille de Shell avait un excellent argumentaire de vente. Très professionnelle.

« Écoute, Jade, le truc, et je suis désolé de le dire, c'est que ma fille, Sam, n'acceptera jamais que Taylor soit mêlée à ça. Personnellement, je trouve important de garder l'esprit ouvert, mais elle est très sceptique à propos de ce genre de chose.

— Oh, ce n'est pas un problème, répondit-elle gaiement. Il n'est pas nécessaire que la personne spirituellement souffrante se trouve au même endroit que le praticien pour que le rituel de purification soit opérant. »

Opérant ? Il eut l'impression qu'elle citait une sorte de manuel de formation. À l'heure actuelle, on trouvait probablement des vidéos sur YouTube pour apprendre toutes ces choses.

« Tu veux dire que tu n'as même pas besoin de voir Taylor ?

— En effet, Pat. Tout ce qu'il me faut, c'est une photo d'elle et, si possible, un objet qu'elle affectionne. Ça peut être n'importe quoi, tant qu'il s'agit de ce que nous appelons un bien précieux dans le métier. »

Elle pouvait même venir chez lui pour accomplir la cérémonie. Toute l'affaire ne durerait pas plus de trois quarts d'heure.

« Il se trouve que je descends voir maman dans deux ou trois semaines. Je pourrai passer te voir à ce moment-là si tu veux.

— Mais combien ça me coûtera exactement ?

— D'habitude, je prends deux cent cinquante dollars pour ce type de service, mais comme tu es un ami proche de maman, je pourrais te le faire à, disons, cent cinquante – en espèces. »

Il aurait pu lui répondre qu'il allait réfléchir à son offre, raccrocher et ne jamais la rappeler. Mais il savait que Shell se sentirait personnellement insultée s'il n'embauchait pas sa fille. Elle en reparlerait chaque fois qu'ils se verraient. Même s'ils ne se retrouvaient plus que quelques fois par an dans le même lit, c'était sa seule occasion de passer gratuitement à l'acte, et il ne voulait pas prendre le risque de la perdre. En plus, supposait-il, Shell était une amie. Elle lui avait rendu beaucoup de services au fil des années. Pour maintenir la paix entre eux, il demanda donc à Jade de passer chez lui la prochaine fois qu'elle descendrait d'Auckland.

Un samedi matin, quelques semaines plus tard, Pat dormait encore lorsqu'on frappa à sa porte. Il se retourna dans son lit en espérant que cette personne allait rapidement foutre le camp. Les coups qui suivirent furent plus forts et brefs. Quand il ouvrit finalement la porte, les yeux plissés à cause de la lumière de fin de matinée, il découvrit une grande femme mince en tailleur-pantalon foncé, plantée en bas des marches sur le granulat de coquillages blancs, un petit sac de sport à la main. À la voir, elle s'apprêtait à tenter de le convaincre de changer de compagnie d'électricité ou de se faire installer la télévision par satellite.

« Ouais, je peux vous aider ? »

Elle lui tendit une carte de visite.

« Je suis madame Mystique. »

Sur la carte noire, l'image dorée d'une boule de cristal étincelait dans la lumière du soleil.

« Pardon ?

— Jade. La fille de Shelley.

— Ah, oui. Bien sûr.

— Je suis là pour la purification spirituelle.

— Oui, oui. »

Il jeta un coup d'œil à une montre invisible.

« C'est déjà l'heure ? Entre, entre. »

Tandis qu'elle se glissait devant lui dans le couloir sombre, il la vit froncer les sourcils en regardant sa robe de chambre tachée de nourriture et ses pâles jambes poilues dont les mollets couverts de varices tortueuses ressemblaient à une carte de l'Amazone en 3D. Il resserra sa ceinture et la suivit dans le salon en humant les effluves de sa crème hydratante et de son shampoing à la noix de coco.

Quelques gars des bungalows voisins étaient passés la veille au soir. Elle ignora poliment les canettes de bière, les sachets de chips et les cartons de pizza éparpillés.

« C'est un charmant emplacement que tu as là, dit-elle en s'approchant de la fenêtre. Pile sur la plage.

— Ouais, la vue est spectaculaire.

— Pour ce qui est des lignes telluriques de la région, les choses se présentent très bien.

— C'est vrai ?

— Oh, tu peux me croire. Kaipuna a d'excellentes vibrations psychiques. C'est la raison principale pour laquelle le *tangata whenua* s'est installé ici. »

Pat était en bons termes avec plus d'un Maori dans le coin, et il était presque certain que leurs *iwi* s'étaient établis sur la péninsule parce que la pêche y était bonne – langoustes, *pāua*. Mais de peur de partir sur de mauvaises bases, il laissa passer.

« Tu n'es pas comme je t'imaginais, dit-il. Je pensais que tu porterais une sorte de costume. Un châle ou un turban bleu, un truc comme ça, tu vois. »

Elle le dévisagea pensivement.

« En fait, je porte effectivement un turban quand je fais des lectures à mon cabinet. Ça plaît à mes clients de longue date. Et il est bleu. Tu es peut-être un peu médium, Pat ?

— Tu crois ?

— C'est possible. T'arrive-t-il d'apercevoir des silhouettes étranges du coin de l'œil ? Ou de rêver d'une chose, et quand elle arrive, c'est exactement comme dans ton rêve ?

— Non, pas vraiment. »

Elle haussa les épaules.

« Bon, alors, peut-être pas. Et si tu allais t'habiller pour que nous puissions commencer ? »

Dans sa chambre, il prit le temps de se donner une allure respectable. À son retour, il portait son jean le plus neuf, une chemise blanche propre et avait peigné ses cheveux humides vers l'arrière. Il découvrit que Jade avait débarrassé la table des cartons de pizza, des canettes et du cendrier. Les seuls objets disposés étaient une bougie dans un bougeoir argenté à fioritures qu'elle avait dû sortir de son sac et un petit bol en cuivre à moitié plein de ce qui avait l'odeur et l'apparence d'un mélange d'herbes.

« Commençons », dit-elle, l'air soudain très professionnel.

Elle fit un geste élégant de la main pour l'inviter à s'asseoir à table en face d'elle.

« Est-ce que tu as une photo de ta petite-fille comme je te l'ai demandé ? »

Par chance, il y avait repensé pendant qu'il se changeait. Le portrait qu'il sortit de la poche de sa chemise lui avait été offert par Sam, quelques Noëls plus tôt. Elle le lui avait envoyé dans un joli cadre en bois qu'il conservait sur la commode de sa chambre. On y voyait Sam, son mari artiste Paul, que tout le monde surnommait Pollock, et leurs trois enfants en vacances à Rarotonga. Taylor était à droite, à côté de sa mère. La photo devait dater de plusieurs années, car la pauvre gamine avait encore l'air en bonne santé.

Jade la contempla en plissant les yeux puis claqua sa langue d'un air désapprobateur.

« Il vaut mieux que la personne souffrante soit seule sur la photo.

— Tu ne l'as pas précisé au téléphone. J'en ai sûrement une d'elle bébé quelque part. Je peux la chercher si tu veux.

— Non, ne t'embête pas. J'ai besoin d'une photo récente, sinon l'esprit ne la reconnaîtra pas.

— Ah, oui. Évidemment. »

Elle lui lança un regard, l'air d'évaluer son sérieux.

« Est-ce que ça te dérange si je découpe ce portrait ?

— Ma foi, non. Si tu n'as pas le choix. »

Il alla chercher les ciseaux dans le tiroir de la cuisine et regarda Jade, madame Mystique, découper soigneusement Taylor. Même si les lames étaient grandes, elle faisait du travail très propre ; au point que, lorsqu'elle eut terminé, il se dit qu'avec un bout de scotch, il pourrait remettre la silhouette en place et que la coupure ne se verrait même pas une fois que le portrait serait dans son cadre.

Jade posa la petite photo souriante de Taylor sur la table.

« Et un objet qui compte pour elle ? Tu en as un aussi ? »

Pat se leva et se dirigea vers la cheminée. Parmi les morceaux de bois flotté, la mâchoire de requin et le flotteur en verre disposés sur le manteau, se trouvait un bonhomme fait de bâtonnets de glace et de gouttes de colle. Son visage était dessiné de travers aux crayons-feutres, chaque œil et la bouche d'une couleur différente. Un petit paquet de laine vierge qui sentait encore légèrement la lanoline quand on l'approchait du nez lui servait de chevelure.

« Taylor l'a fabriqué pour moi. Elle en était très fière. »

Il omit de préciser que ce bonhomme était censé le représenter – *Papirouette*, elle l'avait appelé. Pas mal comme jeu de mots pour une gamine de cinq ans. Elle avait toujours été brillante. Jade allait certainement lui répondre que ce n'était pas un objet suffisamment important. Mais elle hocha la tête et sourit avant de le poser avec précaution contre la base du bougeoir.

« Peux-tu fermer les rideaux, s'il te plaît ? »

Il s'exécuta. Les lourds rideaux étant doublés, il fit aussitôt nuit dans la pièce. Jade alluma la bougie avec un briquet, avant d'approcher la flamme du contenu du bol. Les herbes, si c'était bien ce dont il s'agissait, s'enflammèrent facilement, et une odeur de feu de feuilles mortes emplit la pièce. Avant qu'il puisse l'en empêcher, elle prit la photo découpée de Taylor et la laissa tomber dans les flammes. En quelques secondes, elle se consuma en émettant une lueur chimique orange et bleu.

Ça va être compliqué de la recoller, pensa Pat en regardant l'image noircir, se rabougrir et se désagréger en cendres.

« Nous allons maintenant former un cercle d'invocation. C'est bien que tu sois un parent proche, ça facilite beaucoup le processus. Pose tes mains sur les miennes, s'il te plaît, paume contre paume. »

Jade plaça le dos des mains sur la table de chaque côté de la bougie et du bol fumant. Pat dut rapprocher sa chaise pour pouvoir poser ses paumes sur les siennes. Leurs peaux ne se touchaient que très légèrement au niveau du poignet et au bout des doigts.

« Ferme les yeux. »

La pause qui suivit fut pour lui interminable. Ils passèrent quatre ou cinq minutes assis, les yeux fermés, sans un mot ni un geste. Il tentait vainement d'éviter d'inhaler la fumée qui s'élevait du bol et s'apprêtait à demander un rapport sur l'état d'avancement du rituel lorsqu'elle se mit à marmonner. Ne comprenant rien à ce qu'elle disait, il entrouvrit les yeux et s'aperçut qu'elle avait commencé à se balancer d'avant en arrière. Soudain, tout son corps se tendit et son visage pivota vers la cheminée. Elle parla ensuite d'une voix forte qui ne ressemblait pas à la sienne.

« Elle est là ! »

Il fallait bien admettre que c'était une prestation géniale, carrément effrayante. Il suivit son regard vitreux, mais ne vit évidemment rien, car il n'y avait rien à voir. Aucun froid n'envahit la pièce. Il n'y eut ni coups ni tintements de chaîne fantomatiques. La flamme de la bougie entre eux ne vacilla même pas. *Madame Mystique devrait envisager d'investir dans des effets spéciaux*, pensa-t-il. Quelques petits bidules lumineux cachés dans son sac ou un mini haut-parleur diffusant des sons enregistrés qu'elle pourrait mettre en marche à l'aide d'une télécommande ajouteraient vraiment de la valeur à son numéro.

Elle tournait à présent la tête comme si elle regardait quelqu'un se déplacer lentement dans la pièce.

« L'esprit qui nous a rejoints est celui d'une femme.

— Est-ce que c'est ma…

— Chut ! Ne parle pas. Elle est très jolie, mais triste. »

Je serais triste aussi si j'étais mort, songea Pat.

Jade inclina la tête, l'air de tendre l'oreille.

« Elle veut savoir où elle est. Elle dit qu'elle te reconnaît, mais que tu parais plus âgé. »

Elle pivota vers lui.

« J'évite toujours de trop communiquer avec les esprits. C'est inutile. Je vais essayer de la convaincre de passer dans le monde suivant. »

Tout en continuant à soutenir légèrement les mains de Pat, elle commença à psalmodier dans une langue étrangère. Sans doute du latin, ou peut-être de l'espagnol, il ne savait pas trop. Jade avait à nouveau baissé les paupières. Sa voix s'éleva dans les aigus puis descendit dans les graves, avant d'atteindre brusquement une intensité inquiétante.

Rouvrant les yeux, elle se pencha en avant et souffla la bougie.

« Et voilà. »

Elle retira ses mains de celles de Pat.

« On a fini ?

— Oui. Elle est partie.

— Ma foi, ce n'était pas trop difficile.

— Comme je te l'ai dit, ce genre de problème est normalement assez facile à régler. Tu peux rouvrir les rideaux. »

Dans la lumière vive du soleil, Pat fut surpris de s'apercevoir qu'elle semblait avoir pris dix ans d'un coup. Son visage était crayeux, et elle avait des taches sombres sous les yeux. Il songea qu'elle avait dû se maquiller pendant qu'il regardait ailleurs. C'était bien vu, très théâtral.

« Aurais-tu du jus de fruit ? Ou peut-être un biscuit ? Faire circuler un esprit est épuisant.

— J'imagine. »

Il y avait une canette de Coca dans le frigo, et un vieux gâteau de Noël, sans moisissure apparente, qu'on lui avait offert quelques années plus tôt attendait dans sa boîte en fer sur l'étagère du haut du placard. Au lieu de mordre dans sa part, Jade grignota l'épaisse couche de glaçage à l'amande d'un air reconnaissant, tout en sirotant le Coca.

« Je ferais mieux d'y aller. Je dois retrouver maman à treize heures. »

Elle commença par ranger le bougeoir dans son sac, puis versa les cendres du bol avec précaution dans le sachet en plastique refermable qu'elle avait sorti de sa poche.

« Tu peux jeter ça dans ma poubelle, si tu veux, dit Pat.

— En fait, ces cendres sont vraiment *tapu* maintenant. Il serait plus sûr pour toi que je les emporte.

— Ah, je vois. D'accord. Merci.

— Taylor devrait commencer à se sentir tout de suite mieux.

— C'est si rapide que ça ?

— Oui. Je n'ai jamais vu cette cérémonie échouer. »

Elle avait tout rangé et semblait pressée de partir.

« Si je me souviens bien, Pat, tu préférais payer en espèces. »

Il tâta ses poches, même s'il savait qu'elles étaient vides.

« En fait, je n'en ai pas à la maison. J'espère que ça ira si je te donne un chèque ?

— Je suppose que oui.

— Super.

— S'il est rejeté, je sais où tu habites. »

Elle sourit, mais avec la même expression que sa mère.

Il trouva son chéquier dans un tiroir et remplit un chèque de cent cinquante dollars. S'il avait été plus susceptible, il se serait senti insulté en la voyant vérifier soigneusement la somme et la signature avant de le glisser dans sa poche, mais elle devait avoir affaire à toutes sortes de barjos et de tordus dans son métier.

Il la raccompagna à la porte. Dehors, des motifs mouvants de lumière scintillante se réfléchissaient sur l'océan presque étale et dansaient sur la façade du bungalow par brusques flashs éblouissants. C'était le genre de journée qui lui faisait regretter de s'être débarrassé du canot pneumatique.

« Si je peux faire quoi que ce soit, appelle-moi, dit Jade. Tu as ma carte.

— D'accord, merci. À la prochaine. »

Il la regarda regagner la route où était garée une Nissan Leaf blanche poussiéreuse. Elle lança son sac sur le siège passager, monta et fit démarrer le moteur presque insonore. Après un demi-tour, elle redressa les roues puis leva une main en filant vers la nationale, aussi silencieuse qu'un fantôme.

Depuis le perron ensoleillé, il regarda la fine poussière blanche soulevée par les pneus se poser sur les lupins sauvages. Il n'avait rien de prévu pour le reste de la journée. Tout près de lui, une cigale commença à chanter et une de ces mouettes éternellement insatisfaites lui répondit. Maintenant que Jade était partie, son scepticisme s'effritait. Après tout, ce vieux monde était bien étrange. Qui pouvait affirmer avec certitude que les lignes telluriques et les esprits n'existaient pas ? En fait, pendant que Jade marmonnait en roulant les yeux, il avait vraiment eu l'impression qu'une troisième personne se trouvait dans la pièce.

Tout bien considéré, il ne regrettait pas de l'avoir fait venir. Au moins Shelley l'aurait à la bonne maintenant. Et personne ne pourrait prétendre que, quand il y avait un problème dans sa famille, Pat Waters ne levait pas le petit doigt.

Aroha

C'est juste pour deux ou trois semaines, maman… Ouais, merci, je sais, mais… Merci, mais c'est vraiment juste en attendant que je trouve un logement pour Bella et moi. Ça ne devrait pas prendre… D'accord, super. Mais je suis sûre que ça ne durera pas plus de deux ou trois semaines. J'ai déjà commencé à chercher et… Non, je n'ai pas besoin de mon ancienne chambre… Tu as raison, ce serait compliqué de le déplacer, alors… Non, je t'assure. Pas la peine, je te dis. Bon, ça me va, tu n'as qu'à le laisser où il est. Je dormirai dans la chambre de Ginny. Elle est plus grande que la mienne de toute façon. Bella pourra y dormir avec moi. Elle me rejoint la plupart des nuits, en fait. Parfois, je ne l'entends même pas, elle est super discrète. Je la trouve là à côté de moi, le matin… Elle va bien, je dirais, un peu contrariée à cause du déménagement, tu sais, et parce qu'elle ne le voit plus, tout ça. Elle ne se rappelle pas l'époque où je voyais d'autres mecs, c'était mon premier petit copain sérieux, après son père… Nan, elle l'appelait juste par son prénom. Elle savait que ce n'était pas son vrai père, mais tu connais les gamins, va savoir ce qu'ils s'imaginent, c'est… Non. Je te l'ai déjà dit au téléphone. C'était vraiment un mec bien… Non, je te le dirais s'il avait…

Je t'assure, ce n'est pas pour ça que je l'ai quitté… Je te l'ai déjà dit au téléphone. Il ne m'a jamais frappée, il n'était pas comme ça, pas… Tu crois vraiment que je l'aurais toléré ?… Non, jamais de la vie. Encore moins en présence de Bella… OK, ouais, bon, comme tu veux… Non, ne bouge pas, je vais le faire. Tu n'as plus beaucoup de sachets de thé. Je passerai au supermarché avant d'aller chercher Bella à l'école… Et si je faisais une liste avant de partir ?

Attention, tiens. Ne le renverse pas. Tu veux que j'ajoute un peu d'eau froide ? Tu veux un biscuit ou autre chose ?

Ginny trouve que je suis folle de l'avoir quitté. Elle prétend qu'elle serait prête à supporter beaucoup de choses pour habiter dans une jolie maison avec spa sur la colline. C'est vraiment ce qu'elle a dit, elle serait prête… Hier, au téléphone… Ouais, elle a vu la maison quand elle est descendue pour le mariage de Tia l'année dernière. Elle est comme ça, tu la connais…

Il y a des personnes qui ne sont pas vraiment présentes quand tu es avec elles. Elles sont seulement là physiquement. Tu vois ce que je veux dire ? Mentalement, elles ne sont pas dans la même pièce que toi, pas vraiment présentes, alors qu'on est assis ensemble sur le canapé, ou dans la cuisine, ou au lit, et cetera. Je ne suis pas très claire. C'est difficile à expliquer. Disons que c'est juste une impression que j'avais. Je savais simplement qu'il n'était pas aussi attaché… Enfin, quand on est amoureux de quelqu'un, quand on vit en plus avec lui, même depuis pas très longtemps, quand on s'est engagé à ce point, on s'attend à ce qu'il soit, comme je disais, présent… Enfin, ouais. Je savais bien qu'il était comme ça quand on a emménagé chez lui, Bella et moi, mais je pensais qu'en vivant ensemble, on se rapprocherait, qu'il finirait par s'ouvrir, tout ça… Mais non, maman, merde. Ce n'est pas… Pourquoi tu dis ça ? Il n'aurait jamais – il n'a jamais… Non ! Ne dis pas ça. C'était vraiment un mec bien, un mec gentil, merde. Il était adorable avec Bella. Tu vois, par exemple, il lui achetait plein de livres. Quand il sortait, il lui en achetait de lui-même, des livres d'images tout neufs, des célèbres, des classiques – celui avec la chenille, là, *La chenille qui fait des trous*, et puis *Le chat chapeauté*. Tu vois, des livres classiques, pédagogiques, qui lui plaisaient, elle se plongeait dedans et apprenait des trucs, tout ça… Oui. D'accord, évidemment, il y avait d'autres problèmes… Eh bien, par exemple, comme il dirigeait une entreprise, il travaillait beaucoup, il travaillait même tout le temps. Il recevait des coups de fil dans la soirée, et il devait aller résoudre des problèmes, et c'était un peu difficile à vivre parfois parce que… Nan, il buvait seulement deux ou trois fois par semaine, le vendredi ou le samedi soir en général. Après un ou deux gin-tonics, whiskys ou autre, il devenait genre très silencieux, mais il ne voulait jamais en parler. Il ne se bourrait jamais la gueule et ne devenait pas méchant et désagréable comme plein de gens… Je n'ai jamais dit ça… Non, écoute, je n'ai jamais prononcé son nom… D'accord, très bien, désolée… Je sais que j'ai promis de ne pas… D'accord. Tu peux laisser tomber maintenant, s'il te plaît ?

Le truc, c'est que ce n'était pas un gros dormeur. Ça n'a l'air de rien comme ça, mais quand tu dors mal, ça peut vraiment affecter ton humeur, tu vois. La plupart des nuits, il ne dormait pas plus de quatre ou cinq… Il regardait surtout la télé. Je sortais du lit pour voir ce qu'il faisait et je le trouvais en train de regarder du sport, du rugby, la Premier League ou… J'en sais rien. Je ne crois pas, non, pas cent pour cent dépressif. Mais je trouvais quand même qu'il aurait dû aller voir quelqu'un après le séisme, genre un psy. Je n'ai jamais rien dit parce que, ben, tu vois, j'aurais sans doute dû, mais personne n'a envie d'entendre… Non. Aucun ami proche à qui se confier, juste les gars avec qui il travaillait… Non, elle est morte quand il était ado… Treize ou quatorze ans, je crois, je ne sais plus très bien… Ouais. Son père est toujours en vie, mais il ne parlait jamais de lui non plus, ils ne s'entendaient pas… Un frère et une sœur. Elle l'appelait de temps en temps… À Wellington. Ils bavardaient un moment au téléphone… Ouais, je crois que c'est ça, c'est probablement la personne la plus seule que j'aie jamais rencontrée. J'y ai beaucoup réfléchi. Il était comme un crocodile… Attends, écoute-moi un peu, je vais te répondre. Si tu pouvais me laisser finir… Merci. Ce que je disais, c'est que j'ai récemment appris un truc : les crocodiles pondent leurs œufs dans le sable, que ce soit en Australie ou ailleurs. La femelle creuse un trou dans le sable, un trou profond, à côté d'une rivière, puis elle pond tous ses œufs dedans et les recouvre, elle les enterre carrément… Non, avec ses pattes, elle repousse le sable comme un chien avec ses pattes arrière… Dans un documentaire… Sur Netflix, je crois… D'accord, bien sûr, je vérifierai plus tard. Enfin bref, quand un bébé sort de sa coquille, un bébé crocodile, il doit creuser le sable qui est sûrement très dur, tu vois, ça doit être assez épuisant. Après tous ces efforts, une fois qu'il est sorti du sable et qu'il grimpe sur le tas, je suppose qu'il regarde autour de lui et réaliser qu'il est tout seul. Il doit s'apercevoir qu'il est totalement seul au monde. Et j'imagine qu'il comprend qu'il va devoir se débrouiller pour survivre sans l'aide de personne… Non, elle est partie depuis longtemps. Elle pond ses œufs et puis… Ils sont partis aussi. Ils sont tous partis chercher à manger en essayant de ne pas se faire tuer par des oiseaux affamés, ou de gros poissons ou d'autres crocodiles. En fait, au moment où le dernier bébé, celui dont je parlais, réussit à s'extraire du sable, la plupart des autres sont probablement déjà morts… Oui, voilà, c'est ça. C'est exactement ce que je veux dire. C'est pour cette raison que j'ai quitté Mark. Je ne voyais aucun avenir pour Bella et moi avec un mec qui pense comme un crocodile.

En l'état

À moitié perdu, Mark longeait lentement les terrains vides délimités par des piquets blancs. Le nouveau lotissement était un labyrinthe alambiqué de rues neuves sans maisons qui se ramifiaient sans cesse, et rien ne ressemblait à l'endroit qu'il cherchait. Il faut dire que le temps n'aidait pas. Le ciel était bouché par des nuages bas qui, à proximité du sol, se transformaient en une brume qui empêchait de voir à plus de vingt mètres dans toutes les directions. Quelquefois, il voyait le long cou d'une pelleteuse se tendre avec une lenteur arthritique au bord du lotissement. Deux fois déjà, il avait atterri dans une impasse, avait dû faire marche arrière et prendre une autre direction.

Il n'était pas venu à Grasmere Estate depuis des mois. Les rues étaient si récentes qu'elles n'apparaissaient pas encore sur Google Maps. Il n'avait d'autre choix que de continuer à rouler – à gauche, à droite, encore à droite, presque au hasard. S'arrêtant à une énième intersection anonyme, il se pencha en avant, la poitrine contre le volant. C'était partout la même chose : des rues en courbe, des terrains vides et boueux, des piquets blancs, de la brume. Il frappa violemment le bord du volant et, fou de rage, se mit soudain à hurler des jurons sans bien comprendre ce qui lui arrivait.

Dix-huit mois plus tôt, il avait visité le site avec une douzaine d'autres investisseurs potentiels. Chacun serrait contre lui la pochette en plastique bleu et rouge que le promoteur leur avait remise. Le groupe traversait les champs d'un pas lourd, trop habillé pour l'occasion. Chaussés de richelieux cirées et de bottes pointues, les hommes et les femmes marchaient sur la pointe des pieds pour éviter les pommes et les poires tombées, longeaient maladroitement les sillons creusés dans la riche terre brune et piétinaient orties et hautes herbes. La plupart d'entre eux étaient, comme lui, propriétaires de petites entreprises de construction. Ces vingt hectares situés à la limite sud-ouest de Christchurch avaient été exploités par le secteur horticole pendant plus d'un siècle. Des années durant, le promoteur avait patiemment racheté un à un les titres de propriété. Le conseil municipal avait approuvé sans hésiter la transformation de ce territoire rural en zone urbaine.

Le jour de la visite, les dernières pommes de terre avaient déjà été récoltées. Dans les serres devenues inutiles, toutes les tomates avaient été cueillies, et on avait laissé les plants se faner et pourrir dans la chaleur. Sans un commentaire du promoteur, le groupe était passé devant une ferme aux vitres fracassées par des pierres et des plombs de carabine à air comprimé.

Mark marchait quelques mètres derrière les autres. Il se moquait de ne pas entendre le baratin bien rodé du type. Tous savaient que le futur lotissement aurait du succès. Il flairait presque l'enthousiasme du groupe. Le lycée d'affectation de cette zone avait bonne réputation ; on venait de construire une école primaire plus haut sur la route ; une ligne de bus passait juste devant la future entrée principale du lotissement ; et un supermarché se trouvait à seulement dix minutes en voiture. Mais le plus important, c'était que la demande en logements neufs avait explosé depuis les séismes du Canterbury. On en ferait construire trois cents sur ce terrain. Il y avait assurément de l'argent à se faire.

Il ne s'était pas trompé. Les premiers terrains aménagés s'étaient tous vendus en un mois. L'une des plus grosses boîtes de construction de logements de la ville en avait acheté cinquante-cinq. Celle de Mark, Bullrush Developments, avait versé un acompte pour deux des plus grands.

Voilà, Kidman Place. Il y était enfin.

La maison se trouvait au fond d'un cul-de-sac, à côté d'une réserve. C'était seulement la troisième achevée dans tout le lotissement et la première à être mise en vente. En retard de vingt minutes, il se gara derrière la Mazda rouge de l'agent immobilier, mais au lieu de sortir, il posa le front sur ses bras croisés sur le volant et ferma les yeux.

Il dormait mal ces temps-ci. Il fermait même à peine l'œil de la nuit. Quand il trouvait enfin le sommeil, il parvenait juste à dormir quelques heures. Il était devenu habituel pour lui d'être toujours éveillé à deux heures du matin, des pensées lui barattant le cerveau tel un paquet de linge boueux dans une vieille machine à laver. Depuis qu'Aroha et sa fille, Bella, avaient quitté la maison, après avoir habité avec lui un peu plus de deux ans – un record pour lui –, il n'y avait pourtant plus personne pour le déranger. Son incapacité à faire durer ses relations avait au moins cet avantage.

Quand l'insomnie devenait insupportable, il rejetait ses couvertures humides de sueur, enfilait sa robe de chambre et passait le reste de la nuit devant la télévision. Il suivait les matchs de la Premier League. Avec le décalage horaire, il les voyait souvent en direct. Quand il n'y avait pas de foot, il faisait défiler les chaînes de sport jusqu'à ce qu'il trouve un programme digne d'intérêt : un match de la NBA, le championnat indien de cricket, du tennis, du golf, du football américain, un combat de MMA, une course automobile, du beach-volley, du hockey sur glace – ça n'avait pas vraiment d'importance. La nuit passée, il avait regardé pendant des heures les corps de nageurs flous s'agiter avec une frénésie gracieuse le long des couloirs d'une piscine bleue. Très souvent, il ne voyait pas l'utilité de retourner se coucher avant l'aube.

Il leva la tête du volant, frotta ses yeux secs et but d'une traite le mauvais café qu'il avait acheté sur le chemin dans une station-service. Il lança le gobelet en direction du sac-poubelle posé devant le siège passager, mais le manqua.

Décidément, pensa-t-il.

Le gobelet tomba sur le plancher, mais il ne se pencha pas pour le ramasser. Dehors, il resta un moment les yeux fermés, le visage incliné vers la partie la plus lumineuse du ciel. Il n'était que neuf heures et demie. Il avait encore quatre rendez-vous après celui-ci, mais il se sentait déjà saigné à blanc par cette journée.

Le côté sud de la maison neuve présentait à la rue un mur presque ininterrompu de bardage en cèdre noir. Kidman Place était une longue boîte rectangulaire au toit ondulé que l'architecte avait décrit comme « la sculpture abstraite d'une aile d'oiseau marin ». La seule fenêtre était une lame de verre d'un demi-mètre de largeur qui traversait le mur presque de bout en bout, juste sous les courbes du toit. La porte d'entrée, haute jusqu'au plafond, était en acier patinable.

Graham l'avait pris pour un fou quand il lui avait montré les plans de l'architecte. Ensemble, ils avaient contemplé les dessins étalés sur la table de la salle de réunion des bureaux de Bullrush.

« Ce type ne sait pas dessiner une ligne droite ou quoi ?

— Je lui ai demandé de se montrer inventif.

— Eh ben, c'est réussi.

— Qu'est-ce que tu en penses ?

— Non mais, tu as vu la forme de ce toit ? »

Graham grimaça et frotta lentement son crâne rasé avec sa paume calleuse.

« Je parie que ça nous coûterait moins cher de fabriquer une baraque tout entière avec des billets de vingt dollars. »

Mark sourit.

« En papier mâché ?

— C'est ça, du cash et de la colle. Ça nous reviendrait même beaucoup moins cher à mon avis. »

Il aurait été sûrement plus raisonnable de construire un clone des maisons qui pousseraient bientôt partout à Grasmere Estate, où tout serait conçu de manière standardisée, économique et rentable, de la taille des portes, des fenêtres à la hauteur sous plafonds.

« Mais le résultat sera superbe, dit Mark.

— Évidemment.

— Si nous nous lançons dans ce projet, je refuse de faire les choses à moitié. »

Graham prit les plans et ajusta ses lunettes de lecture.

« J'ai bien compris. Mais tu devrais au moins envisager de modifier le design de ces fenêtres, là. Leur installation va exiger une technique assez complexe. Nous devrons faire faire tout l'acier sur mesure.

— Mais le résultat sera superbe. »

Graham secoua la tête d'un air découragé.

« Si on pouvait juste intégrer quelques fenêtres de hauteur standard ici, et là peut-être, je ne sais pas. À mon avis, ça ferait baisser le coût d'au moins cinquante mille.

— Je pense que tu as raison.

— Mais tu ne vas pas y toucher, c'est ça ?

— Si nous perdons de l'argent, nous ferons la suivante différemment.

— Non, ce n'est pas ce que je veux dire. Je pense qu'on va quand même faire un bénéfice. Simplement, il ne sera pas énorme.

— Voyons comment ça se passe.

— C'est toi le boss. »

Graham avait été le premier employé à plein temps de Mark. Aujourd'hui, l'intitulé officiel de son poste, assez ronflant, en convenaient-ils, était directeur général. Ils étaient collègues et amis depuis l'époque où Mark avait commencé à acheter des maisons et à les retaper pour les revendre. Le nom de l'entreprise, Bullrush Developments, était une blague entre eux. Mark avait un peu de mal à le croire, mais elle employait maintenant huit salariés à plein temps, y compris un responsable administratif et un comptable. Ils faisaient également appel à toute une armée de sous-traitants. Les quelques années suivant les séismes, ils s'étaient contentés d'acheter des propriétés endommagées par les secousses – en l'état. Des maisons salement amochées, mais pas irréparables. Ils achetaient surtout à l'ouest de Hagley Park, près, mais pas trop, des quartiers de Merivale, Fendalton et Strowan, des noms synonymes de prix délirants. Ces temps-ci, il était habituel pour Bullrush d'avoir trois maisons en chantier en même temps. Quelques-unes étaient vendues, mais la plupart étaient destinées à la location.

La gentrification rampante l'avait bien aidé. Tout comme les taux d'emprunt exceptionnellement bas des banques. En tant qu'actionnaire majoritaire de Bullrush – la part de

Graham était de quinze pour cent –, Mark était devenu un homme riche grâce aux plus-values réalisées.

Il suivit le chemin qui longeait le côté de la maison. Tous les détails étaient soignés. Le cèdre s'accordait bien avec le toit en acier noir et les cadres noirs des fenêtres encastrées. Après avoir franchi le portail, il avança sur le gazon récemment posé qui descendait en pente douce jusqu'à la basse clôture en bois de la réserve de pittosporums, de phormiums et de cordylines. Vue de ce côté, la maison était en verre du sol au plafond et le toit planait au-dessus comme s'il reposait sur de l'air.

L'agent se trouvait dans la cuisine. Lorsqu'il vit Mark approcher, il leva la main et sortit sur la terrasse en boitillant. Ils se rejoignirent devant l'espace barbecue en parpaings.

« Bonjour. Je suppose que vous êtes Mark Waters.

— Exact.

— Chris.

— Enchanté. »

Ils se serrèrent la main.

« Je pensais que Graham vous accompagnerait.

— Non, je suis venu seul. Comme je n'étais pas passé depuis un moment, je voulais faire un tour de la propriété avant les portes ouvertes.

— Super. »

L'homme avait à peu près l'âge de Mark. C'était un des agents immobiliers les plus compétents de la ville. Il portait un jean et une veste bleue à revers étroits sur une chemise à rayures rouges. Ses cheveux étaient coiffés avec du gel.

« Désolé pour le retard, dit Mark. Je me suis un peu perdu. »

Grimace compatissante.

« Il m'est arrivé la même chose la première fois que je suis venu. Mais pas de problème, j'en ai profité pour refaire le tour de la maison. »

Ils se retournèrent et contemplèrent l'intérieur à travers le mur de verre.

« Alors, qu'est-ce que vous en dites ? demanda Mark.

— Franchement, je suis impressionné. Les entrepreneurs prennent rarement la peine de construire quelque chose d'aussi beau, à moins qu'ils projettent d'y habiter eux-mêmes.

— C'était une sorte de test.

— À mon avis, c'est concluant.

— Attendons de voir comment se passe la vente aux enchères. Il se pourrait bien qu'elle n'atteigne même pas le prix de réserve.

— Le marché est dynamique en ce moment. Tout part vite et à un bon prix.

— Alors vous pensez qu'elle va se vendre ?

— Je ne peux rien vous promettre, Mark. Mais entre nous, je crois que vous allez être agréablement surpris.

— On peut aller y jeter un œil ?

— C'est votre maison.

— Pour le moment, en tout cas. »

Il suivit l'agent dans la cuisine et remarqua à nouveau le boitillement qu'il essayait de cacher. Visiblement, il avait un problème au genou gauche. Tandis qu'ils passaient de la cuisine à la vaste salle de séjour ouverte, il applaudit le choix de la cuisinière à induction avec une admiration exagérée, s'extasia devant le four et le lave-vaisselle de marque européenne et jugea « inspiré » le plan de travail en granit. L'entreprise d'aménagement intérieur avait fait du bon travail. Le style du mobilier et des œuvres d'art qui, supposa Mark, avait pour thème les années cinquante fonctionnait bien.

Un cognement bruyant les fit tous deux sursauter.

« Qu'est-ce que c'était ? » demanda l'agent, interrompu en plein discours.

Mark regarda autour de lui.

« Aucune idée. »

Ils finirent par découvrir l'origine du bruit. Une masse de plumes informe gisait près de la vitre sur la terrasse en bois franc lasuré.

« C'est juste un oiseau », dit l'homme d'un ton soulagé.

Il avait probablement craint un dégât matériel.

« Un pigeon ramier, dit Mark.

— Ah oui ?

— Enfin, un *kererū*. Il a dû heurter la vitre. »

Ils levèrent les yeux vers le verre presque invisible. Il n'avait aucune fissure, pas même une tache. Mark s'accroupit et retourna délicatement le tas de plumes chaud. C'était un gros oiseau à la poitrine blanche, un adulte presque de la taille d'un ballon de foot. Lorsqu'il le ramassa dans ses mains en coupe, sa tête retomba de tout son poids. Une aile se déploya telle une voile cassée, révélant une doublure chatoyante de plumes vertes et violettes irisées.

« Il a eu le cou brisé net.

— Ah, d'accord », répondit l'agent qui avait déjà perdu tout intérêt pour lui.

Soudain, les mains de Mark se mirent à trembler. Sa vue se brouilla comme s'il regardait à travers un pare-brise ruisselant de pluie. Il garda le dos à moitié tourné pour cacher ses larmes qui coulaient sans la moindre explication.

« Je peux vous laisser une seconde ?

— Est-ce que ça va ?

— Ouais, ouais. »

Il descendit les marches presque à l'aveuglette et traversa un océan de vert dont il déduisit qu'il s'agissait de la pelouse. Arrivé au portail, il prit le corps du pigeon dans une main et secoua le loquet de sécurité de l'autre. Dans la réserve, il repéra un endroit près d'un phormium sous un bosquet de trois cordylines. Il leva les yeux et regarda les arbres changer de forme et ondoyer, libres au milieu des nuages gris.

Quand il était gamin à Governors Bay, il avait recueilli un pigeon et l'avait soigné lui-même. Il l'avait trouvé sur le sol de la ferme, près de la crique. Il avait passé des semaines à chercher des vers et des scarabées qu'il faisait avaler sous forme de bouillie à l'oisillon à moitié chauve et laid comme un pou à l'aide d'un compte-gouttes. Sa mère lui donnait un coup de main. Pendant quelques semaines, ils avaient gardé l'oiseau dans une boîte à chaussures à l'intérieur du cagibi du chauffe-eau où il faisait toujours bon. Il semblait bien se porter, mais un jour, il avait cessé de manger sans raison apparente. Le lendemain, il était mort.

Mark s'agenouilla et déposa le cadavre avec précaution sur le sol. N'ayant aucun outil, pas même un bâton sous la main, il fut obligé de gratter la terre sèche avec les doigts jusqu'à ce que se forme un trou peu profond dans lequel il put placer le corps qui refroidissait rapidement. Les mains tremblantes, il le recouvrit d'une couche de terre.

Impossible de se relever. Son cœur battait trop fort. Telle une espèce d'alien, il risquait de lui briser les côtes. À bout de souffle, la peau moite, il se sentit pris d'un vertige. Il resta agenouillé le temps de se ressaisir.

Mais qu'est-ce qui m'arrive ? C'est juste un oiseau.

Au bout d'une éternité, il parvint à regagner la maison. L'agent l'attendait d'un air gêné dans la cuisine.

« J'ai pensé qu'il valait mieux l'enterrer, dit Mark en évitant son regard.

— Bonne idée. Je suppose qu'il n'avait pas vu la vitre.

— Ouais.

— J'espère que ça n'arrivera pas trop souvent.

— Je reviens, je vais me laver les mains.

— Bien sûr. »

Dans le couloir, il se sentit désorienté. Il y avait trop de portes. Il en essaya deux avant d'entrer en trébuchant dans la chambre principale. Dans la salle de bains attenante, les lumières éblouissantes lui donnèrent un désagréable aperçu de son visage dans le miroir. Il détourna aussitôt le regard.

Il nettoya ses mains terreuses sous le jet trop bruyant du robinet. Lorsque le lavabo fut presque plein, il se lava le visage à grande eau et se passa les mains dans les cheveux. Comme cela lui faisait du bien, il continua sans se soucier d'inonder le meuble du lavabo et le sol. Quand ses cheveux furent trempés, l'eau lui dégoulina dans le cou et mouilla sa chemise jusqu'à ce que le coton lui colle aux épaules et à la poitrine.

Au moment où il leva la tête et se regarda dans le miroir, ce fut son père, Pat, ce vieux con, qui le regarda.

Le Pat qui le dévisageait d'un œil torve était plus jeune que lors de sa mort, un an plus tôt. Les cheveux de ce type-là commençaient seulement à grisonner au-dessus des oreilles. Comme à l'époque où Mark était gamin, il les portait gominés et peignés vers l'arrière, creusés de sillons aux endroits où il avait passé ses doigts.

Je te connais, mec. T'es la grande gueule aux beaux costards. T'es le minable qui a foutu en l'air tout ce qu'il y avait de bien dans sa vie. Reconnais-le! Le Casanova de ce putain de New Brighton. Le Pat Waters qui n'était pas là quand elle avait besoin de toi. Le maestro de la baffe qu'on ne voyait pas venir. Le père Fouettard de la pinède.

« Va te faire foutre, putain! » grogna Mark en se penchant vers lui.

Pat le fixa hargneusement.

Mark balança son poing de toutes ses forces dans le miroir. La glace se fissura, mais ne vola pas en éclats. Alors il continua à cogner. Jusqu'à ce que son poing frappe une centaine de minuscules éclats du visage de Pat. Jusqu'à ce que la glace soit luisante de sang.

Vingt minutes s'écoulèrent avant que l'agent ne frappe avec hésitation à la porte de la salle de bains.

« Mark? Vous êtes là? »

Il perçut le doute dans sa voix. Assis sur le carrelage et adossé au spa, il tenait sa main cassée et sérieusement enflée. Il l'avait enveloppée dans une petite serviette, mais c'était davantage pour dissimuler les dégâts que pour une raison médicale.

« J'en ai pour une minute.

— D'accord. Vous êtes sûr que ça va?

— Ouais, nickel. »

Il n'osait pas imaginer ce que le type était en train de se figurer. À sa place, il ne savait pas non plus ce qu'il en penserait. Il se releva en s'agrippant de sa main intacte au bord de la baignoire. Évitant de regarder ce qui restait du miroir, il utilisa une autre serviette pour éponger le sol et le meuble du lavabo.

Enfin, il retourna dans la salle de séjour en cachant sa main droite enflée, toujours enveloppée, derrière son dos. Il était conscient de faire peur à voir. Ses cheveux étaient encore mouillés et sa chemise lui collait au corps par endroits. L'homme le regarda avec méfiance, visiblement mal à l'aise.

« Est-ce que tout va bien ?

— Ouais, pas de problème. »

Mark s'aperçut qu'il avait oublié son nom.

« Enfin, il y a eu un petit incident avec le miroir.

— Ah oui ? »

Comme il n'avait pas l'air particulièrement surpris, Mark se demanda s'il l'avait écouté derrière la porte.

« Je demanderai à Graham d'envoyer un gars arranger ça demain.

— Les premières portes ouvertes ont lieu ce week-end.

— Ce sera réglé d'ici là.

— Voulez-vous poursuivre la visite ?

— En fait, il faut que j'y aille. J'ai un autre rendez-vous. »

Sous la serviette, il commençait à ressentir des élancements réguliers.

Le type eut du mal à dissimuler son soulagement.

« D'accord.

— Je dirai à Graham de vous passer un coup de fil. »

Il suivit Mark en silence jusqu'à la porte d'entrée et le raccompagna jusqu'à la route. Les phares de l'utilitaire clignotèrent deux fois lorsqu'il appuya sur sa clé.

« Bon, ravi de vous avoir rencontré, dit-il d'un ton qui sonna faux à ses propres oreilles.

— De même. »

Ils ne se serrèrent pas la main.

Il monta dans le véhicule, fit démarrer le moteur et baissa sa vitre par pure politesse et parce que l'agent semblait avoir quelque chose à ajouter.

« Écoutez, Mark, cela ne me regarde absolument pas, et je sais que nous venons seulement de nous rencontrer, mais je voulais vous dire qu'il y a quelque temps, j'ai perdu ma femme. C'était une des victimes du tremblement de terre. »

Mark regarda par-dessus l'épaule du type, comme s'il examinait le toit flottant de la maison une dernière fois. Si seulement il pouvait reculer et se taire.

« Nos deux enfants étaient adolescents quand c'est arrivé. Quatorze et seize ans. Enfin bref, cela a été une période assez dure, mais je racontais à tout le monde que je faisais face. C'était probablement l'image que je donnais, mais en vérité, les choses ne tournaient pas vraiment rond dans ma tête. J'ai fini par toucher le fond.

— Toutes mes condoléances pour votre femme.

— Merci. En fait, j'ai conservé le numéro du thérapeute que je voyais. Il m'a beaucoup aidé.

— OK.

— Il s'agit seulement de parler.

— Bien sûr.

— Rien à voir avec des bêtises du style *new age*.

— Je vois.

— J'aimerais vous envoyer son numéro. Vous seriez d'accord ? »

Il hocha la tête.

« J'ai découvert que cela aidait beaucoup de parler à quelqu'un.

— D'accord, je vois. Merci. »

Manifestement soulagé, l'agent s'éloigna de sa fenêtre.

« Je ferais mieux d'y aller.

— Je contacterai Graham au sujet des premières portes ouvertes. »

À l'entendre, ils n'avaient fait que discuter de la maison.

Mark effectua un demi-tour et remonta la rue. En fouillant dans la boîte à gants, il trouva une plaquette d'ibuprofène, fit tomber deux gélules sur ses genoux et les avala sans eau. Tandis qu'il franchissait l'entrée principale du lotissement, son portable tinta sur le siège passager. Il jeta un coup d'œil à l'écran ; c'était un message de l'agent. La vache, le mec était déterminé. Il attrapa son portable, le déverrouilla et découvrit le numéro d'un téléphone fixe et le nom d'un homme. Le pied sur l'accélérateur, il donna un coup de volant pour regagner la route principale et jura bruyamment en voyant le gobelet rouler et déverser son liquide brun sur le tapis. Il faudrait nettoyer ce bazar avant que le lait commence à puer. Il récupéra son portable et parvint finalement à supprimer le message.

1986-2001

Le bungalow

Environ un an après l'échec du lotissement Sea View et sa déclaration de faillite, Pat Waters se vit retirer la garde de ses enfants par l'aide sociale qui les confia à une famille d'accueil sans véritable faute de sa part. C'est à cette époque qu'il quitta Christchurch pour emménager dans le vieux bungalow de ses parents à Shingle Bay. C'était la seule partie de son héritage qu'il n'avait pas perdue.

Digger Brown le conduisit à Kaipuna dans sa Holden Commodore. Les deux ou trois affaires ridicules qui restaient à Pat glissaient d'un côté à l'autre de la remorque, les couverts en vrac s'entrechoquant comme des os dans un carton sur la banquette. Sans le canapé, tout aurait tenu à l'arrière, et il serait resté de la place. On était en août, le ciel hivernal était d'un bleu si vif qu'il faisait mal aux yeux. Ils roulèrent bruyamment à travers le North Canterbury et franchirent les Hundalees. Au sommet, Digger dirigea le nez de la voiture vers les premiers scintillements de l'océan. Lorsqu'ils atteignirent la côte, Pat entrouvrit sa vitre pour respirer à plein nez l'odeur des algues brunes qu'il apercevait en tas caoutchouteux dans les baies rocheuses et les criques. Depuis qu'il était gamin, il l'avait toujours aimée. En entendant la nouvelle chanson de Queen, Digger monta le son de la radio. Malgré les récents événements, Pat ne pouvait s'empêcher de se sentir un peu mieux.

Digger l'avait hébergé les six dernières semaines à Governors Bay. Tous deux étaient copains depuis une éternité, car ils étaient allés ensemble à l'école et leurs deux familles cultivaient des tomates. Digger avait racheté la maison de ses parents au moment où ils avaient abandonné le business pour partir s'installer à Tauranga et y profiter, avec un peu de chance, de leur retraite. Contrairement à Pat, il trouvait qu'il n'y avait rien de mieux que de faire pousser des tomates.

Dès le premier jour, Pat avait senti que la femme de son ami, Clare, était mécontente qu'il emménage chez eux, même si elle avait d'abord gardé ses sentiments pour elle. Digger l'ayant rencontrée sur le tard, à la fin de la trentaine, leurs trois enfants étaient encore petits. Même au mieux de sa forme, Clare était assez revêche. Pat n'avait fait aucun commentaire, mais il trouvait que Digger vivait totalement sous son emprise. L'aîné des enfants avait dû s'installer dans la chambre de son petit frère pour lui laisser la sienne. La première fois que Pat avait essayé de donner de l'argent à Digger pour payer sa nourriture, et quelques billets supplémentaires en guise de loyer, celui-ci avait piqué une colère, déclarant qu'il ne ferait jamais payer un ami, et cetera, et cetera. Cependant, dès la deuxième semaine, il avait empoché l'argent sans rechigner.

Chaque matin de la semaine, Pat enfilait un de ses deux plus beaux costumes et ses chaussures italiennes avant de quitter la maison pour la journée. Ces tenues dataient de l'époque de Sea View Developments où il rencontrait régulièrement des acheteurs potentiels, des banquiers et des urbanistes. Il avait assuré à Digger et Clare qu'il faisait son possible pour décrocher un boulot : il frappait aux portes, relançait d'anciens contacts, suivait de près quelques pistes prometteuses. En réalité, il passait la majeure partie de son temps à la Governors Bay Tavern ou au Wheatsheaf. Il y avait également deux ou trois pubs en ville qu'il aimait bien. Ses allocations de chômage arrivaient sans faute chaque jeudi ; c'était le gouvernement qui payait toutes ses tournées.

Deux soirs plus tôt, étendu sur son lit, Pat avait entendu Digger et Clare se disputer dans la cuisine à cause de lui. Les pieds pendant dans le vide, les mains sous la tête, il contemplait la maquette d'un Spitfire peinte d'une main maladroite, suspendue juste au-dessus de son visage par deux bouts de catgut. L'avion tournait lentement sur lui-même lorsqu'il soufflait dessus. Le couple n'y allait pas de main morte. Le lendemain matin, il avait expliqué à Digger que, tout bien réfléchi, il allait s'installer dans le bungalow. Comme on était samedi, il avait proposé de déménager dans l'après-midi. Il fallait reconnaître que Digger avait fait de son mieux pour dissimuler son soulagement.

Juste avant la bosse formée par la péninsule de Kaipuna, Digger tourna à droite afin de quitter la nationale qui continuait à grimper le long de la colline en direction de la commune. Sur la route de gravier, ils passèrent en bringuebalant devant l'ancien circuit automobile et suivirent la longue courbe plate de la plage de galets sur quelques kilomètres poussiéreux jusqu'à ce qu'ils atteignent une rangée de bungalows, une trentaine au total, tournés vers l'océan. Derrière les maisons, un pré à moutons se fondait au loin dans la verdure des basses collines de la péninsule. Quelques-uns de ces logements de fortune étaient occupés par des résidents permanents, des retraités qui avaient eu envie d'une vie paisible au bord de l'océan. Cependant, la plupart servaient seulement le week-end : on n'apercevait de voiture dans leurs allées et de la lumière aux fenêtres que du vendredi au dimanche, et seulement l'été.

Digger fit habilement marche arrière sur le chemin qui menait au bungalow puis l'aida à décharger ses affaires. Chacun portant une extrémité du canapé, ils se dirigèrent vers la porte de derrière. Lorsque Pat eut enfin retrouvé le pot fermé par une brique dans lequel était cachée la clé, ils manœuvrèrent le canapé jusqu'à ce qu'il passe par l'entrée étroite. L'intérieur sombre sentait le renfermé.

« Ici, ça fera l'affaire. Contre le mur. Je le déplacerai plus tard. »

Il sentit son dos protester au moment où ils le posèrent sur le sol. Il ne leur fallut pas longtemps pour apporter la demi-douzaine de cartons à l'intérieur. En plus des couverts, ceux-ci contenaient des assiettes et des soucoupes en terre cuite de Timaru, quelques verres et tasses, un mixeur, des draps et un édredon taché ; aucun objet de grande valeur. Le dernier était rempli de nourriture, des conserves essentiellement. Pat savait que Digger avait pris la plupart de ces boîtes dans les placards de Clare et qu'il allait avoir des ennuis en rentrant chez lui. Digger laissa lourdement tomber le carton sur le plan de travail de la cuisine puis se redressa pour examiner la pièce. Il fit un effort visible pour dissimuler sa consternation.

« Ma foi, dit-il en s'essuyant les mains sur son short, tout est là.

— Merci.

— Pas de problème. Entre nous, ça me fait du bien de sortir un peu de la maison. C'est parfois un asile de fous avec les gamins. »

Pat ouvrit les rideaux à côté de la cheminée et commença à tousser à cause de la poussière. Du bout du pied, il poussa le piège à rats qui avait été pillé sans sauter contre la plinthe. Il avait remarqué des crottes de souris, semblables à de vieux grains de riz, sur le plan de travail, et il reconnaissait l'odeur légèrement acide de leur pisse. Il devait y avoir un nid dans la maison, sans doute dans les murs.

« Ce sera juste pour un mois ou deux, dit-il.

— Je serais moi-même pas contre quelques semaines de vacances dans le coin. Tu vas pouvoir pêcher un peu.

— C'est sûr. Il y a des cannes à pêche et quelques nasses à langoustes dans le garage.

— Des langoustes ! C'est génial. Tu sais combien ça coûte, ces bestioles ?

— Un paquet de dollars.

— Au moins trente la pièce.

— Ici, tu peux en manger à tous les repas si ça te chante. Je sortirai probablement le canot en mer presque tous les jours.

— Gardes-en-nous quelques-unes. Je crois que les gamins n'en ont jamais goûté.

— Compte sur moi.

— Super. »

Digger sourit et promena à nouveau le regard autour de lui, avant de consulter ostensiblement sa montre. C'était un gaillard d'un mètre quatre-vingt-trois qui, dans sa jeunesse, jouait comme ailier dans l'équipe première de Sydenham. Célèbre pour son corps d'athlète, il avait aujourd'hui une bedaine si rebondie que le pull tricoté par sa mère n'atteignait pas sa ceinture. En le regardant, Pat réalisa combien le bungalow était petit.

« Bon, dit Digger. Je ferais mieux de rentrer. J'ai promis à Clare que je serais de retour pour le dîner.

— Tu bois une bière avant de partir ?

— Nan, je préfère pas. »

Il mima le mouvement d'un volant avec les mains.

Pat était déçu. Il avait pensé que son copain traînerait chez lui un moment, peut-être même qu'il resterait pour la nuit. Il le suivit dehors et le regarda rentrer son grand corps dans la Holden.

« Je te suis sincèrement reconnaissant de m'avoir hébergé. Tu as été mon sauveur. »

Digger le regarda en plissant les yeux à travers la fenêtre ouverte et parut embarrassé.

« C'était pas un problème.

— Et merci de m'avoir amené ici. Je te rembourserai l'essence. »

Pat tapota ses poches, bien qu'il sache parfaitement que son portefeuille était posé sur le plan de travail du bungalow et qu'il n'y avait pas un sou à l'intérieur. Digger en était conscient aussi ; il avait été obligé de payer le déjeuner quand ils s'étaient arrêtés à Amberley.

« Laisse tomber. Tu m'offriras une bière la prochaine fois. »

Pat laissa tomber les mains le long des flancs.

« Je te suis vraiment reconnaissant.

— Tu ferais la même chose pour moi – ça arrivera probablement un jour.

— Bon.

— Fais gaffe à toi, hein.

— C'est seulement pour un ou deux mois.

— Tu vas avoir la belle vie ici.

— C'est sûr.

— Bon. »

Digger embraya.

« À la prochaine.

— Bonne chance. »

Il tenta de lui adresser un sourire encourageant sans vraiment y parvenir, regarda par-dessus son épaule et longea le côté du bungalow. L'herbe haute balaya le dessous de la remorque. Pat le suivit jusqu'au portail. Un dernier au revoir de la main, et il vit Digger se concentrer sur la route du retour.

Bien après que le bruit de ferraille du véhicule se fut éloigné, il resta dehors à écouter les vagues s'écraser sur la plage de galets. À seulement trente mètres de lui, elles faisaient bruyamment rouler les pierres du haut vers le bas. Une mouette poussa un cri fort depuis le toit du bungalow, un son affreux et solitaire : *iiiih*, *aaak*, *aaak*.

Son projet était de loger environ deux mois dans le bungalow, maximum. Il allait diminuer la boisson, ne jugeant pas nécessaire d'arrêter totalement. Ce n'était pas comme s'il avait un problème d'alcool. Mais ouais, il allait vraiment essayer de réduire. Une audience était prévue début novembre au tribunal des affaires familiales de Christchurch, où il devrait prouver au juge qu'il était capable de s'occuper de ses enfants. D'après son avocat, ça impliquait qu'il laisse tomber l'alcool et trouve un travail. Toute cette histoire au sujet de l'œil de Mark avait pris des proportions démentes. C'était purement et simplement un accident. Mais, bien entendu, ces fouille-merde de l'aide sociale s'en étaient volontiers servies comme prétexte pour lui retirer ses gosses. Il bouillait de colère rien que d'y penser. N'importe quelle personne sensée, même un gratte-papier, devait bien être capable de voir qu'il n'était pas responsable de cet accident.

Tout compte fait, il arrêterait peut-être de boire pour de bon s'il fallait en arriver là. Il n'en avait pas besoin, mais ça ne pouvait pas lui faire de mal. Tout ce qu'il voulait maintenant, c'était un peu de temps pour se recentrer. Qui n'en aurait pas besoin après avoir perdu sa femme, son entreprise et ses enfants en deux ans ? Quelques mois dans le bungalow, puis il retournerait en ville se trouver un boulot. Un poste dans la vente lui plairait bien – dans le secteur des voitures, de l'électronique, ou même des fours et des aspirateurs s'il le fallait. C'était sans importance. La vente lui conviendrait parfaitement. Il présentait bien et il avait un bon contact avec les gens. Il avait un tel bagout qu'il aurait pu vendre de la crème glacée à un Esquimau, répétait-on depuis qu'il était jeune. Un poste de vendeur s'accompagnait généralement d'une voiture de fonction. Le remboursement des frais d'essence et des déjeuners professionnels faisait également partie de la norme. S'il travaillait à la commission, il pourrait faire des heures supplémentaires s'il le souhaitait. Il était évidemment prêt à se décarcasser. Personne ne pouvait dire qu'il avait déjà rechigné à se retrousser les manches, surtout s'il y avait un paquet d'argent à se faire. L'entreprise qui accepterait de l'embaucher reconnaîtrait vite qu'écouler des produits était une seconde nature pour lui. Il ferait bonne impression, les promotions s'enchaîneraient rapidement. Il louerait une maison avec trois chambres, parce que Mark et Davey pouvaient en partager une, mais la petite Sam aurait besoin de la sienne. Il faudrait qu'elle se trouve à proximité d'une bonne école, histoire que les gamins puissent s'y rendre à pied le matin.

Tandis que le soleil lui chauffait le visage devant le bungalow, les eaux éblouissantes du Pacifique à ses pieds, Pat se dit que son plan était infaillible.

L'hiver fit place à un printemps humide. Quand arriva décembre, il habitait toujours dans le bungalow. Pour des raisons qui lui paraissaient maintenant obscures, il avait raté l'audience au tribunal, si bien que ses enfants vivaient toujours chez une famille d'accueil.

Un jour, il reçut un appel de sa sœur Kim, qui habitait à Auckland. L'air embarrassé, elle parla de tout et de rien pendant un moment, puis elle en vint au fait.

« Nous espérions descendre la semaine entre Noël et le premier de l'an. »

Pat regarda fixement le téléphone vissé au mur, un modèle si ancien qu'il avait un cadran avec un trou pour chaque chiffre. Une fois qu'on avait tourné le disque dans le sens des aiguilles d'une montre et qu'on retirait le doigt, celui-ci revenait lentement et bruyamment en place.

« Écoute, ce n'est pas un problème. Il y a de la place pour tout le monde ici. »

Pendant un instant, il n'entendit plus que les parasites sur la ligne.

« Tu penses donc que tu y logeras toujours à Noël ?

— Je dirais que oui. C'est juste dans quelques semaines, tu aurais pu m'avertir.

— Nous pensions que tu serais parti.

— C'était trop compliqué de demander ? »

Nouveau silence grésillant.

« De toute façon, Kim, ce n'est pas la meilleure période de l'année pour trouver une location. Tu sais bien comment ça se passe.

— Je ne crois pas, non.

— Tout s'arrête à Noël.

— Bon, au moins il y a quelqu'un pour entretenir le bungalow.

— Exactement. J'ai fait plein de petits travaux.

— Tant mieux.

— En fait, je me disais que vous pourriez me payer pour ce boulot, Hugh et toi. »

Il sourit en imaginant la mine renfrognée de sa sœur. Son mari, le prétentieux Hugh, et elle étaient pleins aux as. Il était associé d'un cabinet d'avocats, mais Kim avait tout de même un élevage d'oursins dans les poches. Il était prêt à parier n'importe quoi qu'ils avaient cherché un moyen de lui faire quitter le bungalow. Kim avait dû le critiquer à mort. Quoi qu'il fasse, elle trouvait toujours dix mille raisons de le blâmer. Elle était comme ça depuis l'enfance.

« Bon, nous descendrons peut-être passer la semaine avec toi. »

Il s'empressa de la prendre au mot.

« Bien sûr, plus on est de fous, plus on rit. Si les gamins dorment dans une tente sur la pelouse, on aura plein de place. Je serai ravi de vous recevoir.

— D'accord, très bien. Ma foi, nous verrons.

— Tiens-moi au courant. J'achèterai peut-être un sapin, histoire de faire les choses à fond. »

Après que Kim eut raccroché, il garda le combiné dans sa main un long moment. Il fit lentement tourner le disque d'un doigt avant de le regarder revenir en place avec un ronronnement grâce au mécanisme caché. Sa sœur ne lui avait plus parlé depuis cette journée chez elle. Quand était-ce déjà ? Il y avait peut-être trois, voire quatre ans ? C'était avant la mort de Marika. Ils avaient fêté l'anniversaire de Kim. Elle l'avait coincé dans un coin de sa luxueuse cuisine et avait commencé à lui faire la morale, comme à son habitude, en l'accusant de tout un tas de trucs. Ayant déjà quelques verres dans le nez, il lui avait naturellement rendu la pareille. Il avait peut-être dit des bêtises, mais elle n'avait vraiment eu que ce qu'elle méritait.

Qu'est-ce que ça pouvait lui faire s'il habitait quelque temps dans le bungalow ? Hugh et elle partaient en vacances en Australie ou aux Fidji presque chaque année. Qu'ils aillent se faire foutre. Ces deux hypocrites étaient incapables de penser aux autres.

Tous les deux ou trois jours, il prenait sa voiture et partait se balader en direction de la commune, de l'autre côté de la péninsule. Il s'était débrouillé pour en trouver une grâce à un type au pub. Il l'avait échangée contre le canot dans le garage, qu'il n'utilisait pas de toute façon. La voiture était une vieille Nissan toute rouillée, mais il projetait de la remettre en état un de ces jours. En attendant, ça ne lui coûtait quasiment rien de la faire rouler. Pas la peine de passer le contrôle technique, ni de demander un numéro d'immatriculation pour faire un trajet de cinq minutes sur la nationale deux ou trois fois par semaine. Lorsqu'il se rendait en ville, il se garait tout de même à l'écart de la route principale, près de l'école. Le flic du coin, un type nommé Cooper, était un gros lard suffisant qu'il jugeait incapable de faire preuve d'un minimum de bon sens.

Il enfilait toujours un costume avant de partir en ville, question de principe. Il se rasait, prenait le temps de se coiffer et s'aspergeait avec l'après-rasage que sa femme lui avait offert pour Noël des années plus tôt. Chaque semaine, il lavait une de ses trois belles chemises dans le lavabo de la salle de bains et frottait énergiquement le col avec du savon. Quand c'était fait, il s'asseyait et la regardait sécher sur le fil ou devant le feu l'hiver. Les jours ensoleillés, la chemise était prête en un rien de temps pour un petit coup de fer. Il était très fier de savoir repasser les plis du haut et du bas des manches. Une fois enfilée, elle paraissait comme neuve.

À Kaipuna, il achetait l'essentiel au Four Square : du pain blanc et de la confiture, des patates, du tabac à rouler et des feuilles, ainsi qu'un paquet de ces bonbons à la menthe forte qu'il avait pris l'habitude de faire rouler derrière ses dents. Il consommait également de grandes quantités de café soluble, qu'il prenait avec deux cuillerées de lait concentré. Au rayon viande, il se contentait de saucisses. Elles étaient faciles à cuire et se mangeaient bien entre deux tranches de pain blanc tartinées d'une bonne cuillerée de sauce tomate.

Après avoir fait ses provisions, il se promenait en ville en roulant ses cigarettes, faisait du lèche-vitrines et bavardait avec les gens qu'il connaissait. Les pêcheurs déchargeaient leurs bateaux sur le quai à l'extrémité est de la ville, et il lui arrivait de flâner jusque là-bas pour les regarder. Il aimait observer les nuées de mouettes qui tournaient au-dessus des bateaux. Kaipuna était tout de même un peu trop calme. Les excursions organisées en mer pour emmener les touristes voir les baleines et nager avec les dauphins n'avaient pas encore commencé. Comme disait la bonne vieille blague, on aurait pu tirer un boulet de canon dans la rue principale à l'heure de pointe sans toucher personne. À vrai dire, les habitants se seraient réjouis de la distraction.

Malgré la taille de la commune, il y avait deux hôtels avec bar. S'il préférait le Mariner au Southern, c'était avant tout parce qu'il commençait à y connaître beaucoup de clients réguliers. Il y avait de vrais personnages, des gens avec qui il pouvait rigoler et qui ne trouvaient pas étrange d'en être à sa troisième pinte un lundi à quatorze heures. Vivre et laisser vivre, telle était la devise de ces piliers de bar.

C'était au Mariner qu'il avait rencontré Shelley. Elle y faisait un peu partie des meubles. Ils avaient commencé à discuter dès la deuxième fois qu'il était passé boire un verre, et le soir même, ils avaient fini chez elle, relativement soûls. Il s'était seulement aperçu le lendemain matin, en la regardant assise dans son kimono décoloré dans la lumière vive qui se déversait dans la cuisine, qu'elle approchait de la cinquantaine. Elle avait manifestement roulé sa bosse. C'était quand même une femme attachante, pourvue d'une espèce d'humour ironique, légèrement amer, qui le faisait rire. Il finissait dans son lit environ une fois par mois, ce qui, imaginait-il, leur convenait très bien à tous les deux. Quand elle le chevauchait, il lui arrivait cependant de poser les yeux sur son ventre mou couvert de vergetures et sur ses seins tombants qui ressemblaient à deux bestioles tout droit sorties du *National Geographic*. Ces fois-là, il ne pouvait pas s'empêcher de repenser à la secrétaire de l'agence immobilière de New Brighton – Tracey. La comparaison le déprimait à tous les coups.

Le temps passait, et il semblait le faire de plus en plus vite.

Une toute nouvelle décennie commença. Un jour, quelqu'un lui apprit que Freddie Mercury était mort, apparemment du sida ; Pat en conclut qu'il n'entendrait plus jamais parler de Queen. Il décrocha un boulot au lycée grâce à un type qu'il avait rencontré. Trois jours par semaine, il y faisait des petits travaux et entretenait les espaces extérieurs, ce qui consistait principalement à tondre l'herbe des terrains de sport avec le tracteur lorsqu'elle devenait trop haute. Une fois par an, il retraçait les lignes blanches du terrain de rugby.

Les années s'écoulaient ainsi.

Récemment, il avait commencé à tirer des lapins dans le pré derrière le bungalow. Il s'asseyait sur un siège en toile derrière le grillage, une glacière de bières près des pieds et la Sauer 202 qu'il avait acheté cinquante dollars à Cyril, le vieux qui habitait trois bungalows plus loin, posé sur les genoux. Le crépuscule était le meilleur moment pour chasser le lapin. Il aimait être assis dehors dans la lumière déclinante. Maintenant que c'était l'été, la nuit tombait si progressivement que, si on observait le phénomène minute par minute, rien ne semblait changer dans l'herbe jaune des collines sèches ni dans le ciel. Il fallait l'envisager par grosses tranches, comme les parts d'un gâteau, pour que la tombée de la nuit soit évidente.

Les lapins apparaissaient au compte-gouttes, seuls ou à deux, sortant d'un bond de leurs terriers et reniflant l'air. À travers la lunette de la 202, ils paraissaient hésitants, nerveux et pensifs. Pat expirait puis appuyait lentement sur la détente, comme Cyril le lui avait conseillé. Mais même ainsi, les résultats étaient variables. Moins de la moitié des lapins visés s'effondraient sur le sol. Quand il avait acheté l'arme, il s'était imaginé qu'il mangerait du ragoût tous les jours, mais la première fois qu'il avait essayé d'en découper un, il s'était complètement loupé. Toute cette boucherie lui avait donné envie de vomir ; il était allé se vider dans le buisson près de la porte de derrière. Depuis, il laissait les cadavres à l'endroit où ils étaient tombés.

Ces derniers jours, quelques faucons ont commencé à survoler le pré en décrivant de larges spirales, attirés par ce repas facile. L'un d'eux est là justement. En l'observant à travers la lunette de la carabine, il se prend à penser que les choses ne tarderont pas à s'arranger. Il a toujours son plan en tête, même si les circonstances l'ont forcé à revoir un peu sa chronologie. Il a parlé à Shelley et ses autres amis du Mariner du super boulot qu'il finira par décrocher dans la vente à Christchurch. Il leur a décrit la maison de location où il ira habiter avec ses enfants. Tout ça finira par arriver, aucun doute là-dessus. Reste juste à savoir quand.

À travers la lunette, chaque détail du corps du rapace est parfaitement visible. Sa masse marron et brun clair de plumes palpitantes et tachetées pénètre en arc dans la colonne d'air chaud qui s'élève du pré. Ses ailes bougent à peine.

Oui, bientôt, ses gamins et lui seront réunis. Ils formeront à nouveau une famille. Tout va marcher comme sur des roulettes.

Son doigt est posé sur la détente, mais il est certain qu'il n'appuiera pas. En fin de compte, il faudrait être un vrai connard pour descendre un faucon.

Invincible

Certaines idées donnent l'impression d'avoir toujours existé. C'était le cas de la grande fête sur la plage. Au lycée, on en parlait depuis des mois. Tout le monde disait qu'elle allait être épique. J'avais prévu d'y aller avec ma copine Paula qui commençait l'école de formation pédagogique après les vacances. Elle voulait devenir institutrice en primaire. J'imagine que j'aurais pu la suivre, mais je sentais que l'enseignement n'était pas pour moi. Déjà, je n'aimais pas les enfants. J'évitais de le dire à Paula pour ne pas la contrarier, mais je n'arrivais pas à comprendre pourquoi elle était si pressée de retourner à l'école alors qu'on en voyait enfin le bout.

Une semaine avant la fin des examens, ma mère a demandé à me parler. Elle connaissait une femme qui travaillait en ville pour un fabricant de vêtements nommé Wraggs. D'après elle, l'entreprise comptait une dizaine de salariées qui cousaient des uniformes d'infirmière, de serveuse, d'éclaireuse, et cetera. Si j'étais intéressée, elle pourrait m'obtenir un poste dans les bureaux. Je donnerais un coup de main au classement des dossiers et à la facturation. Apparemment, les femmes qui travaillaient là-bas étaient sympa, et il y aurait des perspectives de promotion. Un jour, je pourrais même devenir responsable administrative. Le mieux, c'était que je pouvais commencer juste après Noël, histoire de voir en quoi consistait le travail. Je me disais que j'allais sans doute accepter.

Mes examens ne se sont pas trop mal passés. Le dernier matin, monsieur McGregor, le directeur, a fait un grand discours, disant que nous nous apprêtions à *prendre notre place dans le vaste monde* en tant que *membres utiles de la société.* Ensuite, on a distribué des récompenses. Évidemment, je n'en ai reçu aucune, mais quelques-unes de mes copines sont montées sur l'estrade. On a remis à Diane un certificat attestant qu'elle n'avait manqué que trois jours de cours pendant toutes ses années de lycée. Bien entendu, Paula a reçu la coupe de netball. Après la cérémonie, tout le monde a quitté joyeusement le gymnase. Les garçons parlaient fort et s'amusaient à se faire des clés d'étranglement, tandis que les filles pleuraient et se serraient dans les bras comme si quelqu'un était mort.

De retour à la maison, je me suis allongée sur mon lit et j'ai écouté de la musique en regardant le plafond. Comme d'habitude, papa et maman sont rentrés du travail vers 17 heures 30. Ils m'ont félicitée une bonne dizaine de fois d'avoir terminé le lycée. Je n'avais pourtant pas l'impression d'avoir accompli une prouesse. J'étais simplement allée à l'école chaque jour pendant des années parce que c'était ce que tout le monde faisait. Et maintenant, c'était fini – pas de quoi en faire un plat. Papa m'a tout de même offert un cadeau, des boucles d'oreilles en argent plutôt jolies, manifestement choisies par maman.

Elle m'a demandé si j'avais réfléchi à la proposition d'embauche de Wraggs d'un ton volontairement désinvolte, comme si ma réponse lui était indifférente. Je lui ai répondu que je n'avais pas encore fait mon choix.

À dix-neuf heures, je me suis rendue chez Paula, ma tenue pour la soirée dans mon sac de netball. Sa mère s'apprêtait à partir au travail quand je suis arrivée. Elle faisait les trois-huit dans une usine de congélation où, d'après Paula, elle triait des petits pois, du maïs, ou quelquefois des carottes, sur un tapis roulant.

« Il y a des beignets dans le four. Servez-vous, les filles.

— J'ai déjà dîné, merci.

— Qu'est-ce que tu as mangé ?

— Juste des spaghettis à la bolognaise. C'est ce que papa cuisine d'habitude le vendredi. »

La mère de Paula était toujours très intéressée par mes repas. Paula pensait qu'elle craignait de ne pas la nourrir suffisamment, ou du moins pas correctement. C'est vrai qu'elle était assez maigre, mais en raison de sa grande taille, sa maigreur paraissait naturelle au lieu de donner l'impression qu'elle se laissait mourir de faim. Son père était mort d'un cancer quand elle avait neuf ans, et sa grande sœur avait pris son indépendance, alors sa mère n'avait personne d'autre à couver.

« Bon, mais si tu as faim, n'hésite pas à te servir.

— D'accord, merci. »

Elle nous a embrassées sur la joue tour à tour et recommandé d'être sages. Puis elle a grimpé dans sa petite voiture bleue aux portières à moitié rouillées et filé. Nous sommes montées dans la chambre de Paula où nous nous sommes changées et maquillées. Comme il nous restait une heure ou deux à tuer avant la fête, nous sommes ensuite allées au KFC du centre commercial où nous nous sommes installées dans le box du coin, près de la vitrine. Même si j'avais déjà dîné, j'ai mangé du poulet gras et des pommes de terre pleines de sauce.

En nous léchant les doigts, nous avons commencé à discuter de la fête qui promettait d'être géniale. Nous essayions de deviner qui serait là et avec qui, et puis nous avons parlé de ceux qui risquaient de ne pas venir et des garçons avec qui nous aimerions bien danser.

« Davey Waters !

— Davey Waters ! »

Comme nous avions prononcé son nom en même temps, Paula a été prise d'un fou rire. Son Coca lui est remonté dans le nez et sa gorge a gargouillé comme si elle se noyait. Des parents qui dînaient avec leurs trois enfants nous ont fait les gros yeux.

Presque toutes les filles du lycée voulaient sortir avec Davey Waters. J'aimerais pouvoir vous dire que j'étais au-dessus de ça, trop mûre ou trop cool pour m'intéresser à un mec juste à cause de ses épaisses boucles foncées et de ses grands yeux bleus, mais en vérité, j'étais aussi accro à Davey que les autres, peut-être même plus.

Après le KFC, Paula et moi avons descendu la rue jusqu'au magasin d'alcool où travaillait son cousin. Elle a pris la moitié de mon argent et est entrée pendant que j'attendais dehors en essayant de cacher ma nervosité. Finalement, elle est ressortie avec une bouteille de rhum dans un sac en papier et une bouteille de Coca de deux litres. Nous nous sommes assises sur un muret au coin du bâtiment pour mélanger les boissons. Comme il fallait d'abord vider une partie de la bouteille de Coca, nous en avons bu le plus possible, puis nous en avons versé sur le sol. Paula a ajouté le rhum au soda trop vite, si bien qu'elle a dû poser la bouche sur le goulot pour éviter que la mousse déborde. Lorsque j'ai bu une gorgée du mélange, l'alcool m'a brûlé le fond de la gorge. C'était plus fort que je le pensais, et amer malgré le goût sucré du Coca.

Nous sommes arrivées au club de surf à la tombée de la nuit. Il y avait au moins une trentaine de voitures sur le parking, et d'autres le long de la route, du côté des dunes. Nous avons grimpé sur la butte pour contempler la plage. Une demi-douzaine de feux de joie brûlaient déjà. Il faisait bon et la marée s'était retirée très loin. De temps en temps, les vagues émettaient une lueur argentée. Au-delà, l'obscurité paraissait infinie.

La nouvelle de la fête s'était manifestement répandue. Nous avons reconnu d'anciens élèves du lycée, mais d'autres visages ne nous disaient rien du tout. De nouvelles personnes dévalaient sans arrêt les dunes, chargées de bouteilles et de caisses ou de canettes de bière pendant à leurs anneaux en plastique, semblables aux poissons que mon père pêchait et qu'il portait attachés ensemble par leurs branchies. Nous avons regardé trois mecs faire rouler un fût depuis le parking, puis nous nous sommes baladées de feu en feu en nous arrêtant pour discuter avec nos connaissances. Tout le monde s'accordait à dire que c'était une super fête, la meilleure de toutes, une fête légendaire, épique. Chaque groupe passait de la musique à fond sur un lecteur CD. Quelques personnes, surtout des filles, dansaient sur le sable à côté des flammes.

J'ignore au bout de combien de temps je me suis retrouvée assise autour du feu le plus éloigné du club de surf. Étrangement, j'avais perdu Paula. J'avais toujours notre bouteille de rhum-Coca dont il ne restait qu'un quart, et j'étais un peu soûle – pas vraiment bourrée, juste joyeusement éméchée. J'ai regardé Robert, un intello de notre âge qui s'était donné pour mission de s'occuper du feu, jeter du bois flotté dans les flammes, morceau par morceau, jusqu'à ce qu'elles montent très haut. Tout le monde s'est dépêché de reculer à cause de la chaleur, et quelqu'un m'a aidée à traîner plus loin le rondin sur lequel j'étais assise.

Le cercle s'est reformé autour du feu, et c'est à ce moment-là que j'ai vu Davey. Il se trouvait juste en face de moi. Je me suis demandé s'il était là depuis le début ou s'il venait d'arriver. Évidemment, après avoir remarqué sa présence, je n'ai pas pu m'empêcher de le regarder. Parfois, je détournais les yeux un petit moment, mais je ne pouvais pas me retenir longtemps : j'avais besoin de m'assurer que je n'avais pas rêvé. Couché sur le sable, il était appuyé sur un coude, ses pieds nus en direction de la chaleur, et buvait une canette de bière en discutant avec son copain, Tim Doyle. Ses amis formaient tout un petit groupe, l'air détendus et sûrs d'eux. Ces gens-là savaient qui ils étaient et ce qu'ils voulaient faire de leurs vies. Ils faisaient tourner ce que j'ai d'abord pris pour une cigarette, mais qui était finalement un joint. Je n'avais jamais fumé de marijuana de ma vie, mais tandis qu'il passait de main en main autour du cercle, j'ai décidé que je tirerais une bouffée quand ce serait mon tour. J'allais montrer à tout le monde – surtout à Davey – que je faisais partie des personnes cool. En même temps, j'avais peur de mal m'y prendre et de me ridiculiser devant tout le monde. Il s'est finalement avéré que je m'inquiétais pour rien. Le joint s'est arrêté à une frontière invisible juste avant de m'atteindre et il est reparti dans l'autre sens.

Même si nous étions de la même année et dans le même lycée depuis cinq ans, il m'aurait été difficile de dire qui était vraiment Davey. Il ne faisait pas partie des meilleurs élèves. Ce n'était ni un surfeur ni un skateur qui traînait en jean baggy, un bonnet sur la tête, au centre commercial. Il ne se mettait pas en quatre pour exaspérer les enseignants, comme Stu Quirk ou John Rodgers qui avaient tous deux été renvoyés en seconde. Tandis que je l'observais à la lueur du feu, il m'est apparu que si Davey Waters n'avait pas été aussi canon, il serait passé totalement inaperçu.

Tout le lycée savait que sa mère s'était suicidée. J'étais incapable d'imaginer combien il avait dû souffrir. Apparemment, son père n'avait pas réussi à faire face, c'est pourquoi Davey avait fini dans une famille d'accueil. J'ignorais totalement à quel point ça l'avait affecté, mais il semblait aller bien. Vraiment bien. Évidemment, il était plutôt silencieux, mais il y avait des tas d'élèves comme lui. Il avait tout de même des copains, il rigolait, allait à des fêtes, tout ça.

Au lycée, certaines s'étonnaient qu'il change aussi souvent de copine. Paula et moi avions une théorie là-dessus. Nous étions convaincues que si une fille était suffisamment courageuse pour l'inviter au ciné ou autre, il acceptait toujours. C'était comme une règle pour lui. Peu importait qu'elle soit ordinaire, intello ou je ne sais quoi, il ne disait jamais non. Évidemment, seules les plus jolies avaient assez confiance en elles pour l'inviter à sortir. Depuis la quatrième, ces élèves sûres d'elles prétendaient chacune leur tour être sa petite amie, mais leur histoire ne durait jamais plus de quelques semaines ; il suffisait qu'une autre ait le cran de l'inviter à sortir. Cependant, tous ces ragots et sournoiseries semblaient lui passer totalement au-dessus de la tête.

Quelques personnes ont commencé à lancer des feux d'artifice, et je me suis levée pour les regarder. Deux ou trois mecs allumaient des pétards et les jetaient à la dernière seconde. Des fusées décollaient en sifflant et explosaient au-dessus de la foule dans une gerbe d'étincelles bleues et rouges. J'en ai regardé une décrire un arc au-dessus de l'eau noire et tomber derrière la ligne de ressac où elle a brûlé une seconde à la surface avant de s'éteindre. Un soleil tournait sur le sable au milieu de la foule. Les gens poussaient des cris et s'écartaient d'un bond.

Je venais de décider de partir à la recherche de Paula lorsque deux phares sont apparus en haut de la plage, près du club. La voiture a roulé lentement jusqu'au sable dur au bord de l'eau, puis elle a tourné et s'est dirigée vers nous. Elle s'est arrêtée près de notre feu et presque tout le monde s'est approché pour la regarder. Le conducteur était un gars nommé Craig Percy. J'ai découvert plus tard que son père collectionnait les voitures anciennes. Celle qu'il conduisait était magnifique – c'était une décapotable, j'étais au moins sûre de ça. Le toit était replié derrière la banquette arrière. Comme j'étais un peu soûle, les flammes qui se reflétaient dans les portières semblaient danser au rythme de la musique.

« Qui veut faire un tour ? » a crié Craig.

Je me suis surprise à escalader la portière la première pour m'installer sur la banquette. Des corps se sont bousculés pour me rejoindre, et j'ai senti quelqu'un me pousser sur le siège, puis on s'est retrouvés serrés l'un contre l'autre, lorsque deux autres personnes se sont entassées à côté de nous. Un mec plus âgé que je n'avais jamais vu s'est assis sur le siège à côté de Craig, et une fille aux longs cheveux blonds qui n'arrêtait pas de rire a grimpé sur ses genoux en se tortillant. Quand la voiture a commencé à avancer lentement sur le sable, ceux qui étaient restés sur la plage ont crié et applaudi.

Au début, Craig roulait au pas. Il craignait sûrement de heurter un morceau de bois enfoui dans le sable ou de tomber sur un creux qui risquerait d'endommager la voiture de son père. Mais il s'est avéré que le sable était lisse. Dans la lumière des phares, il paraissait infini, comme si on l'avait étalé rien que pour nous. Par-dessus son épaule, je voyais les gros cadrans lumineux du tableau de bord.

J'ai mis un certain temps à m'apercevoir que le corps pressé contre le mien appartenait à Davey Waters. Je l'ai regardé, il m'a regardée. Nous avons ri. La voiture a continué à rouler longtemps sur la plage. Mais pas assez à mon goût.

Craig a finalement ralenti puis décrit un grand arc pour faire demi-tour. Les feux de joie minuscules brillaient au loin.

« C'est parti ! » a-t-il dit en appuyant sur l'accélérateur.

Maintenant certain qu'il n'y avait aucun obstacle, il a dû penser qu'il pouvait rouler aussi vite que ça lui plaisait.

« *Yeah, man !* » a crié son voisin avec un accent américain raté.

J'ai senti la voiture accélérer brusquement. La fille assise sur ses genoux a poussé un petit cri et éclaté de rire, trop fort. Tandis que nous prenions de la vitesse, j'ai levé les mains en l'air comme si j'étais sur des montagnes russes. Je sentais le vent filer entre mes doigts. Il avait une odeur de sel et d'algue. Je n'aurais jamais eu l'idée de faire une chose pareille avant ce soir-là, mais je me suis levée en gardant les mains en l'air. Le vent plaquait ma robe contre mon corps, et l'espace d'un instant, je me suis imaginé que j'étais un cerf-volant sur le point de décoller dans le ciel nocturne.

Soudain, j'ai vu Davey debout à côté de moi. Il a calé son corps contre le mien et levé les mains. Un instant plus tard, la voiture a fait un léger écart et nous nous sommes agrippés l'un à l'autre pour ne pas tomber. J'ai senti son bras passer autour de ma taille et me serrer fort. Je n'avais jamais été aussi heureuse de ma vie.

Plus tard, je raconterais à la police que l'arrière de la voiture avait commencé à chasser sur le sable mou. En baissant les yeux, j'avais vu Craig tourner désespérément le volant. Rien ne s'était passé au ralenti. Ma vie n'avait pas défilé devant mes yeux comme dans les films. L'espace d'un instant, la voiture s'était redressée et j'avais simplement pensé : *Ouf, ça va aller finalement.*

Mais à ce moment-là, l'arrière se déportait déjà dans le sens opposé, encore plus loin qu'avant. Sur les genoux du mec, la fille hurlait pour de bon.

Je ne me rappelle pas avoir fait un vol plané, mais je n'ai pas oublié mon atterrissage brutal. C'était horrible : je roulais sur moi-même sans pouvoir m'arrêter. Finalement, je me suis retrouvée face contre terre. J'avais le souffle coupé, et j'ai bien cru que je ne le reprendrais jamais. J'ai même pensé que j'allais mourir. Au bout d'un moment, j'ai enfin réussi à inspirer. Quand je me suis assise, j'avais du sable dans la bouche et dans les cheveux, et des paquets de sable froid sous mes vêtements.

Non loin de moi, la voiture était couchée sur le flanc, un phare toujours allumé, mais le moteur s'était arrêté. C'était un miracle qu'il n'y ait aucun mort. Je sais que c'est une phrase un peu banale, mais c'en était vraiment un, parce que Craig était le seul à avoir attaché sa ceinture. Quand je suis allée le voir en boitillant, il était toujours sur son siège, la tête pendant près du sable. L'autre mec qui était avec nous sur la banquette arrière l'aidait à se détacher. Le couple de l'avant était assis sur le sable. La fille sanglotait, et son petit ami avait passé un bras autour d'elle. Je l'entendais répéter en boucle que tout allait bien.

J'ai retrouvé Davey plus bas sur la plage. Étendu sur le dos, totalement immobile, il semblait avoir été rejeté par la dernière marée. Il se trouvait près des traces de pneus où les lignes droites se transformaient en marques de dérapage, partant d'un côté, puis de l'autre, comme si Craig avait essayé de dessiner le plus grand ange du monde dans le sable.

« Davey ? »

Évidemment, je le croyais mort.

Il a ouvert les yeux.

« Ouah… »

J'ai ri de soulagement.

« Comme tu dis. Est-ce que ça va ?

— Ouais, rien de cassé.

— Tant mieux. »

Comme ça me semblait bizarre de le regarder de haut, je me suis assise. Mais c'était aussi étrange, alors je me suis allongée à côté de lui. Le sable était froid, mais peu importait. Je sentais les vibrations des vagues, et au-dessus de nous, je voyais les étoiles de ce qui était probablement la Voie lactée. Davey n'a pas roulé vers moi pour m'embrasser. Ça ne m'aurait pas déplu, mais ce n'est pas arrivé, inutile de prétendre le contraire. Il ne m'a même pas pris la main.

Tout ce que je peux dire, c'est que sur le moment, alors que j'étais allongée sur le sable, les yeux levés vers le ciel, la vie m'a paru vraiment merveilleuse. Pour la première fois, j'ai compris combien tout était fragile et que rien ne pouvait durer.

Comment Samantha a rencontré Pollock

La maison de Pollock se trouve à côté de l'école primaire. Elle la contemple depuis le bout de l'allée en se balançant d'un pied sur l'autre et rajuste la jolie jupe en laine qu'elle a finalement décidé de porter malgré la chaleur. Contrairement à ce qu'elle s'est imaginé toute la semaine, sa maison est un simple logement social, un petit cube à bardeaux entouré d'une pelouse grillée et caché derrière une palissade à laquelle il manque quelques planches. Elle s'était attendue à un cadre un peu plus bohème. Elle voit un vélo orange appuyé au jambage de la porte d'entrée ouverte. Quelque part du côté des bâtiments de l'école, une pie lance un cri auquel répond une autre.

Cette partie de la ville n'a rien à voir avec Beckenham, où habite sa famille d'accueil. Les maisons du voisinage sont principalement des logements sociaux entourés de cordylines en piteux état. De l'autre côté de la route, une voiture posée sur des parpaings devant une maison se fossilise peu à peu. Un véhicule au moteur bruyant la dépasse lentement, et le conducteur, un type d'âge mûr à l'air louche qui porte des lunettes de soleil enveloppantes, tourne la tête pour la dévisager. Sam se dit qu'elle a finalement la flemme de rendre visite à Pollock aujourd'hui. Elle repassera peut-être avant la fin des vacances. Et si elle ne le fait pas, eh bien, tant pis pour lui. Elle pivote sur les talons et retourne à la voiture de son père.

Alors qu'elle s'apprête à tourner la clé dans la serrure de la portière, quelqu'un l'appelle. Par une ouverture dans la palissade, elle aperçoit Pollock penché par une fenêtre. Appuyé sur une main, il lui fait bonjour de l'autre en agitant ses étranges boucles blondes. De loin, on croirait qu'il porte un bonnet rasta, mais sans les couleurs. Gênée qu'il l'ait vue traîner devant sa maison, elle attend à côté de la voiture qu'il apparaisse au bout de l'allée. Il est encore plus grand et maigre que dans ses souvenirs.

« Salut.

— Salut.

— Je ne savais pas que tu comptais venir aujourd'hui.

— Je passais par là en allant chez une copine, ment-elle. J'ai emprunté la voiture de mon père. »

Pollock jette un coup d'œil au véhicule. Bien que neuve et chère, elle n'a visiblement aucun intérêt pour lui. Il porte les mêmes vêtements que le jour où elle l'a rencontré, un jean et un T-shirt noirs, même s'il doit bien faire trente degrés. Il est manifestement content de la voir car il n'arrête pas de sourire.

« Joyeux Noël, dit-il tout à coup.

— Merci, à toi aussi. Qu'est-ce qu'on t'a offert ?

— Pas grand-chose. »

Suit un court silence insoutenable.

« Il fait chaud, dit Sam.

— Ouais. Est-ce que tu veux entrer ? »

Elle hausse les épaules comme si ce n'était pas l'unique but de sa visite.

« D'accord. »

Elle le suit le long de l'allée en remarquant un léger décalage entre le mouvement de son épaisse chevelure et le rythme de son corps.

« Ça devait être pratique pour ramener des copains à la maison. Je veux parler de l'école, le fait d'habiter juste à côté. »

Pollock regarde l'étendue d'herbe sèche en fronçant les sourcils, comme si elle était apparue du jour au lendemain.

« Ouais, si on veut. »

Sam pénètre derrière lui dans la maison en évitant le vélo orange qui bloque en partie l'entrée. L'intérieur est sombre et frais. Il l'emmène dans la cuisine où de la vaisselle sale s'entasse dans l'évier et jonche le plan de travail. Elle s'attendait à rencontrer sa mère, mais la pièce est déserte.

« Tu veux un verre d'eau ?

— Oui, merci. »

Il remplit un verre au robinet et le lui tend. La gorgée qu'elle boit est tiède.

« Viens. »

Elle le suit dans un couloir et jette un coup d'œil discret dans le salon au moment où ils passent devant, craignant que Pollock ne la trouve trop curieuse. Rien n'indique que c'est Noël – pas de sapin, ni de cadeaux, ni de neige artificielle sur les vitres. Pas même l'odeur persistante d'un jambon. Elle se demande si les parents de Pollock sont juifs ou d'une autre religion. Elle repense au barbecue qu'elle vient de quitter. Toute la famille et les amis de Fred et June se sont rassemblés chez eux pour Boxing Day, même si la plupart d'entre eux s'étaient vus la veille. Elle se demande si Pollock a déjeuné. Elle aurait pu lui apporter des restes – il risque d'y en avoir des tonnes –, ainsi qu'une part du cake aux fruits préparé par tante Tina.

Pollock s'arrête devant la dernière porte du couloir.

« Une minute. Je vais juste ranger un peu.

— D'accord. »

Elle reste seule à l'écouter s'activer derrière la porte fermée.

« C'est bon », dit-il lorsqu'il réapparaît.

Elle passe nerveusement devant lui et entre. Si c'est à ça que ressemble sa chambre après avoir été rangée, ce devait être une véritable zone sinistrée avant. Des vêtements, des livres, des bouts de papier, des carnets de croquis, des crayons, des pinceaux et des tubes de peinture traînent un peu partout.

« Où est ta mère ?

— Chez sa sœur, à Wellington.

— Tu n'as pas eu envie de l'accompagner ?

— Non.

— Alors qu'est-ce que tu as fait hier ? Pour fêter Noël, je veux dire.

— Pas grand-chose. Un peu de dessin, de lecture.

— Et des cadeaux ? Tu en as eu ?

— Ma mère m'en a laissé un. Des tubes de peinture à l'huile et plusieurs très bons pinceaux. »

Sam se sent soudain mal à l'aise. Elle se trouve dans la chambre d'un garçon, et il n'y a personne d'autre dans les parages. Non seulement la mère de Pollock est absente, mais elle ne rentrera pas aujourd'hui. Ce n'est pas comme si elle connaissait bien ce mec.

« Et voilà », dit-il en désignant les murs d'un geste.

Des dizaines de ses dessins sont punaisés à la tapisserie.

« Ah, d'accord.

— Tu m'as dit que tu aimerais bien y jeter un œil. »

De toute évidence, Pollock n'a pas imaginé un seul instant que c'était juste une excuse pour le revoir. Il tient vraiment à les lui montrer. Cela le rend même nerveux. Avec un sourire crispé, il attend en dansant d'un pied sur l'autre qu'elle se rapproche pour examiner les œuvres au-dessus de son bureau. Péniblement consciente qu'il l'observe, elle commence à se promener à pas lents dans la pièce et regarde chaque dessin tour à tour. Il y a quelques peintures, mais ce sont surtout des croquis au crayon de différents lieux de New Brighton. La piscine pour enfants avec sa baleine bleue. Le restaurant de *fish and chips* du centre commercial. Beaucoup de dessins représentent la plage et les dunes avec ces grands vieux arbres auxquels le vent a donné des formes bizarres.

Le style de Pollock se caractérise par des coups de crayon épais et un grand nombre de taches pour dessiner des ombres et remplir les espaces. Si elle essayait de reproduire sa technique, elle n'arriverait sûrement qu'à produire un fouillis noir. Curieusement, cela fonctionne pour lui. Et même mieux : ses dessins sont vraiment très beaux.

La première fois que Sam a rencontré Pollock, c'était le début des vacances d'été. Elle était à la plage avec son amie Donna. Comme elle n'avait son permis de conduire que depuis six semaines, le trajet jusqu'à New Brighton avait eu un goût d'aventure. Donna avait insisté pour qu'elles s'installent près du club de surf car c'était apparemment là que traînaient toutes les personnes cool. Elles s'étaient trouvé une place de choix sur le sable, puis chacune avait appliqué de l'huile de coco sur le dos de l'autre afin d'accélérer son bronzage.

« Je me demande ce que fait ce mec, dit Sam.

— Lequel ?

— Celui au T-shirt noir. On dirait qu'il dessine. »

Donna leva la tête et balaya les dunes du regard à travers ses lunettes de soleil Bollé.

« Il a l'air super coincé. Il n'est même pas habillé pour la plage. »

Autour d'elles, la plupart des garçons étaient des surfeurs ou des sauveteurs sportifs, mais celui-ci n'appartenait visiblement à aucune de ces catégories. Il était assis juste un peu plus haut, un grand carnet de croquis posé sur les genoux. En plus d'un T-shirt, il portait un jean noir et des baskets miteuses.

« Quel loser », dit Donna en se tournant sur le ventre.

Sam continua à l'observer à la dérobée à travers ses lunettes de soleil bon marché. Il étudiait les vagues et les surfeurs, puis baissait les yeux vers son carnet tandis que sa main dansait sur le papier.

« Arrête de le regarder, dit Donna d'un ton agacé.

— Je ne le regarde pas.

— Ouais, c'est ça. »

Son bikini était blanc et beaucoup plus petit que ce que Sam oserait jamais porter, et elle s'était visiblement fait bronzer au bord de sa piscine. À leur arrivée, Sam avait vu plusieurs garçons du groupe assis un peu plus bas observer Donna lorsqu'elle avait lentement enlevé son short et son T-shirt en faisant beaucoup trop de cinéma.

« Je crois qu'il est en train de nous dessiner, dit-elle quelques minutes plus tard.

— Tu plaisantes ?

— Il n'arrête pas de regarder par ici.

— Quel obsédé ! Il nous dessine probablement nues pour pouvoir se branler en matant nos corps plus tard. »

Sam ne prit pas la peine de répondre. Elle ne voyait pas pourquoi c'était forcément un obsédé. C'était sans doute juste un gars qui aimait dessiner. Fermant les yeux, elle posa la tête sur ses avant-bras et sentit le soleil sur sa peau, si chaud qu'il semblait la comprimer comme si elle était sous l'eau. Elle commençait à s'endormir lorsqu'une voix dit :

« Pardon, excusez-moi. »

Elle leva les yeux et découvrit la silhouette du garçon planté devant elles, ses vêtements noirs faisant un trou dans le ciel bleu vif.

« Désolé. J'ai dessiné quelque chose et j'ai pensé que ça pourrait vous plaire. »

Il leva une grande feuille de papier, et elle tendit instantanément la main pour la lui prendre. Donna et elle étaient parfaitement reconnaissables sur le portrait. Mais elle encore plus que Donna. Il l'avait représentée appuyée sur les coudes, le regard tourné vers le bord de la page avec une expression songeuse.

« Ouah, merci.

— Pas de quoi. »

Elle crut qu'il allait se servir du dessin comme excuse, peut-être pas pour la draguer, mais au moins pour engager la conversation. Cependant, il lui tourna le dos et retourna à l'endroit où il était assis un peu plus tôt. Elle le regarda se remettre au travail.

« C'est sans doute sa stratégie de séduction, dit Donna. Offrir aux filles des dessins nazes. S'il avait essayé de me le donner, je lui aurais ordonné de dégager. »

Dans la chambre de Pollock, Sam trouve que ses dessins ne sont pas nazes du tout – ils sont même merveilleux. Ce mec est incontestablement bizarre, il suffit de le regarder pour le voir, mais il a du talent.

« Je pourrais te dessiner à nouveau ? Si tu es d'accord. Tu n'es pas obligée d'accepter.

— Maintenant ?

— Ouais. Mais seulement si ça te plaît.

— OK, bien sûr.

— Super.

— Où ça ?

— Près de la fenêtre. La lumière est meilleure là-bas. »

Le seul endroit où s'asseoir est le lit défait. Elle s'installe tout au bord avec hésitation et change nerveusement de position. Pollock a pris un crayon et son carnet de croquis sur le bureau encombré.

« Tourne simplement la tête pour regarder par la fenêtre.

— Comme ça ?

— Un peu moins. Ouais, voilà, c'est parfait. »

Elle entend le crayon gratter le papier lorsqu'il commence à dessiner. La vitre aurait vraiment besoin d'un coup de chiffon. Un citronnier bloque la majeure partie de la vue. Elle évite de regarder les trois cadavres de mouches vertes, secs et hérissés de soies, sur le rebord de la fenêtre. Elle songe brusquement que Pollock va lui demander de se déshabiller. C'est peut-être sa stratégie – son mode opératoire, comme dirait June. Il est possible qu'il propose souvent à des filles de poser pour lui, leur demande de se déshabiller et leur fasse du rentre-dedans. En même temps, elle sait que les modèles sont souvent nus dans l'art. Quand elle a pris l'avion pour Wellington avec sa famille et visité la National Art Gallery l'an dernier, elle y a vu beaucoup de tableaux de personnes nues.

Ne voulant pas passer pour une fille prude ni primaire, elle décide qu'elle est prête à se mettre en soutien-gorge.

Elle n'enlèvera pas sa jupe, cependant. Et s'il essaie de lui peloter les seins sans sa permission, elle partira sur-le-champ.

Pollock rapproche légèrement sa chaise du bureau pour pouvoir poser le carnet sur le coin, puis il étudie son visage. Elle sourit, mais le voyant froncer les sourcils, elle recommence à fixer un point au-delà du citronnier, quelque part dans la brume de chaleur qui flotte sur le terrain de l'école. Pendant un long moment, les seuls bruits dans la pièce sont ceux du crayon qui se déplace sur le papier épais et de sa respiration lente.

« Je n'en reviens toujours pas que tout le monde te surnomme Pollock, finit-elle par dire.

— Certains m'appellent juste Pol.

— Quel est ton vrai prénom ?

— Paul.

— Oh. »

Elle trouve que ça ne lui va pas.

« Tu as toujours aimé dessiner ?

— Je suppose que oui, mais je m'y suis mis sérieusement il y a seulement deux ou trois ans. Quelques-uns de mes dessins sont en vente au restaurant de *fish and chips*. »

Il en est visiblement fier.

« Cool.

— Au cas où des touristes seraient intéressés. Ou n'importe qui, en fait.

— Tu en as déjà vendu ?

— Non. Excuse-moi, mais tu pourrais arrêter de parler un petit moment ?

— Bien sûr. »

Sam trouve gênant de rester assise en silence. Elle se demande s'il lui est déjà arrivé de se trouver dans la même pièce que quelqu'un sans lui parler, d'être assise à côté d'une personne qui se tait aussi – devant la télévision ou un film, évidemment, mais ça ne compte pas. Malgré tout, elle aime la façon dont il l'observe. La plupart du temps, le regard des autres glisse sur elle, surtout celui des mecs de son âge, comme s'ils étaient embarrassés. Ou bien leur regard ne s'arrête pas, comme s'ils avaient mieux à observer, des personnes plus intéressantes à voir. Mais Pollock regarde vraiment. Pas seulement quand il dessine, réalise-t-elle, mais tout le temps. *C'est comme s'il esquissait sans cesse ton portrait dans sa tête, ou du moins comme s'il mémorisait le plus de détails possible pour pouvoir te dessiner plus tard.*

C'est parce que Donna commençait à l'agacer qu'elle annonça qu'elle irait parler au garçon qui lui avait offert le dessin.

« Arrête, t'es sérieuse ?

— Pourquoi pas ?

— Il est bizarre. Regarde-le. Un vrai loser, je te dis !

— C'est le seul mec à qui toi et moi avons eu l'occasion de parler aujourd'hui.

— Je t'aurai prévenue. »

Sam enfila son short et son T-shirt sur son maillot de bain et remonta la plage jusqu'à l'endroit où il dessinait toujours.

« Salut.

— Salut. »

Il parut surpris qu'elle vienne le voir, mais pas mécontent. Elle s'assit sur le sable à côté de lui et demanda ce qu'il faisait. Il lui montra un croquis du Spit vu de la plage, avec la chaîne des Port Hills en arrière-plan. Ses dessins leur fournirent un sujet de conversation.

« Alors ? demanda Donna lorsqu'elle revint vingt minutes plus tard. Qu'est-ce qu'il t'a raconté ?

— Pas grand-chose.

— Vous avez discuté pendant une éternité.

— Il a l'air sympa.

— Tu parles.

— Ses dessins sont vraiment beaux.

— Il va à quelle école ?

— Il est en terminale à Aranui. »

Donna fit la grimace.

« Comment il s'appelle ?

— Tout le monde le surnomme Pollock.

— C'est naze. Comment il s'appelle en vrai ?

— J'en sais rien.

— C'est qu'un pauvre type. »

Plus tard, elles allèrent nager. Donna poussait des cris stridents en sautant dans les vagues écumantes et remontait sans arrêt son haut de bikini tout en vérifiant autour d'elle qui la regardait. Sam trouvait son attitude un peu stupide. On aurait dit qu'elle jouait un rôle. Quand elles regagnèrent leurs serviettes, Pollock était parti, ce qui la déçut.

Quelques jours plus tard, elle tomba cependant sur lui devant l'épicerie des Asher, qui se trouvait dans la même rue que le club de surf. Elle ne lui raconta l'anecdote que des années plus tard, après leur mariage : ce jour-là, elle avait fait tout le chemin en bus jusqu'à la plage dans l'espoir de le revoir. Pollock sortait de l'épicerie, un sac à la main contenant trois boîtes de haricots blancs à la sauce tomate qui étiraient le plastique. Il parut content de la voir. Ils discutèrent un moment, et c'est là qu'il lui proposa de passer voir ses dessins chez lui un jour. Sa famille n'avait pas le téléphone parce qu'apparemment, sa mère n'en voyait pas l'utilité, mais il lui donna son adresse.

Ils parlèrent quelques minutes de plus, puis il s'excusa de devoir la laisser; sa mère attendait les haricots pour le déjeuner. Elle répondit qu'elle comprenait et qu'elle passerait peut-être un de ces jours. Tandis qu'elle le regardait partir en balançant son sac, elle se dit qu'il n'irait pas loin avant que le plastique craque et que les boîtes tombent sur le trottoir brûlant.

Quand Donna l'appela ce soir-là pour lui parler d'une fille du lycée qui était paraît-il enceinte depuis le bal de fin d'année, Sam s'abstint de lui raconter qu'elle était retournée à la plage et qu'elle avait croisé Pollock.

Pollock soupire et se redresse.

« Fini. »

Le portrait est beaucoup plus détaillé que celui qu'il lui a offert à la plage. Il a reproduit très fidèlement son visage, et en même temps, il lui a donné l'air plus âgé et, selon elle, plus séduisant. Sur ce dessin, elle ressemble à la personne qu'elle aimerait toujours voir dans le miroir.

Il l'observe attentivement.

« Il ne te plaît pas ?

— Si, pardon, il est génial.

— C'est vrai ?

— Ouais, je t'assure. Mais pourquoi ai-je l'air triste ?

— Parce que tu l'es. Enfin, un peu. Désolé. »

Tout dégingandé, Pollock bondit sur ses pieds en rougissant et sort de la chambre. Sam est stupéfaite. Le dessin à la main, elle le rejoint dans la cuisine où elle le trouve près de la porte ouverte.

« Qu'est-ce qu'il y a ?

— Rien. Désolé. Je voulais vraiment qu'il te plaise.

— Je l'adore. C'est le plus beau.

— Tu peux le garder si tu veux. Cadeau de Noël.

— D'accord. Je l'accrocherai au mur de ma chambre.

— Merci » dit-il, comme si c'était elle qui lui faisait une faveur.

Sur un coup de tête, elle se hisse sur la pointe des pieds et l'embrasse doucement sur les lèvres. Il se fige, les yeux ouverts, hébété. Rapidement, elle passe devant lui et sort dans la chaleur et la lumière qui la surprennent un instant. Les yeux plissés, elle longe l'allée à l'aveuglette jusqu'à la voiture. Se glissant sur le vinyle chaud, elle pose soigneusement le dessin sur le siège à côté d'elle.

Tandis que la voiture s'éloignait, elle a aperçu Pollock une dernière fois par un trou dans la palissade. C'est ce qu'elle lui raconte des mois plus tard, une fois qu'ils sortent officiellement ensemble – combien elle se sentait heureuse, combien son cœur battait vite. Depuis la première marche du perron, il la regardait s'éloigner dans la lumière blanche, le sourire fendu jusqu'aux oreilles. Fidèle à lui-même, il tenait toujours son crayon.

Mon beau ballon

Il te semble évident que les chaises devraient être placées face à l'océan. Depuis la crête de la dune qui surplombe la plage, tu contemples le sable, les vagues et le gris-bleu du Pacifique. Il fait si froid que ton souffle est visible dans l'air. Tu regardes une femme en tailleur et manteau foncé disposer méthodiquement les chaises. Elle lève les yeux vers le haut de la plage et te voit. Elle se demande probablement si tu es le premier arrivé. Mais non, ton jean délavé et ton sweatshirt à capuche te donnent plutôt l'allure d'un promeneur matinal. Les invités porteront des tenues habillées, surtout les dignitaires japonais. La maire sera également présente.

La femme te tourne le dos. Des chaises pliées sont empilées derrière le SUV noir qu'elle a avancé sur le sable. Le nom d'une société d'événementiel est imprimé sur la portière latérale. Elle déplie habilement chaque chaise d'un mouvement du bras. Tu la regardes faire jusqu'à ce qu'elle ait fini de créer un croissant de trente-trois sièges serrés – tu les as comptés – sur trois rangées face à une estrade. Les invités seront tournés vers les dunes, qui forment un amphithéâtre naturel.

Il est juste un peu plus de neuf heures, et le ciel est sans nuages. Il n'y a aucun vent : autour de toi, les lupins sont immobiles. De petites vagues roulent sur la plage en contrebas. La lune est visible au-dessus de l'océan. Elle sera pleine dans un ou deux jours, mais tu ignores si elle est croissante ou décroissante.

Tu regardes à nouveau la femme et son installation. Les invités vont bientôt arriver. Elle doit bien voir que la disposition des chaises ne convient pas du tout.

La composition de ce groupe était inhabituelle. D'habitude, les touristes étaient plus nombreux que les locaux, mais ce jour-là, c'était cinquante-cinquante.

Monsieur et madame Nishiura, le couple japonais, étaient petits, mais lui encore plus qu'elle. Malgré son visage de jeune homme, rond et grassouillet, on devinait qu'il avait la petite trentaine. De son épouse, tu gardes le souvenir d'une beauté du style hôtesse de l'air asiatique. Les Nishiura s'étaient mariés la veille. C'était leur deuxième cérémonie. La première avait eu lieu au Japon avec la famille, les amis et les collègues. Le but de leur mariage néozélandais exotique était surtout de prendre un maximum de photos qu'ils montreraient à leurs proches au Japon. Le cliché qui avait été pris devant la cathédrale est paru en une du journal le lendemain. Tu te rappelles l'avoir soigneusement découpé, il se trouve toujours dans le tiroir du haut de ton bureau. Madame Nishiura ressemblait à une fée frêle et sérieuse dans sa robe de mariage de location. À côté d'elle, monsieur Nishiura portait une queue-de-pie noire et un nœud papillon argenté.

Il y avait également un Américain sur ce vol. Il s'appelait Leibowitz. Il t'a raconté sa vie dans la camionnette après que tu es passé le prendre devant le Plaza. Comme il faisait encore sombre dehors, les phares étaient allumés. Il s'est penché par-dessus le siège avant et a commencé à te parler avec lenteur et décontraction, comme le font parfois les Américains d'un certain âge.

« Après le décès de ma femme, j'ai décidé de prendre la route et de découvrir le monde.

— Bravo. »

Tu roulais lentement. Le premier verglas de l'hiver couvrait la chaussée.

« C'est mon septième pays en six mois. »

Il devait avoir dans les soixante-dix ans, mais paraissait en excellente forme physique ; grand et mince, le dos droit, il portait l'uniforme du touriste américain : une casquette des Red Sox, un jean et une doudoune fermée jusqu'au menton pour se protéger du froid nocturne.

Trois personnes du coin participaient également à ce vol : Phil Johnstone, son fils Jared et un copain. C'était le onzième anniversaire du garçon, et le voyage en montgolfière était un cadeau de ses parents. Ils avaient pensé que ce serait plus amusant s'il partageait cette expérience avec un ami. Souvent, tu te rappelles qu'au parc, tandis que l'énorme enveloppe se remplissait, Jared et son copain se tenaient plus près des flammes que tous les autres. Les phares de la camionnette éclairaient la scène et te fournissaient suffisamment de lumière pour travailler.

Tu les as mis en garde.

« Attention, la semaine dernière, plusieurs garçons y ont laissé leurs sourcils. Pfuit ! Disparus en un clin d'œil. »

Le copain de Jared était un rouquin au teint pâle. Il a reculé de quelques pas, mais Jared n'a pas bougé.

« Vous plaisantez, pas vrai ?

— Bien sûr. »

Tu lui as lancé un clin d'œil avec ton œil intact.

L'enveloppe se gonflait rapidement. Tout le monde la regardait tenter de s'élever en oscillant lentement, comme un gros ivrogne sortant de son lit. Ce vol s'annonçait réussi. Il n'y avait aucun nuage et le vent ne s'était pas encore levé. Ce groupe de clients avait l'air sympa et facile. Tu étais tout de même déçu qu'il n'y ait eu que six réservations ce matin-là ; il aurait mieux valu trois ou quatre de plus. En milieu de semaine, il arrivait que les chiffres soient bas, surtout quand la saison de ski tardait à commencer, comme c'était le cas cette année-là. Heureusement, le vol du samedi suivant était déjà complet.

Tu repères madame Nishiura une fois que les discours ont commencé. Tu t'es rapproché, mais sans descendre des dunes. Elle est assise au deuxième rang, derrière les employés du consulat du Japon dont les chaussures noires, vernies, immobiles, sont juxtaposées sur le sable gris. La maire est lancée dans son discours. Tu es maintenant suffisamment près pour saisir l'expression *liés dans la douleur*. Ces quatre mots s'élèvent jusqu'aux dunes, presque couverts par le bruit des vagues, et se posent à tes pieds.

De loin, madame Nishiura n'est pas aussi belle que dans tes souvenirs. De côté, son menton paraît légèrement enfoncé, ses épaules un peu voûtées. Tu ne te souvenais pas de ces détails. On ne voit pas son profil sur le portrait de mariage qu'il t'arrive encore de contempler, même si tu essaies de t'en empêcher. Tu la regardes écouter la maire, le dos tourné à l'océan. Tu as du mal à faire le lien entre les souvenirs d'elle qui te reviennent souvent et la femme que tu vois maintenant.

Tu tends les doigts et casses un bout de la cascade d'herbe à glace à tes pieds. Il se courbe dans ta main et forme une griffe molle. Tu entends ta mère t'expliquer que le jus de cette plante aide à guérir les coupures, mais tu ne te rappelles pas s'il lui est arrivé d'en appliquer sur tes plaies d'enfant. Tu serres fort le bout de plante entre l'index et le pouce, puis tu regardes son liquide clair et odorant tomber goutte à goutte. De petits cercles foncés apparaissent sur le sable.

Au moment où tu lèves les yeux, madame Nishiura te dévisage. Tu détournes le regard. Il est possible qu'elle ne t'ait pas reconnu ; qu'elle croie voir un inconnu. Cela fait deux ans après tout. Tu n'es pas rasé et tes cheveux sont plus longs maintenant. Peut-être qu'elle se demande simplement pourquoi un homme se tient à l'écart du groupe depuis tout ce temps. Les mains enfoncées dans les poches profondes de ton sweatshirt, tu commences à descendre en glissant le versant de la dune. Tu continues à avancer vers l'océan en traversant la frange de bois flotté qui marque la limite de la marée haute, jusqu'à ce que tu te trouves tout au bord de l'eau. Même s'il n'y a toujours aucun vent, les vagues, plus fortes qu'à ton arrivée, roulent sur le sable avec un chuintement bruyant.

Tu lèves les yeux vers la plage. À présent, madame Nishiura te tourne le dos et écoute à nouveau attentivement la maire.

Le soleil commençait juste à fendre la courbe de l'horizon à l'est lorsque la montgolfière s'éleva au-dessus de la cime des platanes en bordure du parc. La société Mon beau ballon était l'une des rares dans le monde à pouvoir faire décoller ses montgolfières d'un centre-ville. À deux cents mètres, tu as commencé ton baratin. Tu as évidemment pointé la cathédrale du doigt, ainsi que le jardin botanique, le Centre des arts et la nouvelle galerie dont les murs de verre réfléchissaient les premières lueurs du jour. Les banlieusards matinaux roulaient vers la ville, leurs phares encore allumés.

« Où va-t-il maintenant ? » a demandé monsieur Leibowitz.

Le doigt tendu par-dessus le bord de la nacelle, il désignait Dan qui quittait le parc au volant de la camionnette. Le toit du véhicule n'était qu'un rectangle blanc dans la semi-obscurité.

« Il va nous suivre pour pouvoir nous accueillir à l'atterrissage.

— Est-ce qu'il y a une sorte de plate-forme ? » a demandé monsieur Johnstone.

Jared et son copain écoutaient attentivement.

« Non. Il est impossible de savoir précisément où nous atterrirons, car tout dépend de la direction du vent. Il n'y a pas deux vols identiques. »

Johnstone et Leibowitz ont hoché la tête et recommencé à prendre des photos. Les Nishiura discutaient à voix basse, presque tête contre tête. Tu ne savais pas vraiment à quel point ils maîtrisaient l'anglais. Comme la plupart des Japonais – et tu en avais rencontré beaucoup depuis que tu faisais ce travail –, ils l'avaient probablement appris à l'école pendant des années, mais n'avaient pas assez confiance en eux pour prononcer plus d'une phrase ou deux.

Jared et son copain passaient d'un côté à l'autre de la nacelle en tendant le cou pour regarder par-dessus bord. Tu n'y voyais pas d'inconvénient, ils ne gênaient personne et il y avait plein de place ; le panier pouvait accueillir jusqu'à onze voyageurs.

Seul le père de Jared paraissait nerveux.

« Ça va, Phil ? » as-tu demandé.

Il y avait presque toujours une personne stressée dans le groupe.

« Ouais, ouais. Enfin, je n'ai jamais raffolé de l'altitude. »

Il a esquissé un sourire en coin.

« Pas de panique. Statistiquement, cette balade est plus sûre que le trajet que tu fais en voiture pour te rendre au travail. »

Les panneaux bleu et jaune vif de l'enveloppe brillaient dans la lumière claire du matin. Tu as tourné la valve au-dessus de ta tête. Le propane en combustion a rugi dans la gorge du ballon et vous a emportés de plus en plus haut.

« Aviez-vous consulté le bulletin météo ? »

L'inspecteur des accidents aériens s'appelait Morse : l'inspecteur Morse – tu aurais trouvé ça drôle dans d'autres circonstances. C'était le lendemain du crash. L'homme était perché sur un tabouret à côté de ton lit d'hôpital. Tu te rappelles avoir remué les pieds sous les lourds draps blancs qui formaient des collines et des vallées. Le journal du matin était posé sur la table de lit métallique. C'était Davey qui te l'avait apporté plus tôt, lors de sa visite. Monsieur et madame Nishiura te regardaient depuis la une. Tu avais déjà demandé des ciseaux à une infirmière pour pouvoir découper la photo.

« Bien sûr que oui. »

Morse a hoché la tête et noté quelque chose sur le formulaire coincé sous la pince de son écritoire.

« Vous souvenez-vous de ces prévisions ?

— On attendait l'arrivée d'un front de sud, mais pas avant la mi-journée.

— Et vous n'avez pas envisagé d'annuler le vol ?

— Nous avons décollé à sept heures et demie et nous étions censés atterrir vers neuf heures. Il n'aurait pas dû y avoir de problème.

— J'ai parlé au chauffeur de votre véhicule, monsieur Turnbull.

— Dan.

— Oui. Il ne se rappelle pas si vous avez lancé un ballon-sonde pour vérifier les courants supérieurs. L'avez-vous fait ? »

Il a posé cette question nonchalamment, comme si ta réponse n'avait aucune importance, comme s'il te demandait si tu avais bu une tasse de café au petit déjeuner avant le vol. Tu as remarqué que son nez était grand et charnu, et ses yeux d'un bleu limpide.

« Je crois que oui. »

Il a haussé un sourcil.

« Oui. J'en suis sûr. »

Généralement portée par le souffle doux du vent d'est matinal, le vent prédominant, la montgolfière survolait la banlieue ouest, puis les plates terres agricoles des plaines du Canterbury. Il arrivait cependant que des courants de sud tels que celui qu'elle venait de rencontrer se lèvent de façon inattendue. Ils étaient habituellement plus forts que ceux de l'est, mais ce vent était loin de dépasser la marge de tolérance du ballon et les limites de tes compétences.

Tu as appelé la camionnette par radio et informé Dan que tu atterrirais au nord-est de la ville, près de la côte, probablement sur le terrain du QE2, l'ancien stade des Jeux du Commonwealth. Tu t'y étais posé une douzaine de fois depuis que vous aviez cofondé l'entreprise, quelques années plus tôt.

Ni la nouvelle direction du vent, ni ce changement de programme n'ont inquiété Dan. Il a répondu qu'il allait passer s'acheter un petit déjeuner au drive du McDonald's.

« Une journée de boulot comme les autres », a-t-il dit.

Mais un quart d'heure plus tard, le vent s'est levé. Des cumulus menaçants survolaient les collines au sud. Tu as tiré sur la corde de commande qui ouvrait la soupape au sommet de l'enveloppe pour laisser s'échapper un peu d'air. La montgolfière est redescendue de cent mètres, mais le vent était toujours aussi fort. Les routes, les maisons et les jardins commençaient à défiler rapidement.

Cette accélération enthousiasmait les garçons. Tu devais avoir l'air inquiet, car monsieur Leibowitz s'est faufilé jusqu'à toi. Il t'a parlé à voix basse pour qu'ils ne l'entendent pas.

« Tout va bien, capitaine ?

— Oui. Mais il se pourrait que nous soyons obligés d'atterrir plus tôt que prévu à cause du vent.

— Il n'a pas l'air si fort que ça.

— C'est parce qu'il nous porte. Vous le sentiriez si nous étions immobiles. »

Il a sagement hoché la tête.

« Je comprends. Mais tout va bien, pas vrai ?

— Comme sur des roulettes. »

Tu te rappelles qu'il t'a souri et lancé un clin d'œil. Il s'est éloigné, comme s'il préférait te laisser tranquille, et a adressé quelques mots aux Nishiura, que tu n'as pas entendus. Tous deux ont souri, et monsieur Nishiura a répondu :

« Nous espérons. »

Tu as recontacté Dan par radio pour l'informer que tu pensais toujours pouvoir atterrir sur le terrain du stade.

Il avait manifestement vu les nuages au sud, car il paraissait tendu.

« T'es sûr ? Tu pourrais essayer Linwood Park, autrement. C'est plus près.

— Non, les lignes électriques rendront l'atterrissage trop difficile avec un vent pareil. Je ne veux pas prendre de risques. »

« Difficile, mais pas impossible. »

Voilà ce que t'a répondu Morse à l'hôpital.

« Je pensais que ce serait moins dangereux au QE2. Question de jugement.

— Et au bout de combien de temps avez-vous compris que vous n'alliez pas pouvoir vous poser là-bas, finalement ?

— Une dizaine de minutes. Le front orageux se rapprochait, et nous avons été poussés vers le nord-est, en direction de la côte. Le vent soufflait à quelque chose comme trente nœuds.

— Le service météorologique a enregistré des rafales allant jusqu'à quarante-cinq.

— Je suppose qu'ils sont mieux renseignés que moi. »

Une jeune infirmière est passée dans le couloir et a jeté un coup d'œil intrigué à l'intérieur par la porte entrouverte. Elle t'a peut-être reconnu à cause de ta photo dans le journal du matin. Prise sur la brochure de l'entreprise, elle était imprimée en page 2, juste à côté du cliché d'une montgolfière dans le ciel – mais pas une des tiennes.

Morse a feuilleté quelques documents sur sa tablette jusqu'à ce qu'il trouve ce qu'il cherchait.

« Ai-je raison de penser que vos deux associés et vous êtes en train de négocier la vente de Mon beau ballon ? »

Tu as froncé les sourcils.

« Oui.

— Et que, depuis six mois, vous programmez des vols supplémentaires afin que l'entreprise paraisse rentable ?

— Elle l'est.

— Plus rentable, devrais-je dire.

— Oui, c'est vrai.

— Il n'est donc pas dans votre intérêt d'annuler des vols. »

Il s'est penché en avant, si bien qu'il était au-dessus de toi et te regardait de haut.

Le front de sud était arrivé brusquement, entraînant une forte chute de la température, et la pluie avait commencé à tomber. Les six passagers étaient maintenant blottis les uns contre les autres vers le milieu de la nacelle. Personne ne parlait. Tous te regardaient surveiller l'altimètre. Les maisons et les routes défilaient à quatre-vingts mètres sous vos pieds.

« Pas de panique, tout le monde. Tout va bien se passer. »

Tu as essayé d'en avoir l'air convaincu.

Monsieur et madame Nishiura battaient lentement des paupières. Le visage enfantin de l'homme avait disparu derrière un masque de perplexité, tandis que sa femme paraissait toute petite, amenuisée par le danger. Phil Johnstone avait attiré son fils vers lui, le dos contre son torse, et le serrait fort. Debout à côté d'eux, le copain de Jared a collé le poing contre sa bouche et sucé ses articulations. Il s'est mis à pleurer, mais sans bruit.

« Vous avez déjà été dans cette situation ? » a demandé Phil Johnstone d'une voix aiguë et tremblante.

Il avait peur. Probablement parce qu'il était avec son fils et son ami.

« Bien sûr, quelques fois. »

En réalité, tu ne t'étais trouvé emporté par un vent de cette force qu'une seule fois auparavant. C'était environ cinq ans plus tôt, en Australie, avant d'obtenir ton brevet. Et cette fois-là, la montgolfière était plus petite et survolait des terres cultivées, non des toits et des lignes électriques. Le type qui te formait s'était cassé le bras pendant l'atterrissage.

À présent, vous survoliez les quartiers le long de la côte, suffisamment bas pour que tu voies une femme se dépêcher de décrocher des vêtements d'un fil à linge. Elle a levé les yeux vers le ballon. Vous voliez suffisamment bas pour que tu la voies ouvrir la bouche de stupeur, pour que tu voies le blanc de ses dents avant qu'elle ne disparaisse.

« Quel est le plan, capitaine ? »

Monsieur Leibowitz t'a adressé un sourire encourageant. Tu lui en as été reconnaissant.

« Je vais me poser sur la plage. »

Tu es toujours tourné vers la mer lorsque madame Nishiura s'approche et s'arrête à côté de toi.

« Il fait très beau aujourd'hui », dit-elle.

Elle articule ces mots avec lenteur, comme si elle les avait appris dans un manuel. La commémoration est terminée. La maire et le personnel du consulat quittent peu à peu les dunes. Les journalistes et les autres invités se sont rassemblés en petits groupes qui se dispersent sur la plage en direction des voitures. La femme en tailleur range les chaises.

« Je ne vous avais jamais entendue parler anglais. Vous le parlez très bien. »

Tu prononces ces mots parce que tu ne sais pas quoi dire d'autre, et parce que c'est presque vrai.

Elle sourit et secoue la tête.

« Je vais aux leçons à Sapporo. Mon professeur est aussi néozélandais. »

Tu opines du chef et recommences à contempler la mer. Elle tourne la tête et suit ton regard.

Après avoir dépassé la plage, la montgolfière s'était écrasée à cent cinquante mètres de l'endroit où vous êtes. Dans son rapport, Morse a estimé que votre vitesse se situait entre trente et trente-cinq kilomètres par heure lorsque la nacelle a heurté l'eau. Tu entends encore le bruit de l'osier se casser net, et tu sens la nacelle vaciller violemment, entraînée par l'enveloppe partiellement gonflée. L'eau de mer affreusement froide s'est engouffrée dans le panier. Des hurlements. Des cris. De l'écume. Des pleurs.

Quand la situation s'est légèrement calmée, tu as vu que monsieur Leibowitz avait une balafre sanglante au-dessus de l'œil. Il aidait le copain de Jared à s'accrocher à la nacelle qui, ballottée par la grosse houle, était presque entièrement immergée. Il y avait des cordes emmêlées partout. Il faisait sombre, il pleuvait et la mer était agitée, mais vous vous trouviez, Dieu merci, au-delà des déferlantes. Tu voyais également Johnstone et son fils, agrippés à l'autre extrémité de la nacelle. Une femme pleurait, mais tu ne voyais pas d'où venait ce bruit.

L'eau était mêlée de sang autour de toi, mais il t'a fallu un long moment – en tout cas, cela t'a paru long – pour comprendre que c'était le tien.

Finalement – soudainement –, deux surfeuses terrifiées sont apparues. Elles criaient, et l'une d'elles t'a hissé sur sa planche. Tu as senti sa combinaison visqueuse contre ton visage. Elle a baragouiné quelque chose au sujet de ta jambe. C'est seulement à ce moment-là que tu as aperçu la déchirure de ton pantalon et la chair à nu, mais tu ne sentais toujours aucune douleur. Elle a commencé à ramer pour rejoindre le rivage. Couché sur la planche rugueuse en fibre de verre, tu as à nouveau entendu une femme pleurer. Tu n'arrivais pas comprendre qui c'était. Il s'agit de ton dernier souvenir avant le trajet en ambulance.

« Êtes-vous toujours… pilote ? demande madame Nishiura en levant les yeux vers la lune.

— Non. Je suis ouvrier sur des chantiers de construction. »

Comme elle ne comprend pas, tu lui expliques ton travail en termes simples.

Elle sourit et hoche la tête.

« Nous avons aussi au Japon.

— Comment allez-vous ?

— Je vais remarier. Mon fiancé est professeur. »

Tu ne l'as pas vraiment regardée depuis qu'elle t'a abordé. Tu te tournes vers elle et vois que ce n'est ni une fée frêle ni une figure tragique, contrairement à ce que tu imaginais. Elle n'est même pas particulièrement belle. Ici, sur la plage, libérée de ton souvenir, c'est juste une femme japonaise ordinaire parlant un anglais acceptable, debout au bord de l'océan. C'est juste une femme qui a eu jadis la malchance d'épouser un homme qui n'avait jamais appris à nager.

Tu détournes le regard et, bien qu'il fasse moins froid, tu commences à trembler sans pouvoir te maîtriser. Tu enfonces les mains dans tes poches en espérant qu'elle ne le remarquera pas. Vous ne dites plus rien pendant un long moment.

« Les chaises, dis-tu enfin. Elles auraient dû être placées face à l'océan.

— Oui. Je pense aussi. »

Elle se retourne rapidement et remonte la plage. Tu crois qu'elle s'en va, qu'elle en a marre de toi. Tu ne lui en veux pas. Tu constates cependant qu'elle s'est arrêtée près du SUV et parle avec la femme de la société d'événementiel, dont le travail consiste maintenant à ranger le matériel. Au moment où elle repart, madame Nishiura porte trois chaises pliées sur ses bras. Elle est petite, et le sable lui complique la tâche.

Tu t'empresses de la rejoindre puis emportes deux des chaises jusqu'à l'endroit où vous discutiez.

Tu la regardes les déplier l'une après l'autre et les poser méticuleusement. Jusqu'à ce qu'elles forment une ligne parfaite à la limite du sable mouillé par la poussée des vagues. Elle s'assied sur une chaise au bout de la courte rangée. Tu hésites avant de la rejoindre. Entre vous, il y a un siège vide. Au-dessus de l'océan, la lune pâle est basse. Vous passez un très long moment à contempler la mer, le ciel et tout ce qu'il y a entre les deux.

Moins de dix articles

Agenouillé dans le rayon 3, Davey ouvrait un carton de bouteilles de Coca d'un litre et demi à l'aide d'un cutter. Son travail consistait à remplir les étagères en commençant par celle du bas. Sa superviseuse, Margaret, était assez tatillonne sur le rangement. Les bouteilles devaient être alignées sur quatre rangées et séparées par le même espace, leurs étiquettes tournées vers l'avant de façon à ce que le logo blanc soit pile au milieu, pas derrière ni sur le côté.

Davey imaginait parfois que c'étaient des soldats en plastique défilant en rangs parfaits dans leurs uniformes noir et rouge. Dans son esprit, elles paradaient dans le supermarché la nuit, lorsqu'il était désert, et faisaient la guerre aux bouteilles fascistes du rayon vin. Le réassort des produits était une tâche si ennuyeuse qu'il s'inventait ce genre d'histoire pour passer le temps. Il imaginait aussi que les paquets de biscuits étaient des chrysalides dont sortaient des biscuits papillons. Les flacons d'herbes et d'épices du rayon 4 étaient des poudres magiques – l'une d'elles vous rendait invisible, une autre super fort ou capable de lancer des rayons laser avec les yeux, si bien que personne ne pouvait vous toucher ; des pouvoirs de bande dessinée, du genre *X-Men*. Depuis qu'il était gamin, les gens répétaient qu'il avait beaucoup d'imagination.

Cette voix.

Il la reconnut. Elle venait du rayon 2 : céréales pour petits déjeuners, fruits en conserves, confitures et miel.

« Tout va bien ? » demanda Lachlan qui travaillait un peu plus loin.

Il était responsable des étagères du tonic aux jus de pomme.

« Ouais, t'inquiète.

— Tu fais une drôle de tête.

— Non, ça va.

— D'accord, tant mieux. Tu as été invité à la fête d'Amy vendredi ?

— Non, pas encore, mentit Davey.

— Moi non plus. »

Lachlan repoussa ses cheveux gras de son visage ravagé par l'acné.

Davey n'aimait pas travailler au supermarché, mais on y embauchait en permanence et il faisait autant d'heures qu'il le voulait. Il avait étudié quelques années à l'université mais, pour une raison ou une autre, il s'était arrêté avant le diplôme ; les conférences et le reste lui paraissaient dénués de sens. L'an passé, il était parti en tournée en tant que manager d'un groupe de métal nommé Hyman. Il avait trouvé ça marrant jusqu'à ce que la drogue, l'alcool, les nuits interminables et les concours de cris entre le batteur et le chanteur l'épuisent pour de bon.

Ces temps-ci, il partageait un appartement avec Greg Mason, l'ancien bassiste du groupe, que tout le monde appelait désormais Mace, et quelques autres. C'était un logement assez délabré, mais si bon marché qu'il parvenait à mettre de côté une partie de son salaire. Après trois mois seulement au supermarché, il avait déjà rassemblé une bonne partie de la somme nécessaire pour se payer un billet d'avion pour l'Angleterre.

Mark était à Londres. Il avait été pilote de montgolfière pendant un temps – ses vols touristiques décollaient de Hagley Park –, mais il avait eu un grave accident et était parti au Royaume-Uni environ un an après. Il travaillait dans le bâtiment. Il avait toujours été doué pour construire des trucs, avec des outils et tout le reste. D'après lui, Davey pourrait dormir sur son canapé quelque temps et se trouver un travail de barman dans un pub. Il connaissait des tas de Néozélandais qui faisaient ce boulot sans avoir la moindre expérience. Cinq ou six mois derrière un bar devraient suffire. Mark disait qu'ils pourraient ensuite voyager ensemble en Espagne, en Italie, en France. Partout. Il s'y connaissait aussi pas mal en mécanique, alors ils achèteraient probablement une camionnette pour se déplacer.

« J'aime autant payer plus cher, dit la voix. À quoi bon se contenter de cette camelote ? Mon seul credo, c'est la qualité. »

Davey glissa le cutter dans sa poche avant de se relever et d'aller jeter un coup d'œil discret dans le rayon voisin. Il ne s'était pas trompé, c'était bien monsieur McLean.

Cet homme habitait à côté de chez eux quand il était enfant, après leur emménagement à New Brighton. Cela faisait quinze ans que Mark, Sam et lui avaient quitté Sandpiper Street pour aller vivre chez Fred et June, alors évidemment, McLean avait vieilli. Il devait avoir la cinquantaine à présent. Ses cheveux gris étaient fins et clairsemés, mais il était toujours mince et avait la peau bronzée. Pieds nus dans ses chaussures bateaux, il portait un short, ainsi qu'une chemise bleu ciel au col et aux poignets blancs. Il était accompagné d'un jeune homme dans les âges de Davey qui devait être Thaïlandais ou Indonésien, c'était difficile à dire.

Davey eut soudain très chaud. À côté de lui, le rayonnage se mit à osciller. Il tendit les bras pour le retenir jusqu'à ce qu'il s'immobilise. Il avait les mains moites et sa peau le démangeait sous la chemise de son uniforme en polyester.

Il commença à suivre McLean et son ami à travers le supermarché. Au rayon 4, il fit semblant de réaligner des paquets de sucre, tandis qu'à l'autre bout, McLean inspectait les boîtes d'œufs. Il parlait prix et qualité, pendant que son jeune ami hochait la tête en souriant.

Davey leur tournait le dos. Il se demanda si McLean le reconnaîtrait. Il n'était plus un gamin et portait désormais les cheveux courts. Il avait fini par se lasser des commentaires sur sa chevelure. En tout cas, il était prêt à filer si jamais McLean avançait dans sa direction. Il ferait comme si on l'avait appelé par haut-parleur pour un travail urgent.

« Mais qu'est-ce que tu fais ? »

Margaret s'était approchée par derrière. Davey jeta un coup d'œil dans l'allée : McLean avait choisi ses œufs et s'éloignait avec son ami.

« Euh, pardon. Quelque chose m'a distrait. »

Les petits yeux foncés de Margaret se plissèrent au-dessus de ses joues rondes et couperosées.

« Où es-tu censé travailler ?

— Au rayon 3.

— C'est bien ce que je pensais. Tu as fini là-bas ?

— Non, pas encore.

— Pourquoi chuchotes-tu ?

— Écoute, Margaret, je me sens patraque. Je vais devoir rentrer chez moi.

— Tu allais très bien il y a une demi-heure.

— Ouais, je sais, mais je crois que c'est à cause de ce que j'ai mangé pendant ma pause.

— Qu'est-ce que c'était ?

— Je vais rentrer, d'accord ? »

Elle parlait encore lorsqu'il lui tourna le dos et s'éloigna.

Il coupa par l'allée centrale et s'approcha du comptoir du service après-vente d'où on voyait toute la rangée de caisses. McLean et son ami attendaient à la numéro 5, celle d'Anita. Davey détacha son badge, le rangea dans sa poche, puis il passa devant le vigile, sortit sur le parking ensoleillé et s'arrêta près des files de chariots.

C'était une chaude journée, et un vent de nord-ouest soufflait en rafales. Plusieurs sacs en plastique blancs volaient autour des voitures. Dans sa poche se trouvait toujours le cutter qui lui avait servi à couper le carton et le film d'emballage des bouteilles de Coca. Il le prit et appuya sur le cran de sûreté avec le pouce pour faire glisser la lame. Il entendit un clic à chaque cran jusqu'à ce qu'elle soit entièrement sortie. Le soleil fit étinceler la pointe fine et tranchante, et l'espace d'un instant, il s'imagina adressant un signal à une personne à l'autre bout du parking pour la prévenir d'un danger.

Il attendit.

Les sacs en plastique tournaient autour de lui.

Ouvert, fermé. Dedans, dehors. Clic clic clic clic.

Il avait neuf ans à l'époque où ils avaient emménagé à Sandpiper Street. Quel adulte se rappelait clairement les choses qui lui étaient arrivées vers cet âge-là ? Il était incapable de dire avec certitude ce qui s'était passé. Probablement rien du tout. Il s'était bel et bien rendu chez McLean une fois avec Mark, cette visite-là était tout à fait réelle. Et il était possible qu'il y soit retourné seul deux ou trois fois. McLean lui avait sans doute offert une boisson sucrée. Du Raro ? Il avait voulu le photographier. Davey se rappelait à moitié s'être déshabillé puis glissé dans la carapace de tortue exposée sur un mur. Enfin, non. Il confondait avec ce qui s'était passé pendant sa première visite avec Mark. Rien n'était clair. Tout s'imbriquait avec la mort de leur mère, et les cuites de Pat des deux ou trois années suivantes.

Il n'avait pas repensé à cette époque depuis des années.

Clic clic clic, faisait le cutter.

Enfin, il s'était peut-être bien passé quelque chose d'étrange pendant qu'il portait la carapace. McLean n'avait-il pas voulu lui apprendre une sorte de jeu ? Même sur le moment, la situation avait été déroutante. Ensuite, il avait reçu de l'argent – dix dollars ? – et l'ordre de ne raconter leur secret à personne, sinon tout le monde serait très fâché contre lui. Ou peut-être qu'il avait juste imaginé la scène, comme il imaginait des défilés de soldats bouteilles et des biscuits papillons. C'était plus probable. Il avait toujours eu une imagination débordante, tout le monde le disait.

McLean et son ami sortaient du supermarché. Il les regarda se diriger vers une voiture gris métallisé à hayon et charger leurs sacs de courses dans le coffre. Lorsqu'ils eurent terminé, McLean alla s'installer sur le siège passager, tandis que l'autre poussait le chariot vers l'endroit où se trouvait Davey. Il cacha le cutter derrière son dos.

Tandis que l'homme se rapprochait, il vit que les ongles alignés sur la barre du chariot étaient soigneusement limés et vernis. Arrivé près de lui, il dirigea le caddie vers la file et l'emboîta énergiquement dans le dernier. Voyant Davey, il inclina la tête sur le côté et sourit.

« Bonjour, dit-il avec un accent.

— Bonjour. »

Puis il lui tourna le dos et repartit vers la voiture. Davey attendit un instant et le suivit en tenant le cutter près de sa hanche.

Clic, fit la lame lorsqu'il la fit glisser. Clic clic clic.

Le jeune homme était arrivé à la voiture. Il ouvrit la portière et se glissa derrière le volant. Avant qu'elle se referme, Davey entendit la voix de McLean mais ne comprit pas ce qu'il disait. Ils rirent en chœur. Encore trois pas et il pourrait ouvrir sa portière d'un coup sec.

Finalement, il continua à marcher. Arrivé au bout de la rangée de voitures, il jeta un coup d'œil derrière lui, juste à temps pour voir celle de McLean tourner à la sortie du parking et s'éloigner.

Il retourna dans le supermarché, passa devant le Lotto, traversa la zone fraîche du rayon fruits et légumes, franchit les portes marquées RÉSERVÉ AU PERSONNEL à côté des bouteilles de lait et monta l'étroit escalier jusqu'à la salle de pause où il vida son casier. Il n'y avait personne dans les parages. Il posa son badge et le cutter sur la table. Le prix de sa chemise bleue serait déduit de son salaire, alors autant la garder.

Quelques semaines plus tard, Mark l'appela d'Angleterre pour savoir si tout marchait comme prévu. Davey répondit qu'il ne viendrait pas en septembre, tout compte fait. Il n'avait pas réussi à mettre assez d'argent de côté.

Mark parut déçu.

« Est-ce que ça va ? Il s'est passé quelque chose ? »

La vérité, c'était que Davey avait déjà dépensé presque toutes ses économies. Surtout en achetant de l'herbe qu'il avait partagée avec Mace et leurs colocataires.

« Nan, tout roule.

— Tu es sûr ?

— Ouais. C'est juste que je ne supportais plus le boulot au supermarché. C'était incroyablement chiant, et ma superviseuse était une vraie conne. »

Il poussa toutes les bonnes exclamations, garda l'air enjoué. Il lui dit qu'il cherchait un nouveau travail. Il le rejoindrait tôt ou tard, probablement d'ici un an. Mais il se doutait qu'il ne partirait jamais en Angleterre.

« Tout va bien, répéta-t-il avant de lui dire au revoir. Je t'assure, il ne s'est rien passé. »

Le flipper asiatique

David. Davey. Dave. Dee. Un mec qui se croit très drôle le surnomme Splash, vous voyez, à cause de son nom de famille. Certains jours, il ne sait plus lui-même comment il s'appelle. Là, il traîne avec les potes de Dee, alors il faut croire que ce sera son identité pour la soirée.

Dee s'éloigne du bar en traversant la foule de fêtards du vendredi soir, la main arrosée par la bière blonde qui déborde d'une de ses trois chopes. The Stonemasons vont jouer plus tard. La salle est pleine à craquer, un vrai sauna. Les visages rouges et dégoulinants sont presque agglutinés les uns aux autres. Leurs bouches ouvertes rient et s'appellent par-dessus la musique. Il voit les plombages d'un homme, sa langue semblable à un tunicier. De près, le fond de teint orange d'une femme est épais et inégalement appliqué, si bien qu'on voit une frontière sous sa mâchoire. Une odeur de sueur rance se dégage de l'aisselle d'une chemise et lui emplit les narines.

« Hé !

— Désolé, mec, c'est de ma faute. »

Il a renversé de la bière sur la manche d'un costaud à la voix de tondeuse rouillée. Le type s'en prend à lui, les traits déformés par un rictus agressif.

« Regarde où tu vas.

— Désolé. »

Lorsqu'il lève les yeux de ses bières pour le regarder, Dee s'aperçoit qu'il est complètement torché. Mais il y a autre chose dans son attitude, quelque chose de nerveux. Il a sûrement pris de la cocaïne. Le fait de penser à la coke provoque un picotement nerveux en haut de sa colonne vertébrale.

Il se glisse dans l'espace qui s'est ouvert entre deux femmes à sa gauche.

« Je te paierai un verre tout à l'heure, hein. »

Mace apparaît soudain à côté de lui. Ses dreadlocks s'agitent quand il lui crie à l'oreille : « Je me demandais où t'étais parti.

— J'ai attendu trois heures au bar.

— J'ai trouvé une table dans le coin. »

Andy est déjà assis. Il est penché en arrière sur sa chaise, les épaules appuyées contre le mur. Dee espérait qu'il ne viendrait pas, qu'il serait seul avec Mace ce soir. Malgré la chaleur, Andy porte son blouson de motard en cuir usé. Son crâne fraîchement rasé est plus pâle que son visage. L'espace d'un instant, il semble émettre sa propre lumière, comme ces poissons de haute mer qui ont évolué pour pouvoir chasser dans l'obscurité des grands fonds.

Dee pose les trois chopes sur la table.

« Dee, man ! crie Andy. Ça fait plaisir de te voir. »

Ses anciens noms s'éloignent un peu plus.

« Sympa de te voir aussi.

— Beau gosse de mes deux. »

Toujours les mêmes vieilles blagues. Ils se donnent de grandes tapes dans le dos comme s'ils ne s'étaient pas vus depuis des années, alors que ça fait seulement quelques mois. Dee se trouve hypocrite.

Andy se rassoit et soulève la chope la plus proche.

« À la vôtre. »

Il descend la moitié de sa bière et s'essuie la bouche du dos tatoué de sa main.

« Quoi de neuf, Dee ?

— Pas grand-chose. Tu vois, quoi.

— Ouais. Moi, j'ai quelques trucs en cours.

— Pareil.

— Ouais. »

Avec Andy, ils discutent tout le temps de ce qu'ils vont faire pour changer la donne. Sauf que la moitié des moyens qu'ils envisagent sont illégaux ; l'autre, ce sont des combines pour devenir riches rapidement dont il ne leur reste qu'un souvenir flou le lendemain matin. La dernière fois qu'ils se sont vus, Andy a passé des heures à leur parler du cuivre. Il connaissait un mec qui les paierait une petite fortune en échange de tout le cuivre qu'ils trouveraient. Les gens ignoraient qu'il y en avait partout, c'était comme la mauvaise herbe : dans les gouttières sur le côté des maisons des richards qu'il suffisait de décrocher la nuit, les casseroles, toutes ces statues à disposition dans les parcs, les chauffe-eau qu'on trouvait d'après lui sur chaque chantier de construction. Tels de gros chocolats, il suffisait de les ouvrir pour y découvrir un joli fourrage au cuivre. Les gares de triage regorgeaient de trucs en cuivre. Les centrales électriques aussi. On entrait super facilement dans tous ces endroits. Il n'y avait qu'à poser une couverture sur les fils barbelés au sommet de la clôture. De l'autre côté, il suffisait de se baisser pour le ramasser.

Malgré tout ce baratin, ce business n'avait rien donné.

Heureusement, il n'est pas question de cuivre cette fois. Ce soir, il parle d'un deal conclu avec un mec qui importe des pilules et les lui revend pour pas cher. Il y a toujours un mec dans l'histoire – ce mec que je connais, un mec vraiment fiable, un mec cool, un mec bien, LE mec, le pote du pote d'un mec. D'après Andy, il peut se faire une fortune en les refourguant. C'est l'autre élément incontournable : il y a toujours une fortune à se faire.

« Ça va, poto ? demande Mace.

— Ouais, pardon, quoi ? répond Dee.

— Je parlais du match de samedi. J'ai parié vingt balles que les Warriors mèneraient de dix points à la mi-temps. J'ai failli crever quand ce connard qui joue deuxième ligne, un Tongien ou un truc comme ça, vous voyez de qui je parle ? Enfin bref, il récupère le ballon en milieu de terrain… »

Dee les écoute discuter. The Stonemasons ont du retard. Quand ils arrivent enfin sur la petite scène à l'autre bout de la salle, il y a une avalanche de bruits, et la foule se précipite en avant lorsque la première chanson commence. Désormais, il regarde des dos qui dansent, se balancent, tandis que la musique déferle sur les têtes, se brise contre le mur du fond et les éclabousse. Parfois, un corps se détache de la foule et s'agite tout seul, avant d'être réabsorbé par la masse, comme une de ces choses qu'on observe au microscope.

« Putain, il pleut », marmonne Mace.

La bruine couvre ses dreads de perles brillantes.

Tous trois sont plantés devant le pub. Il est deux heures et demie du matin, mais le Strip bourdonne encore d'animation : les bars et les restaurants alignés sur les bords de la rivière sont pleins. Des groupes titubent de l'un à l'autre, entrent et sortent sous le nez des videurs. Le sommet de l'arche du pont du Souvenir est nimbé de lumière blanche. Quatre jeunes femmes qui semblent encore adolescentes passent en ricanant, bras dessus, bras dessous.

« Je me la ferais bien, baragouine Andy.

— Laquelle ? demande Mace avec un intérêt sincère.

— Toutes. »

Mace rigole. Il dit qu'il connaît un fastfood encore ouvert à cette heure-ci où la bouffe est bonne, alors ils se mettent en marche. Andy enfonce la main dans sa poche et en sort un sachet en plastique contenant une demi-douzaine de pilules blanches. Il en prend trois et tend la paume.

« Santé, dit Mace avant d'en gober une.

— C'est quoi ? demande Dee en se penchant pour mieux voir.

— Ça va te faire décoller. »

Mace tend les bras comme des ailes.

« Wooouh ! »

Dee se demande combien Andy en a déjà pris. Ses pupilles sont énormes – on dirait les yeux noirs d'un requin. Il lui tend toujours sa paume, sur laquelle attend la dernière pilule blanche.

« Nan, merci, ça ira.

— Fais pas ta couille molle.

— Non, vraiment. Mais merci, Andy.

— Comme tu veux. Couille molle. »

Ils font le tour de la place de la Cathédrale puis rejoignent Manchester Street où il fait plus sombre malgré les enseignes de salons de massage. Il y a beaucoup de bâtiments à louer et à vendre. Mace ouvre sa braguette et arrose un mur en briques d'un jet jaune. Dee sent la douce chaleur de la bière se dissiper. Il fait froid, et il pleut plus fort qu'à la sortie du bar.

« Alors, il est où ton *fish and chips* ? »

Mace le regarde par-dessus son épaule, agacé.

« Quelque part dans le coin. Quoi ? Tu me fais pas confiance ?

— Je demandais, c'est tout.

— On peut plus pisser tranquille, merde ? »

De retour dans Colombo Street, au nord de la place de la Cathédrale. Dee pense que Mace n'a aucune idée d'où il faut chercher. Dans son état, il a sans doute oublié dans quelle ville il marche, alors comment trouverait-il la bonne rue ? Son stand de *fish and chips* a probablement mis la clé sous la porte il y a des années. Ils retraversent la place sans vraiment chercher. Devant la cathédrale, traînent quelques balayeurs et une demi-douzaine de garçons au crâne rasé comme Andy. Ils passent par une ruelle, dépassent un chantier, prennent à droite, et les voilà de retour au Strip. Tout ce qu'ils ont réussi à faire, c'est une visite touristique du centre-ville. Rien n'a changé. Les gens entrent et sortent des bars dont les portes lâchent des odeurs de bière en même temps que des vagues de musique et de rires.

Andy observe la rue.

« Tant pis pour la bouffe. On va jouer au flipper asiatique. Preums sur la boule jaune. »

Mace rit bêtement.

Dee secoue la tête.

« On peut toujours aller manger un truc chez Aaron. Il doit encore être debout.

— J'ai dit qu'on laissait tomber. J'ai envie de jouer au flipper. »

Dee regarde Mace en espérant qu'il va le soutenir. Ils peuvent encore l'en empêcher. Mais ses iris tremblotent comme deux méduses électrocutées.

Le flipper asiatique. Dee n'a jamais su qui avait inventé ce jeu. C'est un type qui en a parlé à Andy dans un bar, il y a des années. La règle voulait qu'on choisisse un Asiatique, au bout d'une rangée de personnes de préférence, et qu'on lui rentre dedans exprès. Si celui qu'on avait bousculé heurtait un autre Asiatique (il fallait que ce soient des Asiatiques), ça rapportait deux points. Quand on parvenait à provoquer une réaction en chaîne, du genre dominos (c'était le but recherché), on gagnait deux points supplémentaires par Asiatique culbuté.

Il doit bien admettre que ce jeu ne lui a pas posé de problème au début. C'était juste un moyen de tromper l'ennui. À l'époque, il était bourré la plupart du temps, de toute façon. Mais un jour, il y a eu cette fille. Il l'a poussée beaucoup plus fort que prévu. En se relevant, elle lui a lancé un de ces regards – effrayé et triste. Par la suite, il s'est toujours trouvé des excuses pour ne pas participer.

Andy se prend toujours trop au jeu. La règle du rebond, par exemple. Il l'a totalement inventée. Il dit que si on parvient à faire rebondir un Asiatique contre quelque chose – n'importe quoi, une palissade, une benne à ordures, un mur – et qu'il en heurte un autre ensuite, on gagne dix points bonus. Il est le seul à avoir essayé. Dee ne l'a jamais vu réussir.

Mace recommence à rire bêtement.

« Le flipper asiatique. Ouais, pourquoi pas.

— Là-bas, regardez. »

Andy pointe du doigt un groupe de quatre hommes asiatiques d'âge mûr en costumes qui sortent d'un restaurant nommé The Blue Oyster. Le prix d'une bouteille de vin y dépasse sûrement ce que Dee gagne en une semaine au poste de plongeur que Mark lui a trouvé. Hilare, Mace lâche un grognement aigu. Ses dreads dansent autour de sa tête tandis qu'il s'éloigne rapidement, l'air de se souvenir qu'il est en retard à un rendez-vous.

« Ouais, vas-y, man, vas-y, vas-y », crie Andy comme s'il allait jouir.

Dee tourne la tête et voit la pluie glisser lentement sur son crâne. Près d'eux, quelqu'un rit trop fort.

Les quatre hommes ne se doutent de rien. Mace s'approche, fait semblant de trébucher et rentre dans le type au gros ventre en titubant. Celui-ci pousse un grognement bruyant avant de heurter son voisin qui manque de tomber et en percute un autre. Quatre points.

« Désolé. C'est la pluie, j'ai glissé », crie Mace en faisant demi-tour.

Les hommes se sont regroupés. Sur leurs gardes, immobiles, ils tentent de comprendre ce qui vient de se passer.

Mace revient comme un boomerang vers Andy et Dee. Andy lui tape dans la main comme s'il venait de marquer l'essai gagnant à la finale de la NRL. Les hommes décampent.

« Quatre points ! annonce Mace.

— J'ai déjà fait plus, dit Andy.

— Quand ? »

Andy l'ignore.

« T'as vu la gueule que tirait ce Jap ? Il se chiait dessus. Bien joué. Et quand t'as dit un truc, un de ces blaireaux t'a carrément salué. »

Dee sourit avec eux. Il ne sait pas faire autrement.

« Il faudrait que ça devienne un sport officiel, dit Mace.

— Grave.

— Avec des équipes de tous les quartiers de Christchurch.

— De toute la Nouvelle-Zélande ! »

À force de sourire, Andy a la peau du visage aussi tendue que celle d'un animal empaillé.

« Mais il y a bien plus d'Asiatiques à Auckland, dit Mace. Ces grandes gueules ont plus l'occasion de s'entraîner. »

Voilà qui sont les potes de Dee. Mace et lui bossaient avec un groupe à l'époque où la vie paraissait prendre une bonne tournure. Mais malgré les tournées et un contrat qu'ils ont failli signer avec un gros label étranger, tout est tombé à l'eau. Ensuite, entre deux boulots sans perspective, ils ont passé de plus en plus de temps à boire et à fumer de l'herbe dans leur appartement. Après, ils ont même arrêté de chercher du travail. Mace, Andy et lui ne se quittaient plus quand ils sont passés du hasch aux speed et autres pilules, avant de se mettre à la méthamphétamine. Cette spirale infernale ne s'est arrêtée que lorsque son frère, Mark, rentré de Londres, est intervenu et l'a fait admettre en cure de désintoxication dans un centre privé. Ce soir, il est clean depuis trois mois.

« À ton tour, Dee. »

Les yeux noirs d'Andy lui interdisent de se dégonfler. Dee a compris le message : *T'es un des nôtres ? Tu fais toujours partie du clan ?*

« Là-bas, dit Mace.

— Ouais. Tu les as, Dee ?

— Où ça ? »

Il voit très bien de qui ils parlent.

« Les deux meufs et le mec à queue-de-cheval. »

Dee préférerait être au pub à écouter le groupe. Même dans son appartement humide, il se sentirait mieux, malgré l'odeur de moisi et la tache en forme d'arbre qui s'élargit sur le mur sud du salon chaque fois qu'il pleut.

« Vas-y, man », dit Mace.

La main d'Andy se pose sur son épaule.

« D'accord. »

Le trio passe sous le pont du Souvenir entre les projecteurs qui jettent une lumière crue sur le béton blanc. Dee s'approche d'eux par-derrière. La queue-de-cheval du mec est épaisse et lisse. Les chaussures des filles claquent sur le pavé.

Il regarde derrière lui. Andy et Mace attendent sous l'auvent d'une boutique de souvenirs. Il fait semblant de trébucher et percute l'épaule de l'homme. Une des filles laisse échapper un cri surpris.

Le mec se retourne, les poings serrés.

« Ho, fais gaffe ! »

Pas une trace d'accent.

« Je suis désolé. J'ai glissé. Les pavés sont mouillés. Désolé. »

Dee est sûr qu'il va tenter de le frapper. La fille qui a crié lui dit quelque chose, peut-être en anglais, peut-être dans une autre langue. Le type jure, crache par terre puis lui tourne le dos. Dee les regarde poursuivre leur chemin sous l'arche en pierre et descendre les marches humides.

« Même ma grand-mère aurait fait mieux, dit Andy à son retour.

— Je dois pas avoir la bonne technique. »

Andy suit le groupe du regard au loin.

« J'ai cru qu'il allait t'en mettre une. J'aimerais bien que quelqu'un essaie un jour.

— Allons bouffer un hamburger ou autre chose, dit Dee. C'est moi qui régale.

— Nan. C'est à mon tour, dit Andy. Je veux voir si je peux battre ton record, Mace.

— Tu rêves. »

Tandis qu'ils remontent Cashel Mall, Dee se cherche une excuse. Il va leur dire qu'il bosse dans l'équipe du matin, à la mis en place. Il traversera Hagley Park dans le noir, se tapera l'incruste chez Aaron et prendra le bus pour rentrer demain matin. Il se dit que ça va peut-être aller, qu'Andy ne trouvera personne pour jouer au flipper. Mais à ce moment-là, trois filles qui doivent avoir à peine vingt ans sortent d'un bar juste devant eux. Elles sont sur leur trente-et-un, en mini-jupes assorties et collants. Elles rient nerveusement, les mains devant la bouche, comme elles le font toutes.

« Bingo, dit Andy. Matez ça et prenez-en de la graine, les gars. »

Il se glisse derrière elles et les suit comme un chien errant dans la rue. Dee devine laquelle il vise. La plus petite. Elle porte des couettes avec de grosses barrettes jaunes en forme de smileys. Les filles passent maintenant devant la boutique de souvenirs. La large vitrine est éclairée – les tapis en peau de mouton, les kiwis avec des yeux et les pulls à motifs d'oiseaux rayonnent sous des lampes halogènes aussi vives que de petits soleils.

La peur au ventre, Dee regarde Andy accélérer le pas pour se rapprocher d'elles. Il pique un sprint sur les derniers mètres, prêt à foncer dans le tas comme le numéro 8 des All Blacks qui avance vers la ligne d'en-but. Andy vise le rebond, les points bonus. Enfin, il n'a pas vraiment l'intention de faire ça, si ? Parce que ça crève les yeux, non ? Évidemment que ça ne marchera pas. Il envoie un coup d'épaule à la fille comme un bourrin. Elle est petite, même pour une Asiatique.

« Puuuutain », dit Mace, impressionné.

Dee ne la quitte pas des yeux. Il n'a jamais vu personne se faire percuter aussi violemment, même sur un terrain de rugby, jamais de façon aussi inattendue. Son corps paraît inerte lorsque le coup d'épaule la soulève de terre. Dee lit la surprise sur son visage. Sa bouche forme un O au moment où sa tête heurte la vitrine. La surface du verre se fendille. Il entend résonner une unique note cristalline. Son corps a commencé à traverser la vitrine. De gros éclats de verre tombent déjà sur le sol et explosent tandis qu'elle atterrit dans le décor illuminé.

Aucun passant n'a encore réagi. Les gens vivent naïvement leur vie, comme avant la survenue d'un terrible incident – avant qu'ils perdent le contrôle de la voiture, avant que la femme plaque une main sur sa gorge, ou que l'homme armé entre dans la pièce bondée.

Soudain, une des filles hurle. Dee a déjà entendu ce cri des milliers de fois, dans les films et à la télé, mais jamais en vrai. Celui-ci sonne faux.

Mace le tire par le bras.

« Viens ! Faut qu'on se casse ! On y va ! Les flics vont rappliquer ! Bouge ! »

Dee l'oblige à le lâcher et avance vers la boutique de souvenirs. Videurs et clients sortent des bars pour voir ce qui se passe. Une petite foule s'est déjà rassemblée devant la vitrine le temps qu'il arrive. Un barbu aux joues rouges lui bloque le passage. Une femme en robe verte moulante lui dit une chose qu'il ne comprend pas. Il avance à travers la foule jusqu'à ce qu'il atteigne la boutique en piétinant le verre.

Sous les lumières vives, la fille est étendue sur le ventre sur une peau de mouton, des morceaux d'étagères et des babioles éparpillés autour d'elle. La laine blanche change lentement de couleur. Elle remue les membres lentement, tel un boxeur envoyé au tapis. Elle a toujours ses smileys jaunes dans les cheveux. *Tant mieux*, pense Dee, elle n'aurait pas aimé les perdre.

Une femme grimpe dans la vitrine et s'agenouille à côté d'elle. Il espère qu'elle est médecin ou infirmière, mais c'est probablement juste une passante qui tente de faire le nécessaire. Elle retourne son corps.

Bordel, son visage.

Il ne peut plus détacher les yeux de sa tête de Picasso.

Il se penche et vomit sur le trottoir. Autour de lui, la foule grogne de dégoût et recule comme un troupeau. Il se redresse et s'essuie la bouche avec sa manche. Il se tourne et essaie de retraverser l'attroupement, mais il y a des gens sur dix rangées maintenant, tout le monde se fraye un chemin pour mieux voir. Il nage contre un courant d'arrachement, il n'ira nulle part avant de se noyer. La nuit commence à palpiter en rouge et bleu. Il voit les visages changer de couleur – rouge, bleu, rouge, bleu, rouge, bleu. Tous le regardent. Quelqu'un l'attrape par le bras.

Cinq filles, une femme et un endroit

ELLIE… la meilleure amie de ma petite amie. Tout ce que je peux dire pour ma défense, c'est que j'avais dix-sept ans et que ce n'était pas intentionnel, pas une trahison consciente, juste la joie de vivre l'instant présent.

Je me rappelle l'avoir emmenée au sommet des Scarborough Heads dans la vieille Volkswagen que j'avais achetée avec l'argent gagné cet été-là, en travaillant sur un chantier pour John Garlick, l'entrepreneur. La route enlaçait étroitement la colline escarpée, et les suspensions de la voiture la faisaient tanguer comme un bateau. Les vitres étaient baissées et le reggae blanc de The Police passait à la radio. Je ne me rappelle vraiment plus où était Tim, ni comment je me suis retrouvé seul avec elle.

Je me suis garé sous les pins, puis nous avons suivi le sentier qui longeait le sommet des falaises jusqu'à l'endroit où les mouettes s'élançaient de leurs nids en contrebas. Le panneau d'avertissement nous a fait rire, et chacun a défié l'autre de s'approcher du bord. Plus tard, nous nous sommes assis dans l'herbe haute en discutant, tournés vers le nord où le croissant de Pegasus Bay s'étendait jusqu'aux chaînes de Kaikōura. Une de ses incisives chevauchait légèrement l'autre. Ça ne se voyait que lorsqu'elle souriait. Tandis que le soleil disparaissait derrière les Alpes, de petits papillons de nuit ont commencé à s'envoler des longues herbes sèches. Des lumières s'allumaient peu à peu à travers la ville. Nous nous sommes amusés à essayer de deviner quel lampadaire se trouvait devant nos maisons. Chaque petit pas vers la limite était si hésitant que je continuais à me dire qu'il n'y avait aucun risque.

Quand je l'ai finalement ramenée chez elle, en bas de la colline, en passant par Sumner et Redcliffs, l'air était encore chaud. La marée était basse au moment où nous avons emprunté la chaussée. Les bancs de vase de l'estuaire se fondaient dans l'obscurité, et les lumières des maisons sur la colline scintillaient à la surface de l'eau qui restait dans l'entrelacs de chenaux. La vue était magnifique, et elle aussi. Mais je sentais l'odeur de la laitue de mer en décomposition, et de quelque chose d'autre, une grosse bête probablement morte avant de s'échouer sur la vase.

Je jure que nous ne nous sommes même pas embrassés. Pas même touchés. Pas ce soir-là.

LUCY… on allait au même lycée, mais elle avait deux ans de plus que moi. Elle était championne de natation et sauveteuse sportive. Elle plaisait à tous les gars que je connaissais. Ses parents, les Asher, étaient propriétaires de l'épicerie sur Rocking Horse Road, à côté de la plage. C'était en fait une maison où Lucy habitait avec sa famille et dont les pièces à l'avant avaient été transformées en magasin. Les gens passaient y acheter du lait, le journal, des glaces, des chips, ce genre de trucs.

Il faisait une chaleur à crever ce jour-là, et le sable était brûlant, impossible de marcher pieds nus. Je rentrais de la plage à vélo, juste en short baggy et en tongs, et je sentais un nouveau coup de soleil me picoter les épaules. La sonnette de la porte devait être cassée, car elle n'a fait aucun bruit quand je suis entré dans le magasin. À cause de la lumière vive de l'extérieur, j'ai eu l'impression d'entrer dans une grotte. Il n'y avait aucun client et personne derrière le comptoir. L'air frais d'un ventilateur pivotant balayait lentement mon corps. Dans la pénombre, j'ai regardé autour de moi les étagères de spaghettis en conserves et les boîtes de haricots à la tomate, les paquets de céréales et le frigo faiblement éclairé rempli de lait, de Fresh Up, de Coca et de Fanta. Un bocal de bonbons était posé à côté de la caisse. Je me suis dirigé vers un congélateur dans lequel des boîtes ouvertes de glaces formaient deux rangées colorées, chaque parfum soigneusement étiqueté.

Lucy est brusquement apparue à travers les bandes en plastique du rideau du couloir qui menait aux pièces du fond. L'espace d'un instant, elle a paru surprise de me voir, mais ensuite, elle a souri. C'est de son sourire que je me rappelle. Un sourire qui m'était spécialement adressé, gratuitement, un jour de chaleur à crever, alors que tout ce que j'attendais, c'étaient deux boules de glace au chocolat.

RACHAEL… la cousine des sœurs Templeton. Elle venait de quelque part dans le sud, un endroit minuscule dont je n'avais jamais entendu parler, encore plus bas que Dunedin. Elle passait les vacances de Noël chez les Templeton et avait accompagné les sœurs à la fête de Tim. Elle se tenait près de la porte dans la cuisine, à la périphérie d'un groupe de filles plus âgées. Elle était trop maquillée et portait une robe trop grande, ainsi que des chaussures rouges qu'elle avait dû emprunter. Elle n'arrêtait pas de la rajuster et remontait le col dès qu'elle le sentait glisser. Sur le plan de travail, il y avait un fût en carton de vin blanc moelleux qu'elle buvait comme du sirop. Plus tard dans la soirée, elle m'a invité à danser, et j'ai tout de suite vu qu'elle était ivre. Elle s'agitait dans tous les sens. En balançant la tête, elle a fait pleuvoir des épingles sur la moquette jusqu'à ce que ses longs cheveux finissent par se détacher. Je voyais des taches de rousseur cachées sous son maquillage, semblables à de petits cailloux foncés sous une couche de sable. Je n'arrivais pas à décider si elle était belle ou non.

Il était plus de minuit lorsque certains d'entre nous ont eu envie d'aller à la plage, deux pâtés de maisons plus loin. Je ne me rappelle plus qui a proposé aux autres de se baigner à poil. Quand ils ont couru tout nus vers le bruit des vagues en poussant des cris dans l'obscurité, Rachael et moi nous sommes allongés sur le versant sec d'une dune. C'est elle qui m'a embrassé la première, les yeux fermés. Ses lèvres étaient comme de petits poissons qui me mordillaient, prêts à fuir. Je sentais le goût du vin sucré dans sa bouche, mêlé à l'amertume du tabac de sa cigarette. Elle a lâché un rire lorsque j'ai fait glisser sa robe sur ses épaules, et soupiré quand j'ai touché ses petits seins pâles. Elle ne disait rien, allongée sans bouger, ses longs cheveux épars sur l'oreiller de sable. Sous la lune presque pleine, sa peau était si claire qu'elle semblait émettre sa propre lumière.

J'étais certain que je pouvais aller jusqu'au bout avec elle. Cependant, au bout d'un moment, j'ai remonté le décolleté de sa robe et l'ai aidée à se relever. Elle a chancelé et soupiré profondément. Je me suis demandé si elle était soulagée ou déçue. Nous n'avons pas prononcé un mot pendant que je la raccompagnais à pied chez sa tante. Je l'ai laissée devant le portail, pieds nus sous le lampadaire, dans l'air imprégné d'une odeur de gazon fraîchement tondu. Quand je me suis retourné, elle m'a souri et fait au revoir d'une main en tenant dans l'autre ses chaussures rouges empruntées.

KATHERINE… je glandais près de la fontaine pendant la pause-déjeuner à Governors Bay School, lorsque j'ai senti une main se poser sur l'arrière de ma tête puis ma lèvre supérieure s'écraser contre le robinet en métal. À la vue du sang, mes copains se sont volatilisés. Je me suis retrouvé seul, assis sur la marche de la salle 4, la lèvre palpitante. Je me retenais de toutes mes forces de pleurer. Le goût dans ma bouche était celui du sang, rien d'autre. C'est à ce moment-là qu'elle est venue me voir. Elle avait huit ans comme moi et était dans ma classe. C'était une de ces filles qui gardaient leurs chaussettes bien tirées, soulignaient à la règle dans leurs livres et s'asseyaient volontairement au premier rang. Katherine, jamais Kate. Elle m'a demandé si j'avais mal. J'ai marmonné un oui. Elle a dit une chose qu'elle avait dû entendre de la bouche de sa mère, et avant que je comprenne ce qui se passait, elle s'est penchée vers moi et a embrassé doucement ma lèvre enflée. Bien que j'aie eu de sérieux doutes sur son efficacité, ce baiser m'a vraiment fait du bien.

SUSAN… ensuite, dans l'obscurité, nous nous sommes faufilés comme des voleurs derrière la maison de ses parents en nous baissant pour passer sous la fenêtre du salon. Je les ai aperçus assis côte à côte sur le canapé devant la télé. Ils étaient si immobiles qu'ils avaient l'air faits de plâtre comme les ornements du jardin de devant. Lorsque nous avons atteint celui de derrière sains et saufs, Susan a approché la bouche de mon oreille et pointé du doigt la vieille cabane dans l'arbre. Les yeux levés, j'ai deviné une forme cubique vers le haut du noyer. On devait être en mars ou en avril, car ses feuilles étaient déjà sèches et bruissaient sous le vent. Je l'ai suivie en prenant appui sur les morceaux de planches branlantes clouées au tronc. La trappe était étroite.

Ni elle ni moi n'avions pensé à apporter une lampe torche. La seule source de lumière était l'ampoule restée allumée au-dessus de la porte derrière la maison. Le sol en contreplaqué était couvert de feuilles cassantes et de noix de l'année précédente à la peau charnue noircie et fendue. Nous nous sommes embrassés un moment. Comme nous n'avions pas non plus pensé à apporter une couverture, nous étions couchés à même le plancher. Il faisait trop froid pour se déshabiller entièrement. Gêné, je lui ai tourné le dos le temps d'enfiler maladroitement le préservatif qu'elle m'avait donné – elle l'avait piqué dans un tiroir de la chambre de son frère. Lorsqu'il a enfin été en place, j'ai eu peur de l'avoir mal mis. Elle s'est rallongée. Je me suis couché sur elle. J'avais quinze ans. C'était ma première fois. Finalement, elle a dû me guider avec sa main.

Après, elle s'est assise, les bras autour des genoux, et a essayé de plaisanter. Je ne trouvais rien du tout à dire. Je savais que ce n'était pas ma petite amie, mais qu'elle rêvait de l'être. C'est moche de ma part, mais j'essaie juste de me montrer honnête ; malgré ce que je lui avais dit plus tôt, je savais aussi avec certitude que je ne l'aimais pas.

SHIRLEY… nous avions entendu dire qu'elle avait dansé sur le bar à la fête de Noël du club de rugby. Et ce n'était pas la seule rumeur. Les faits étaient cependant les suivants : elle était divorcée, travaillait au magasin de chaussures de Brighton

Mall, portait des robes décolletées, des chaussures à talons et du rouge à lèvres, et elle riait fort et tout le temps. C'était en outre la mère de Simon Moffatt, un de mes meilleurs amis. Nous aimions bien traîner chez lui après les cours parce qu'elle ne rentrait pas avant dix-neuf heures la plupart du temps. Dans leur frigo, il y avait toujours du Coca, des pizzas industrielles et des lasagnes à réchauffer au micro-ondes. En longeant le couloir jusqu'aux toilettes, on passait devant la chambre de sa mère, et je m'arrêtais parfois pour regarder à l'intérieur. Les draps froissés, les vêtements éparpillés, l'odeur persistante de son parfum… Après, j'avais du mal à pisser pendant un moment.

Et puis un dimanche matin, je suis passé chercher Simon, mon skate à la main. J'ai frappé à la porte-moustiquaire rouillée qui a grincé sur ses gonds. Les géraniums en pots à côté de la marche étaient fanés et bruns. Shirley est finalement apparue derrière le grillage déchiré en robe de chambre en soie. Ses cheveux étaient mouillés et plaqués en arrière comme si elle venait de prendre sa douche. Ses ongles de pieds étaient rose bonbon. J'ai tout de suite vu qu'elle avait pleuré. Et que, malgré l'heure matinale, la boisson amère où tintaient des glaçons et se noyait un quartier de citron déchiqueté n'était pas sa première de la journée.

SHINGLE BAY… à une encablure de la côte est de la péninsule de Kaipuna, où les vagues font murmurer le grand éboulis du littoral. J'atterris là-bas un jeudi soir au milieu de l'hiver et, sans l'avoir prévenu, je frappe à la porte du bungalow de mon père. Il n'a pas l'air surpris de me voir et m'invite à entrer sans m'interroger ni vraiment faire de commentaire. Ce soir-là, nous buvons des rhum-Coca devant la grande cheminée en pierre où il fait brûler du bois flotté. Le bungalow est mal rangé et aussi sale que lui, dans un état tout juste tolérable, même à la lumière du feu. Il vit ou, soyons plus réaliste, squatte ici depuis quinze ans maintenant.

Chacun de nous boit sans vraiment savoir de quoi parler, à part de la météo et de ce qu'il ferait de l'argent s'il gagnait au loto. Une fois qu'il n'y a plus de Coca, nous sirotons du rhum pur, jusqu'à ce que l'alcool et la chaleur me donnent le tournis. De vieux débris sont exposés sur la cheminée : des morceaux tordus de bois flotté, un bloc de grès plein de petits trous, un gros flotteur en verre probablement perdu par un bateau de pêche. Les flammes dansent sur le verre incurvé.

Mon père pose un disque sur une platine et met une vieille chanson que je n'avais jamais entendue. Le chanteur fredonne d'une voix de ténor éraillée qui sonne comme si elle avait été gravée dans le vinyle à la main il y a un siècle.

Lily
Quand tu reviendras, ma belle,
Fais déborder mes sentiments,
Souris,
Ton amour pour moi,
Lily, ma Lily.
Lily
Quand tu reviendras, ma belle,
Fais déborder mes sentiments.

Lorsque la chanson passe une quatrième fois, je prends la lampe torche et sors pour aller aux toilettes. Il pleut à verse. Dans l'obscurité, je manque de trébucher contre une montagne de bouteilles vides. Du verre brun, vert et blanc, humide et étincelant, un trésor dans le faisceau de la lampe.

Le lendemain matin, je me réveille trop tôt. Ne supportant pas de rester couché à rien à faire d'autre que penser, je m'extrais péniblement du lit superposé, m'habille puis, raide et courbaturé à cause du matelas, je pars sur la route de la plage. J'ai pris la vieille vareuse de mon père suspendue à la patère près de la porte. Autant faite de fumée que de laine, elle pue la cigarette. Les mains enfoncées dans les poches, je me fraye un chemin à travers les lupins humides qui encadrent la route et dégringole la pente de galets jusqu'au bord de l'océan.

Le ciel couvert est gris béton, mais au moins la pluie s'est arrêtée. Je sens le varech échoué, le sel, les Camel de mon père, le plumage huileux des trois cormorans qui font sécher leurs ailes, perchés sur un rocher dans l'eau. Des mouettes crient à proximité. Un bateau de pêche invisible pétarade. Le son qui glisse sur l'eau me donne l'impression qu'il est tout près. Je me retourne pour contempler la rangée de bungalows. Celui de mon père se trouve quasiment au milieu. Encroûté de sel et de peinture écaillée, il a désespérément besoin d'un toit neuf. Les basses collines de la péninsule sont enveloppées de nuages qui cachent l'ancien *pā*.

Je m'accroupis et ramasse une poignée de pierres lisses, froides et humides. Une par une, je les lance le plus loin possible vers le large. Je me rends compte avec étonnement que, malgré tout ce qui s'est passé, je ne me sens pas totalement seul, ni désespéré.

1979-1985

L'épervier

Le jour de la rentrée, après les longues vacances d'été, il y avait un nouveau dans notre classe de South New Brighton Primary. C'était notre dernière année avant de commencer le collège. Les cheveux foncés du garçon lui allaient presque jusqu'aux épaules. Il n'était pas grand, mais pas petit non plus. Moyen, quoi. La chemise et le short gris de son uniforme d'occasion étaient légèrement trop grands. Mais nous étions mal placés pour critiquer ; la plupart de nos mères achetaient aussi les nôtres de seconde main et suffisamment grands pour que nous les portions longtemps. Notre première impression du nouveau n'a pas été trop mauvaise. Ses chaussettes étaient tout le temps descendues sur ses chevilles, ce qui nous a semblé prometteur.

Le véritable test, c'était de voir s'il allait participer à la partie d'épervier qui, lorsque le temps le permettait, avait lieu chaque jour à l'heure du déjeuner sur le terrain de rugby, derrière le bâtiment administratif. Il y avait d'autres options pour se distraire. Quelques garçons préféraient lire à la bibliothèque ou aider la bibliothécaire, mais ce groupe était plus que méprisable à nos yeux. Il y avait aussi ceux du club de photographie qui se baladaient partout avec des appareils et sentaient fort les produits chimiques. Certains élèves apportaient leurs skateboards à l'école et s'installaient sur la partie nord du terrain de netball pour défier les lois de la physique avec un prodigieux jeu de jambes qui faisait voltiger les skates sous leurs pieds. Il fallait quand même quelques aptitudes, mais c'était moins physique que le rugby, le cricket ou le sauvetage sportif.

Les filles ? À cet âge-là, nous nous moquions bien de savoir ce qu'elles trafiquaient pendant les cinquante minutes de liberté qui nous restaient après avoir vidé nos boîtes à déjeuner. Des trucs de filles, probablement.

Les règles de l'épervier étaient assez simples. Un garçon se portait volontaire pour se placer au centre du terrain de rugby face à la foule nerveuse d'une trentaine d'élèves rangés le long de la ligne de touche. Celui du centre, qu'on appelait l'épervier, avait deux options : soit il criait un prénom, soit il hurlait : « Épervier ! » Dans le deuxième cas, tout le monde devait essayer de traverser le terrain en même temps. À l'instant où un « É » sortait de sa bouche, tous les garçons partaient comme des flèches. En général, ils se séparaient en formant un large V pour éviter celui du milieu, qui avait ses cibles préférées. Un bon épervier pouvait faire tomber jusqu'à trois élèves plus petits que lui en une seule poursuite effrénée.

L'épervier, lorsqu'il était encore tout seul au milieu, pouvait également choisir de ne pas appeler le groupe entier. Il passait alors en revue la rangée de visages attentifs, puis criait un prénom. Celui qui avait été nommé devait essayer de traverser le terrain tout seul. S'il parvenait à atteindre la ligne de touche d'en face sans se faire attraper, tous les autres se mettaient à courir pour le rejoindre. Dans notre école, « se faire attraper » signifiait tomber à quatre pattes sur le sol, les genoux et les deux mains en contact avec l'herbe. Tacler, faire un croche-pied, jeter par terre – tous les moyens d'attraper un joueur étaient bons, pourvu que ses mains et ses genoux touchent le sol. Celui qui se faisait prendre se relevait et rejoignait le garçon du milieu en tant que nouvel épervier.

Le premier jour, le nouveau resta à l'écart près du grillage et se contenta de regarder la partie. C'était une chaude journée, le prolongement naturel de nos vacances d'été sans un nuage. South New Brighton Primary ne se trouvant qu'à deux pâtés de maisons de la plage, le sol était fait de sable durci par la chaleur. L'herbe du terrain avait grillé au fil des semaines de sécheresse où nous avions été libres de nous balader sans penser un seul instant à l'école. Il ne restait que les mauvaises herbes les plus coriaces pour le couvrir.

La première manche se déroula de façon totalement prévisible : les éperviers furent de plus en plus nombreux à mesure que tombaient les coureurs, jusqu'à ce qu'il ne reste qu'Anthony Turner. C'était le vainqueur. Anthony était un costaud à face de bouledogue dont le père travaillait à l'usine de congélation. Sa famille habitait dans une maison de Tovey Street. Comme presque tous les élèves de notre classe, il avait douze ans, mais ça ne l'avait pas empêché de jouer numéro 8 dans l'équipe des moins de quatorze ans du club de rugby de New Brighton la saison passée. Nous l'avions vu torse nu à la piscine de l'école et à la plage. Il avait la peau claire, et des taches de rousseur orange couvraient son visage et ses puissantes épaules. Même s'il était costaud, Anthony courait étonnamment vite. Nous avions découvert à la dure que sa technique préférée était d'attraper ses proies par la chemise et de les jeter au sol. Lorsque c'était lui l'épervier, certains élèves finissaient souvent en larmes.

Tandis qu'Anthony se plaçait au centre pour la deuxième manche, le nouveau s'approcha du terrain et se joignit au groupe. Chacun de nous lui jeta des regards curieux en remarquant qu'il n'allait pas se réfugier au dernier rang, mais ne choisissait pas non plus le premier. Il s'était juste fondu dans la masse de garçons aux chemises humides et aux pieds bouillant dans leurs chaussures réglementaires marron.

Anthony se planta devant le groupe et tendit le doigt.

« Toi, le nouveau aux cheveux longs. »

Celui-ci n'eut pas l'air effrayé, même si l'autre le dépassait d'une tête et pesait bien plus lourd que lui. Il partit aussitôt en diagonale à grandes foulées en direction d'un coin du terrain. Son allure nonchalante laissait entendre qu'il espérait qu'Anthony ne prendrait pas la peine de bouger et qu'il parviendrait à le dépasser tranquillement. La plupart d'entre nous pensaient qu'il allait se laisser attraper plutôt que de prendre le risque d'être blessé. Ça s'était déjà vu. Anthony réduisit rapidement l'écart entre eux. Il allait n'en faire qu'une bouchée. Mais alors qu'il tendait ses grandes mains, le nouveau se mit à piétiner. Le temps que nous clignions des yeux, il était parti dans l'autre sens après l'avoir esquivé.

Anthony parut déstabilisé, les mains agrippant l'air. Tous les garçons du groupe échangeaient des regards stupéfaits. Comment avait-il fait au juste ? Une fois qu'il fut hors de danger, le nouveau courut sans se presser jusqu'à la ligne opposée. Un cri de joie spontané s'éleva, et chacun de nous s'empressa de le rejoindre. Anthony, qui avait été attiré du côté de la bibliothèque, dut courir comme un dératé pour nous rattraper, mais il ne réussit qu'à empoigner Stevie Cunningham, qui n'était pas franchement un atout pour son camp. Il avait tout du rat de bibliothèque, mais tenait quand même à jouer à l'épervier.

Pendant le reste de la partie, le seul objectif d'Anthony fut d'attraper le nouveau, mais il fut loin d'y parvenir. Le garçon employait toute une variété de techniques pour lui échapper. C'était surtout une question de vitesse. Il était capable de courir à cent à l'heure. En plus de l'esquive à laquelle nous avions assisté, il maîtrisait l'art de la feinte; il envoya deux fois Anthony dans la mauvaise direction avant d'accélérer pour le dépasser. Une fois, il s'arrêta pile quelques mètres devant lui, et au moment où Anthony s'élança en avant, il fit un pas en arrière en se cambrant comme un matador, avant de pivoter sur lui-même et de filer ni vu ni connu, indemne. Il semblait capable de mesurer l'angle du regard de son adversaire, la position d'un pied planté dans le sol, la contraction révélatrice du muscle d'une cuisse. Il savait presque avant lui ce qu'il s'apprêtait à faire.

Que les choses soient claires, Anthony Turner n'était pas une brute. L'école comptait bien quelques garçons capables de jeter les livres d'un plus jeune dans une flaque juste pour s'amuser. Mais Anthony n'était pas comme ça. C'était juste un gamin au visage assez plat et laid qui se trouvait être plus grand et plus fort que n'importe quel élève. Chez les garçons, la supériorité physique peut faire de vous une espèce de roi. Anthony Turner aimait bien sa place au sommet de la chaîne alimentaire. Il était prêt à défendre sa position contre les attaques des arrivants. C'est pour cette raison qu'il n'eut pas besoin de dire aux autres éperviers que le nouveau était pour lui. Tout le monde voyait bien que c'était devenu plus qu'un jeu pour nous distraire pendant la pause-déjeuner.

Les garçons affluaient d'un côté à l'autre du terrain desséché, telles des vagues déferlant sur la plage avant de repartir en sens inverse. Le nombre d'éperviers finit par dépasser celui des proies qui commencèrent à tomber comme des mouches : trois, cinq, sept attrapées d'un seul coup. Jusqu'à ce qu'il ne reste que le nouveau sur la ligne de touche.

Il se tourna face à nous. Il avait dû traverser le terrain en esquivant Anthony une demi-douzaine de fois. En temps normal, il aurait été déclaré vainqueur, et une nouvelle partie aurait commencé, avec lui dans le rôle de l'épervier. Cependant, Anthony ne l'entendait pas de cette oreille.

« Allez, gros malin, cria-t-il à bout de souffle. Vas-y. »

Son visage était tout rouge.

« J'ai gagné. »

C'était la première fois que nous l'entendions parler.

« Non. D'abord, tu dois atteindre l'autre côté. »

Anthony avait modifié les règles, et nous le savions tous. Chacun de nous estima que ce n'était pas juste de devoir gagner deux fois. Cependant, personne ne dit rien. Comme le nouveau avait assisté à la première manche, il devait le savoir aussi. Mais au lieu de protester, il haussa les épaules. La masse d'élèves en sueur était placée derrière Anthony, pas certaine de devoir attraper le nouveau ou le lui laisser.

Sans broncher, il partit tout droit vers Anthony qui l'attendait de pied ferme. Quiconque a déjà joué au rugby vous dira qu'il est difficile de se défendre contre un joueur qui court droit vers vous – il peut partir d'un côté ou de l'autre à la dernière seconde. Il est bien plus facile d'attraper quelqu'un quand on se déplace soi-même et, de préférence, en diagonale. Anthony se hissa sur la pointe des pieds et transféra son poids d'une jambe sur l'autre, les bras tendus sur les côtés, les doigts écartés, l'air prêt à empoigner tout ce qu'il pourrait – un membre, son col de chemise, la ceinture de son short d'occasion trop grand. Nous n'aurions pas été étonnés qu'il saisisse une poignée de ses longs cheveux noirs et qu'il le traîne sur les genoux.

Le nouveau ralentit à quelques mètres de lui et baissa l'épaule comme s'il s'apprêtait à virer à droite. Anthony hésita puis se décida finalement à partir dans cette direction. C'est alors que le nouveau fit un pas de côté vers la gauche. Chaque étape du mouvement sembla s'effectuer au ralenti : le balancement de son corps semblable aux roseaux du bord de l'estuaire pliant dans un vent fort ; le bond qui fit basculer son poids et le propulsa vers le côté ; le petit nuage de poussière sous son pied lorsqu'il atterrit puis sauta en avant. Évidemment, la comparaison n'était pas concevable à notre âge, pas dans notre quartier ni à cette époque, mais le nouveau était un danseur-né. Avec une grâce inimaginable, il bondit plus haut que le public l'imaginait possible, jaillissant sur le cyclorama bleu comme si la gravité avait décidé de le laisser tranquille.

Nous savions tous qu'Anthony était fichu. Nous avions cependant sous-estimé la force de son désespoir. Il lança sa jambe droite en avant. C'était un acte totalement irréfléchi ; il pouvait autant se blesser qu'atteindre le nouveau. Il eut cependant de la chance. Sa chaussure accrocha son pied arrière, et le garçon effectua un plongeon carpé ultrarapide avant de s'étaler. Au moment où il atterrit sur le sol dur, son souffle quitta son corps en sifflant comme la vapeur du radiateur surchauffé d'une voiture.

Anthony se redressa en un clin d'œil. Il bondit vers lui et se laissa tomber à plat ventre sur son dos ; c'était un plaquage, comme au catch. Juste avant l'impact, il leva un coude, exactement comme nous l'avions vu faire à la télé, et l'envoya tout droit dans l'arrière du crâne de son adversaire. Sa tête fut projetée en avant et son visage s'écrasa contre le sol dur.

Anthony se releva d'un air triomphant. Sa figure laide était toute rouge, et il respirait bruyamment. Lorsqu'il nous regarda, chacun parut captivé par les mauvaises herbes près de ses pieds.

« Allez, dit-il. C'est la nouvelle manche. »

Tandis que le groupe repartait vers l'autre côté du terrain, le nouveau resta sur le sol. Il avait à peine bougé, sauf pour approcher les mains de son visage. Nous tentions de ne pas trop regarder le sang qui coulait entre ses doigts. Personne ne lui adressa la parole. Aucun de nous ne s'arrêta pour l'aider à se relever. Ce n'était pas seulement parce qu'il était nouveau et n'avait pas encore d'amis. Si nous l'ignorions, c'était avant tout parce qu'il avait été puni pour l'exemple. Personne ne voulait prendre parti pour lui de peur d'être le suivant. C'était une question de survie, la manifestation de notre instinct grégaire.

Au moment du regroupement, une certaine confusion régna. Selon la règle, la personne qui avait remporté la dernière manche prenait place au milieu en tant que premier épervier, et dans les faits, c'était le nouveau qui avait gagné.

« Qui veut y aller ?

— Pas moi.

— Nan.

— Tu étais avant-dernier.

— Lâche-moi.

— Allez ! dit Anthony. Qui veut aller au milieu ?

— Moi. »

Personne ne l'avait vu se relever et se diriger vers le groupe. Il s'était arrêté face à nous. Du sang coulait toujours de son nez sur son menton et gouttait sur sa chemise. Un de ses genoux était salement écorché.

« J'ai gagné, c'est moi l'épervier. »

Au-dessus de nous, une mouette poussait des cris agacés. Nous entendions les vagues se briser sur la plage toute proche par lentes pulsations. Quelques-uns d'entre nous coulèrent un regard à Anthony Turner. Il était au premier rang et dévisageait le nouveau avec une expression difficile à déchiffrer, les yeux plissés à cause de la lumière vive. Il y avait des taches sombres sur sa chemise. De la sueur brillait sur son front et coulait le long de ses oreilles.

Le groupe attendit que le nouveau crie « Épervier ! » Cela aurait été la stratégie la plus raisonnable. Commencer doucement, faire grimper le nombre d'éperviers, puis essayer collectivement de faire tomber les plus grands et les plus rapides. Le nouveau ne dit rien. Il ne quitta pas le groupe des yeux. Il resta simplement planté là sous le soleil chaud, jusqu'à ce que certains d'entre nous commencent à se balancer d'un pied sur l'autre et que des murmures s'élèvent. Mais qu'est-ce qu'il faisait ?

Finalement, il s'essuya le nez sur son bras, laissant une traînée rouge de son coude à sa main, et tendit un doigt sanglant.

« Toi, le gros à face de poisson. »

Il est souvent drôle de proclamer une vérité indicible, mais généralement admise. La plupart d'entre nous se mirent à rire. Anthony rougit et se renfrogna. Il ferma les poings et tourna sa grosse tête de tous les côtés. Les rires se turent.

Lorsqu'il commença à courir, il partit à l'allure d'un train quittant une gare – lent et lourd au démarrage, il balança ses bras pliés d'avant en arrière comme des pistons au-dessus de sa taille, en cadence avec ses jambes. Prenant de la vitesse, il commença à lever les genoux de plus en plus haut. Il avait sûrement appris cette technique à l'entraînement de rugby. Il n'y a rien de mieux que deux genoux durs en mouvement pour dissuader un plaqueur qui se précipite vers vous. Il était évident pour nous qu'Anthony n'avait aucune intention de le contourner ou de virer à la dernière seconde. Il fonçait droit sur le nouveau.

Celui-ci attendait sans bouger. Il n'avait pas l'air effrayé, seulement sombre et déterminé.

Il est difficile de dire ce qui se passa exactement au moment où ils se rencontrèrent. Une chose est sûre, le nouveau n'essaya pas de s'écarter du chemin. Il n'essaya pas non plus de le tacler ; pas de manière conventionnelle en tout cas, au niveau des jambes. Aussi immobile qu'une statue, il attendit jusqu'à la dernière seconde puis poussa sur ses genoux de toutes ses forces et s'élança en avant.

« Comme une flèche, dit l'un de nous plus tard pour décrire la façon dont il s'était servi de son corps pour parcourir les derniers mètres entre eux. C'était totalement volontaire. »

En plus d'avoir la mâchoire brisée à deux endroits, Anthony perdit ses deux incisives du haut. Son nez était en bouillie. Le cartilage s'était brisé net et décalé sur le côté de son visage plat. Le temps que nous nous attroupions autour de lui, ses yeux étaient déjà enflés et changeaient de couleur. Ce fut le nouveau qui se releva le premier en titubant, ses longs cheveux foncés emmêlés sur le côté de sa tête. Il paraît que, plus tard, le médecin de l'hôpital dut utiliser des forceps pour extraire un fragment de quelque chose des lèvres rouges de la plaie que le garçon avait au crâne. Une perle dans une huître sanglante. Évidemment, c'était une des dents d'Anthony.

Le nouveau revint à l'école quelques jours plus tard, mais Anthony resta absent un bon bout de temps. Même après son retour, il fallut attendre six semaines supplémentaires pour que sa mâchoire rafistolée lui permette de manger normalement. Il dut être encore plus patient pour avoir de nouvelles incisives qu'il pourrait garder dans la bouche la nuit.

Le nouveau s'appelait Mark Waters. Tout le monde apprit bientôt qu'il avait habité quelque part sur la péninsule et que le terrain défriché à North Beach était sous la responsabilité de son père. Les travaux du lotissement s'arrêtèrent au bout d'un moment et ce fut une autre personne qui les acheva, quelques années plus tard. Des histoires circulèrent sur Mark aussi longtemps qu'il vécut à New Brighton. Certains disaient que c'était un mec bien, une légende locale. Mais il était parfois décrit comme un vrai malade mental ; on disait qu'il était fou, mauvais et dangereux pour ses amis. Ces rumeurs avaient dû parvenir aux oreilles de nos parents, car certaines de nos mères nous interdisaient de le fréquenter.

Il y avait tout de même une personne qui était totalement fan de lui : l'entraîneur de l'équipe première à XV du lycée de New Brighton, où nous nous sommes presque tous retrouvés l'année suivante. Après la première saison, monsieur Hall lui remit un trophée et dit à l'assemblée d'élèves que c'était « un vrai All Black en puissance ». En fait, Mark abandonna le rugby alors qu'il était encore adolescent. Aux dires de tous, sa vie de famille était devenue merdique. Son petit frère et lui finirent d'ailleurs en famille d'accueil. Il quitta l'école dès que ce fut possible et disparut de nos radars.

De nos jours, il est mal vu de louer les mérites d'un homme qui en a blessé un autre. L'opinion publique a tendance à critiquer les héros virils de l'histoire de notre nation. Les soldats, les boxeurs et les exécuteurs au rugby ne sont plus admirés comme autrefois. Alors c'est peut-être un réflexe dépassé qu'il vaudrait mieux passer sous silence, mais lorsque ceux d'entre nous qui vivent toujours à New Brighton se retrouvent après une nouvelle semaine au bureau, à l'usine ou dans un magasin d'exposition, il arrive que nous reparlions de Mark Waters et de l'incident. Et à chaque fois, il faut bien admettre que nous sentons l'enthousiasme monter. L'espace d'un instant, nous entendons le bruit de nos voix excitées qui résonnent à travers les années. Nous revoyons chaque parade et attaque sous le soleil brûlant. Et, reconnaissons-le, la vue du sang sur le sable nous électrise toujours.

Mark

Été 1979. C'est à cette époque que mon père, Patrick Waters, que tout le monde appelle Pat, rompit la promesse qu'il avait faite au sien en vendant les terres familiales. Mon grand-père n'était mort que depuis deux ans lorsque Pat empocha l'argent et nous emmena vivre, mon frère, notre mère et moi, loin de la ferme et des tomates que notre famille faisait pousser depuis trois générations. Il fallut abandonner la maison dans laquelle j'avais toujours vécu, ainsi que la petite communauté de Governors Bay sur la péninsule de Banks, où les Waters faisaient autant partie du décor que le pub, l'école à deux classes et la vieille jetée. Je pense que c'est là que tout a commencé à aller de travers, surtout pour notre mère, mais je peux me tromper. Il est possible qu'elle ait déjà eu de gros problèmes à l'époque. Peut-être que rien n'aurait pu empêcher sa mort, quelques années plus tard.

Mon frère Davey avait neuf ans. Moi, j'avais douze ans et quelques semaines, mais je racontais aux inconnus que j'en avais déjà treize. Je me revois aider Pat à charger les meubles et nos cartons remplis d'affaires dans la remorque. À la fin, il lança une corde par-dessus l'énorme tas et l'attacha sur les côtés. Davey et moi étions assis avec raideur sur la banquette arrière de la voiture. Celle-ci descendit notre longue allée en cahotant, suivie de la remorque qui ballotait et ferraillait et dépassa la rangée de peupliers, mais ne bifurqua pas sur le chemin qui menait aux quatre grandes serres chauffées. Elle ralentit au niveau du portail, à côté de la boîte aux lettres rouge décolorée qui avait toujours porté le nom de Waters peint en blanc, avant de rejoindre la grande route. L'idée que nous ne ferions pas le chemin en sens inverse à la fin de la journée était incroyablement concrète, mais en même temps, comme le soleil, elle était presque impossible à regarder en face plus d'une ou deux secondes.

La route entre la baie et Christchurch qui traverse les Port Hills est escarpée et sinueuse. Au début, Pat raconta des blagues et essaya de nous faire parler de l'avenir : une nouvelle école, de nouveaux copains, est-ce que ça n'allait pas être génial ? Des pures conneries à la Pat Waters. Notre silence dura jusqu'à ce que même lui comprenne qu'il valait mieux se taire.

Assise devant moi, maman regardait droit devant elle. Ses cheveux étaient tirés en arrière et attachés en chignon très serré. Elle portait son beau manteau à col en fourrure, ce qui me paraissait étrange car, comme je l'ai dit, c'était l'été. Il devait faire au moins trente degrés, et la voiture n'avait pas la climatisation, à moins de compter la petite ouverture triangulaire dans le coin supérieur de la vitre du conducteur. Par-dessus le bruit du moteur mis à rude épreuve par la côte raide, je l'entendais respirer fort et lentement par la bouche. Je ne sais pas très bien comment je compris qu'elle était à nouveau enceinte. C'était une évidence.

D'après les petits sons qui me parvenaient de l'autre côté de la banquette, Davey pleurait. Gêné pour lui, je fis semblant de ne rien remarquer.

La famille Waters possédait des terres à Governors Bay depuis l'arrivée de notre arrière-grand-père d'Angleterre, dans les années 1890. Augustus Waters avait légué le verger à son fils aîné, Pop, notre grand-père qui, comme je l'ai déjà dit, l'avait transmis à notre père à sa mort. Désormais, la propriété entière appartenait à quelqu'un d'autre. Pat avait tout vendu d'un coup : le verger, les serres, les champs du haut, notre maison sur la colline au-dessus du principal bâtiment de ferme – la « maison blanche » comme on l'appelait dans la famille –, et même la crique avec ses fougères, ses pierres de gué et ses anguilles apprivoisées qui sortaient leur gueule ouverte des profondes flaques ombragées à la moindre odeur de viande.

Pat avait dû donner une partie de l'argent de la vente à sa sœur, notre tante Kim. Il avait investi sa part dans un nouveau lotissement nommé Sea View qu'il était en train d'aménager avec un associé, près de la plage à l'est de Christchurch, dans le quartier de New Brighton. C'était le début d'une nouvelle vie, nous avait-il dit – d'une vie meilleure. Sous peu, tous les terrains seraient vendus et nous deviendrions riches.

« Nos garçons ne cueilleront pas une seule tomate de leur vie. »

Notre nouvelle maison se trouvait également à New Brighton. Pat tourna dans une courte impasse, Sandpiper Street, et s'arrêta devant une haie de cyprès qui n'avait pas été taillée depuis un bout de temps. Je sortis de la voiture, suivi de Davey, et m'arrêtai sur le trottoir dans la lumière vive du soleil, le temps de regarder autour de moi. On entendait les vagues s'écraser sur la plage, et l'estuaire proche répandait une odeur de laitue de mer. Il n'y avait qu'une demi-douzaine de maisons de chaque côté de la rue. La nôtre était la dernière sur la gauche et jouxtait une réserve municipale de vieux pins.

Plus tard ce jour-là, il nous est apparu qu'après une marche de cinq minutes à travers la forêt, on arrivait à l'estuaire qui, en fonction de la marée, était un vaste banc de vase foisonnant de crabes et d'échassiers ou bien un bassin d'eau saumâtre assez profond pour y nager.

Pat ouvrit le portail dans la haie et nous précéda sur l'allée en béton fissuré. La maison était une immense villa avec un bow-windows de chaque côté de la porte d'entrée. Le placage de façade se décomposait et les gouttières affaissées avaient des airs de serpentins abandonnés à la fin d'une fête. Il n'y avait pas de palissade entre la maison voisine et celle-ci, mais un vieux verger d'une trentaine de pommiers et de poiriers. Sous les arbres, le sol était composé de fruits pourris accumulés au fil des années. Un coin avant de la maison s'était enfoncé dans le sol, si bien que le sable semblait près d'engloutir tout le bâtiment. D'après Pat, le vieux propriétaire était mort dix ans plus tôt, mais à cause d'une querelle entre ses fils au sujet du testament, elle était inoccupée depuis des années. Il l'avait sûrement eue pour une bouchée de pain dans le cadre d'un marché qu'il espérait, je suppose, réussir à cacher au fisc.

Pat trouva la clé sous un pot vide sur le bord de la véranda. La porte s'ouvrit sur un large couloir sombre qui traversait toute la maison. Je suivis maman qui erra d'une grande pièce vide à l'autre sous le haut plafond. Bien que ce soit un chaud après-midi, l'intérieur de la maison était frais et peu éclairé, si bien que son manteau paraissait plus de circonstance. L'air sentait la poussière et les champignons. Le sol du couloir était parsemé de grains noirs, des crottes de rat. La porte d'une des chambres pendait à ses gonds, des bandes de tapisserie décollée s'enroulaient, et dans la cuisine, un nid d'oiseau trônait sur une des hautes étagères, semblable au chapeau d'une vieille dame. Lorsque j'ouvris le robinet de la baignoire à pattes de lion tachée, l'eau coula bruyamment dans les tuyaux avant de jaillir par jets couleur rouille.

« Ça va aller, dit Pat dans l'entrée de la salle de bains. Ne vous inquiétez pas. Il y a juste un peu de ménage à faire. »

Je regardai ma mère se retourner lentement et poser sur lui ses yeux enfoncés. Je m'aperçus soudain qu'elle avait perdu beaucoup de poids. Ses pommettes n'avaient jamais été aussi saillantes. La lumière de l'après-midi entrait par le haut de la fenêtre et l'air était rempli de la poussière soulevée par notre présence dans la maison. Comme elle se tenait au soleil dans son manteau ouvert, je voyais le ventre arrondi d'où sortirait notre sœur, Sam, cinq mois plus tard. On aurait dit que c'était tout ce qu'il y avait de solide chez elle.

Couchés dans notre nouvelle chambre, Davey et moi écoutions les rats faire rouler les noix du jardin à l'intérieur des murs. Pat avait monté deux lits de camp aux pieds métalliques en U achetés au surplus. Davey avait poussé le sien jusqu'à ce qu'il touche presque le mien. La toile délavée sentait la sueur rance et crissait bruyamment chaque fois que nous nous retournions. Nous aurions pu avoir chacun notre chambre, il y en avait des tas, mais Davey avait voulu que nous dormions dans la même. Je devais être chamboulé par notre départ de la baie, car je n'avais pas protesté.

Comme je l'ai dit, il avait neuf ans. Il faut aussi que vous sachiez qu'il était petit pour son âge. Vraiment petit. Quelle taille pouvait-il faire à l'été 1979 ? Pat avait dit un jour que mon frère détenait le record néozélandais de la naissance prématurée sans décès ni retard mental. Quand nous étions gamins, je le vannais parfois en le traitant d'attardé. Je suppose que ça aurait été méchant s'il avait vraiment été stupide.

En réalité, il passait son temps à lire, et les histoires qu'il écrivait avaient déjà remporté des prix. Moi, j'étais un élève moyen qui préférait le sport à la lecture. Comment appelle-t-on ça ? L'ironie du destin, je suppose.

Ce premier soir dans notre grande chambre, je devinai à sa respiration et au couinement occasionnel de son lit en toile que Davey ne dormait pas. Un long moment s'écoula avant qu'il parle.

« Tu crois qu'il y a des monstres dans cette maison ?

— Mais non. »

J'étais trop grand pour y croire, mais j'aurais quand même été plus sûr de moi dans mon ancienne chambre de la baie.

« C'est juste une vieille baraque.

— Je veux rentrer chez nous, dit-il si bas que je faillis ne pas l'entendre.

— C'est ici chez nous, maintenant. »

J'avais essayé de prendre un ton convaincant, mais je trouvai difficile de m'en convaincre moi-même. Les noix dégringolaient à l'intérieur des murs.

Le déménagement avait eu lieu un samedi. Le lundi suivant, Davey et moi avions fait notre rentrée à South New Brighton Primary. Comptant environ huit cents élèves, l'établissement était beaucoup plus grand que notre ancienne école, où il n'y avait que trois enseignants et où tout le monde se connaissait. Tous les enfants des quartiers côtiers allaient à South New Brighton. Je faisais partie des plus âgés. D'une manière générale, je crois que Davey et moi n'avons eu aucune difficulté à nous adapter, mais je ne devrais pas parler à sa place. Disons que s'il n'aimait pas cette école, il ne m'en a jamais rien dit. Exception faite d'un incident survenu pendant une partie d'épervier, il n'y avait ni bagarres ni harcèlement.

J'aimais bien ma maîtresse, madame Lush, et je m'étais rapidement fait quelques copains ; personnellement, c'était tout ce dont j'avais besoin.

Maman mit notre sœur Samantha au monde au milieu de l'hiver, un 17 juin. C'était un beau bébé, en bonne santé. Maman, en revanche, dut rester des semaines à la maternité. Pat nous emmena la voir quelques fois. Je me souviens de l'odeur chimique du service et du pli parfait du drap du lit dans lequel elle était adossée à de gros oreillers blancs. On aurait dit qu'elle s'enfonçait lentement dedans, comme dans des sables mouvants, et qu'elle devait rester totalement immobile pour ne pas s'enliser davantage. Lorsque nous entrions dans la chambre, elle parvenait juste à sourire et à prononcer nos noms.

La vieille villa se transforma en frigo à la première vague de froid. À la maternité, par contre, il faisait bon et la chambre était lumineuse. Nous y restions le plus longtemps possible, histoire de profiter des radiateurs et du luxe de pouvoir nous passer de nos quatre couches de vêtements. Pat flirtait avec les infirmières qui virevoltaient autour de maman et nous donnait des pièces pour acheter des barres Crunchie au distributeur du hall. Le soir, nous repartions après l'avoir embrassée et lui avoir fait la promesse de revenir la voir. Lorsque je la regardais une dernière fois depuis l'entrée, je voyais bien qu'elle était démoralisée, mais par qui ou par quoi, je n'en avais aucune idée.

Quand elle rentra enfin à la maison, c'étaient les vacances d'août. Pat s'était installé dans ce qui aurait dû être la chambre de Davey, afin que maman et Sam aient une chambre à elles. Le bébé dormait à côté du grand lit dans le même berceau métallique qui nous avait servi, à Davey et moi. Nous n'étions pas censés entrer dans leur chambre, car maman avait besoin de repos. Cependant, la porte était souvent laissée entrouverte et alors je l'observais depuis le couloir, étendue dans son lit à boules de cuivre ternes qui avait appartenu à nos grands-parents à la ferme. Elle était couchée en chien de fusil, très immobile, la tête près des genoux. Elle avait les yeux ouverts, mais je devinais qu'ils ne voyaient pas vraiment. Elle ne semblait ni éveillée ni endormie, mais quelque part entre les deux. Parfois, j'entendais ses pas la nuit sur le vieux plancher qui craquait. Sa chambre était à côté de la nôtre. Davey et moi n'en parlions jamais, mais nous les entendions pleurer, le bébé et elle, derrière le mur.

C'était un hiver nuageux, froid et bruineux. Les hauts pins de la réserve qui poussaient en rangs serrés le long de notre terrain empêchaient tout rayon de soleil d'entrer dans la maison. La cuisine était la seule pièce que nous maintenions chauffée pendant la journée, en plus de la chambre de maman, mais c'était un combat perdu d'avance. Nous ne possédions qu'un petit radiateur à résistance, et la majeure partie de la chaleur s'échappait comme de l'eau à travers une passoire par les interstices autour des cadres de fenêtres et des portes mal montées.

Le lendemain du retour de maman, Pat annonça qu'il devait retourner travailler – « Le lotissement ne va pas se construire tout seul. » La plupart des soirs, il rentrait tard. Lui étant au travail et maman alitée, Davey et moi étions livrés à nous-mêmes. Nous mangions des toasts aux haricots et au fromage que nous faisions gratiner au four. Lorsque le nouveau semestre commença, il fallut préparer nous-mêmes nos boîtes à déjeuner. En général, papa laissait de l'argent à maman sur la table de la cuisine le matin, mais elle n'y touchait jamais. Après l'école, je filais à vélo à l'épicerie des Asher, car le supermarché était trop loin, et j'achetais du pain, des œufs, du lait, des conserves de spaghettis et des haricots à la sauce tomate. Pour rentrer, je suspendais les lourds sacs en plastique aux poignées du guidon. La vitesse à laquelle on s'adapte à n'importe quelle situation à cet âge est impressionnante. Après des mois de cette vie, j'avais du mal à me remémorer l'époque où tout était différent.

Un samedi matin, Pat nous demanda de faire nos bagages : Davey et moi allions vivre quelque temps chez notre tante Nola. Sam resterait avec eux. Avec le recul, je pense que l'état de maman avait atteint un point critique. Le même après-midi, Pat nous conduisit à l'autre bout de la ville. Nola était la sœur aînée de notre mère. Elle habitait à Ilam, dans un quartier de maisons en briques et de jolis abreuvoirs à oiseaux, près de l'université où son mari enseignait l'économie et une matière qui avait quelque chose à voir avec les ordinateurs, un sujet sur lequel il avait apparemment écrit des manuels. Tante Nola vivant trop loin de New Brighton pour que nous allions à notre école habituelle, Pat s'était débrouillé pour nous inscrire à celle d'Ilam. Il nous expliqua que c'était temporaire, mais qu'il ne pouvait pas nous dire exactement quand nous rentrerions à la maison.

Tante Nola avait déjà quatre enfants, ce qui aurait pu rendre la vie amusante sous leur toit. Nos cousines étaient cependant plus âgées que nous, et le problème, c'est que c'étaient des filles : Helen, Kate, Julia et Megan. Elles nous firent bien comprendre que nous n'étions pas les bienvenus dans cette maison déjà pleine à craquer. Davey et moi dormions dans ce qui était normalement le bureau de notre oncle Bevan. Il y avait un bureau contre un mur sous la fenêtre, un classeur à tiroirs et des étagères couvertes d'épais manuels. La pièce était à peine assez grande pour les deux lits que Nola avait empruntés à une connaissance de l'église où elle jouait de l'orgue chaque dimanche.

Megan qui, à quatorze ans, était la plus jeune de la fratrie, était la plus ouvertement méprisante. Chaque soir au dîner, pendant les grâces, Davey et moi baissions honteusement la tête, assis épaule contre épaule, tandis qu'elle nous dévisageait par-dessus le sel et le poivre. Son regard disait clairement qu'elle n'avait encore jamais vu de garçons aussi détestables et gênants que nous.

Accaparées par leur multitude d'amis, d'amoureux et de soupirants, les trois aînées nous remarquaient à peine. De temps en temps, l'une d'elles interrompait toutefois ce qu'elle faisait et regardait Davey avec une expression particulière, comme l'aurait fait, j'imagine, un chercheur d'or découvrant une pépite dans sa botte après avoir traversé une rivière. Ces fois-là, Helen, Kate ou Julia lui caressait légèrement les cheveux. Ou posait l'index sous son menton afin de mieux voir son visage. Ou s'accroupissait pour lui parler. Un jour, Kate, l'aînée, le souleva même dans ses bras et lui fit un câlin. Vu sa taille, ce n'était pas difficile, et je suppose qu'il éprouvait un tel manque d'attention qu'il n'eut pas envie de lui résister.

Leur maison n'ayant qu'une salle de bains, elle était très rarement libre quand on avait besoin d'y aller. C'est pourquoi Davey et moi avions pris l'habitude d'aller pisser dans les fougères derrière le garage. Je me rappelle le matin glacial où Megan me surprit en train de me soulager. Comme je venais de me réveiller, j'étais encore en pyjama, les pieds nus déjà engourdis par le froid, car l'herbe était blanche de givre. De la vapeur s'élevait des plantes. J'aperçus un mouvement du coin de l'œil. Megan venait de tourner au coin du garage, chargée d'un panier à linge. Je me dépêchai de me retourner, et mon fin jet d'urine décrivit un arc au-dessus de la pelouse, laissant un gribouillis sur l'herbe gelée. J'avais juste eu le temps de voir son visage effaré.

Notre premier séjour chez tante Nola prit fin aussi soudainement qu'il avait commencé : Pat passa nous chercher sans prévenir trois semaines après notre arrivée. Nous ne l'avions pas revu depuis qu'il nous avait déposés chez elle. Chacun de nous fourra rapidement le peu qu'il avait apporté dans son sac, et dix minutes plus tard, nous étions dans la voiture. Pendant le trajet du retour à travers la ville, Pat nous raconta que notre mère allait beaucoup mieux. À notre arrivée à la maison, il nous apparut cependant que rien n'avait vraiment changé. Maman ne passait peut-être plus ses journées au lit, mais ses sourires étaient forcés et lents. Elle restait souvent assise, le regard dans le vide.

Pat s'était arrangé pour que madame Fischer, notre voisine d'en face, garde Sam pendant la semaine. Il la payait, mais je ne sais pas combien. L'argent se trouvait dans l'enveloppe que je lui remettais une fois par semaine, lorsque je passais chercher Sam l'après-midi après l'école. La maison de madame Fischer était très bien rangée, et ses gros meubles en bois foncé faisaient paraître les pièces plus petites. Je crois qu'elle ne m'aimait pas beaucoup. Elle me suggérait régulièrement de me faire couper les cheveux.

Pendant que nous habitions chez tante Nola, Pat avait transformé une des pièces inutilisées en chambre de bébé. Il avait peint les murs en jaune tournesol ; du moins, c'était l'idée de départ. Comme il n'avait pu passer qu'une couche, le jaune était délavé et le motif de l'ancienne tapisserie se voyait à travers, semblable à un jardin sous l'eau. Le week-end, j'étais chargé de préparer les biberons de Sam, de changer sa couche et de la porter en allant et venant dans la cuisine ou dans le long couloir. Évidemment, je n'avais aucune expérience, si bien qu'à l'époque, j'ignorais que c'était un bébé facile. Elle faisait ses nuits, et quand elle se réveillait de sa sieste, elle ne braillait pas comme les autres. Tout ce qu'on entendait, c'étaient ses petits gazouillis.

Pat avait commencé à travailler également le week-end. Quel que soit le jour de la semaine, il ne rentrait jamais avant dix-neuf heures. Quand il était enfin là, il nous interrogeait, Davey et moi, sur ce que maman avait fait de sa journée. Par loyauté, nous répondions qu'elle nous avait fait des œufs à la coque avec des mouillettes pour le déjeuner ou qu'elle avait préparé le dîner, même si c'était toujours moi qui cuisinais le plat qui attendait Pat sous un papier aluminium dans le four. Depuis l'époque des toasts aux haricots, j'avais appris à faire cuire un gratin de macaronis ou des spaghettis bolognaise. Davey et moi nous mettions d'accord sur ce que nous lui dirions au sujet de maman. Nous avions compris l'importance de varier nos réponses d'un jour sur l'autre. Nous annoncions qu'elle avait eu l'air « plutôt en forme ». Ou bien qu'elle avait été « vraiment joyeuse aujourd'hui ». Nous racontions que nous l'avions entendue siffloter une mélodie, ou qu'elle était sortie faire une belle balade dans la réserve. Ce genre de bobards.

Le reste de l'année se passa à peu près de la même façon. Madame Fischer gardait Samantha la plupart des jours de semaine. Davey et moi allions et venions entre notre maison et celle de tante Nola. Certaines fois, nous y dormions deux ou trois nuits; d'autres, nous y restions des semaines. Tout dépendait de la charge de travail de Pat au lotissement et de l'état de maman. Le matin, avant d'ouvrir les yeux, il m'arrivait de me demander dans quelle maison je me trouvais. Il nous était difficile de nouer de vraies amitiés en fréquentant deux écoles.

Davey avait plus de mal que moi à s'y faire. Son problème, c'est qu'il prenait toujours tout à cœur. Les sentiments peuvent vous miner à la longue, vous éroder comme une plage après une série de tempêtes. Lorsqu'arriva la période de Noël, mon frère m'apparut encore plus petit et maigre qu'avant. Une veine bleue traversait son front juste sous sa peau. Je ne me rappelais pas qu'il en avait déjà une dans notre ancienne vie, notre vie dans la baie désormais à moitié oubliée.

Comme j'avais entendu dire que les enfants grandissent surtout la nuit quand ils dorment, je me demandais si le problème venait de ses rêves. Il se retournait très souvent dans son lit. Parfois, il marmonnait ou poussait des cris. J'essayais de ne pas trop m'impatienter. Ses rêves semblaient si épuisants que ce n'était pas la peine de l'inquiéter davantage. Certaines nuits, si son agitation et ses appels à l'aide dépassaient les limites, je le secouais tout de même pour le réveiller. Il me répondait qu'il ne se souvenait jamais de ses rêves, mais je ne suis pas certain que c'était vrai.

« Je crois que je ne grandirai jamais », me dit-il la veille de Noël.

Près d'un an après notre emménagement, nous partagions toujours une chambre et dormions sur nos vieux lits de camp, car les matelas et sommiers promis par Pat n'étaient jamais arrivés.

Nous étions tous deux encore assez jeunes pour nous réjouir de fêter Noël, même si j'étais de moins en moins convaincu par son mirage. Davey croyait toujours sincèrement qu'un gentil inconnu lui apporterait le cadeau de ses rêves en échange d'un verre de lait et d'un biscuit au malt ramolli.

« Mais si. Tu grandiras l'année prochaine, c'est sûr.

— Qu'est-ce que tu en sais ?

— Tout le monde grandit, répondis-je en sage. Personne ne peut rien contre ça. »

Au Golden Palms

Tracey savait parfaitement que Pat était marié, cela ne lui avait pas échappé. Il ne lui avait pas non plus menti, du moins pas sur le fait qu'il avait une femme et des enfants.

À l'époque, elle travaillait comme réceptionniste chez Bagshaw & Clarke, une agence immobilière. Les bureaux se trouvaient dans le centre commercial de New Brighton qui, en 1980, commençait déjà à perdre son éclat, même si cela n'avait jamais été un vrai centre couvert, juste une rue fermée à la circulation, à quelques minutes de marche du sable gris de la plage. C'était avant qu'on construise la nouvelle jetée et la bibliothèque. La principale caractéristique de la zone de commerces était ses grands palmiers qu'on avait apportés par camion. Ils semblaient perpétuellement avoir mal supporté le changement et vivre leurs derniers instants. Les jours où elle avait besoin de prendre l'air, Tracey marchait jusqu'à la plage pour y manger son déjeuner assise au soleil sur un banc couvert de graffitis. Lorsqu'elle n'y prenait pas garde, le vent envoyait du sable sur sa nourriture.

Son travail consistait à répondre au téléphone et à transmettre les appels à l'un des trois agents. Elle tapait également les contrats à la machine et s'occupait du classement des dossiers. Elle se serait moins ennuyée s'il y avait eu une autre femme au bureau, mais le reste du personnel était masculin. Le directeur s'appelait Ryan O'Connor. En privé, elle le surnommait le morse car, en plus d'être gros, il portait une moustache semblable à une petite brosse à cheveux collée au-dessus de la lèvre. Jim Farwell, l'agent le plus expérimenté, l'avait pelotée à la fête de Noël du bureau, quelques années plus tôt. Ils étaient sortis du restaurant pour fumer, lorsqu'il avait soudain approché son visage du sien et avait plaqué une main chaude sur sa poitrine. Comme elle savait que Jim était en plein divorce à l'époque, elle s'était contentée d'en plaisanter. Avec les types de son âge, il fallait s'attendre à une main baladeuse de temps en temps. Le lundi matin, Jim avait paru tout penaud. Il n'avait rien dit, ni retenté sa chance, alors elle avait laissé couler. L'autre agent était un grand Samoan haut en couleur nommé Victor. Au début, elle l'avait trouvé drôle, mais depuis un moment, elle était quasiment sûre qu'il disait du mal d'elle dans son dos.

L'agence de New Brighton n'était pas des plus fréquentées. Tracey passait beaucoup de temps à faire semblant d'être occupée, assise à son bureau près de la porte. À cause des photos des maisons à vendre affichées dans la vitrine, elle ne pouvait même pas surveiller ce qui se passait dans la rue commerçante. Tout ce qu'elle voyait, c'étaient des morceaux de passants – un menton, une manche de blouson ou une chevelure claire ou foncée, aperçus dans les espaces entre les photos. La seule chose qu'elle pouvait observer de près, c'était un défilé de chaussures.

Bon, pour être tout à fait honnête, elle venait de rompre avec Darren. Alors oui, dans les faits, c'était sa phase de rebond. Darren était mécanicien. Il restait toujours de la graisse dans les crevasses de ses mains. Il ne cassait pas des briques, mais en fin de compte, elle avait vécu avec lui pendant quatre ans, ce qui n'était pas rien. Même s'ils n'en avaient jamais parlé sérieusement, elle avait pensé qu'ils finiraient par se marier. Ils quitteraient le trois-pièces qu'ils louaient pour acheter une petite maison dans un quartier plus chic que New Brighton, puis ils auraient des enfants.

C'étaient en tout cas les projets qu'elle avait eus en tête jusqu'à ce qu'un jeudi matin, Darren déclare sans crier gare qu'il n'était pas heureux. Apparemment, leur relation « ne lui convenait pas » – une phrase qui ne voulait absolument rien dire.

« Depuis combien de temps ?

— J'en sais rien, des années peut-être. »

Il n'avait même pas arrêté d'avaler ses grandes cuillerées de cornflakes pour lui parler. Évidemment, elle s'était mise à crier. Elle avait peut-être jeté quelques objets sur le sol aussi. Mais franchement, *des années* ? Comment pouvait-il dire une chose pareille ?

Comme le bail était à son nom, Darren avait dit que c'était à lui de déménager. Il partirait le jour même, si c'était ce qu'elle voulait.

« Parfait ! »

Il avait répondu :

« D'accord. »

Elle avait à nouveau hurlé :

« Parfait ! »

Puis ajouté :

« Casse-toi, alors ! »

Il s'était contenté de hausser les épaules et avait quitté la cuisine en emportant son bol de cornflakes. Elle l'avait écouté chercher ses affaires dans l'armoire de la chambre. Au moment où il était parti avec sa valise, il ne l'avait même pas regardée.

Elle avait passé toute la journée à renifler à son bureau. Elle avait raconté à Ryan qu'elle pensait couver une grippe, mais cela n'avait pas eu l'air d'intéresser grand monde. Quand elle était rentrée ce soir-là, deux tiroirs de la commode de la chambre étaient vides, laissant voir le fond tapissé de papier journal jauni et cassant. Darren avait également emporté toute la vaisselle bleu et blanc qu'ils avaient achetée ensemble chez Farmers avec l'argent qu'elle avait économisé. Son ampli n'était plus dans le salon, ni son aquarium et son poisson rouge et noir aux yeux globuleux qui, pas plus tard que la semaine passée, avait commencé à nager en rond à la surface. Ce sale voleur lui avait également piqué un tas de cassettes – Darren, bien sûr, pas le poisson. Au moins, elle n'avait pas perdu son sens de l'humour.

Il lui avait juré sur sa tête qu'il n'y avait personne d'autre, mais c'était évidemment faux. Quelques semaines après leur rupture, Victor s'était faufilé jusqu'à son bureau pour lui raconter qu'il l'avait vu avec une fille dans un bar en ville la veille au soir. Apparemment, c'était une rousse et elle était plus jeune que Tracey. D'après lui, ils n'arrêtaient pas de s'embrasser.

Cette histoire l'avait rendue malade, vraiment malade, à deux doigts de vomir. Elle s'était sentie encore plus mal que lorsque Darren lui avait annoncé qu'il la quittait, si mal qu'elle avait pris le reste de sa journée. Ce qui n'avait pas plu à Ryan. Il s'était planté devant son bureau en remuant sa moustache d'un air désapprobateur. Mais qu'est-ce qu'il y pouvait ?

Ne voulant pas retourner à son appartement à moitié vide, elle était allée marcher sur la plage, en direction des collines au sud. Une bruine vaporeuse masquait les dunes, et on ne voyait pas grand-chose au-delà des déferlantes grises et boueuses. Quand, au bout d'un long moment, elle avait atteint le chenal entre New Brighton et Sumner, elle avait été obligée de s'arrêter. Le vent venu de la mer traversait ses vêtements, tandis qu'elle regardait les voitures longer la route côtière, leurs phares allumés à cause de la brume. Lorsqu'elle avait eu trop froid, elle avait lentement remonté la plage. Au moment où elle avait atteint sa voiture, il pleuvait à verse. Elle s'était dit qu'elle traversait un moment difficile, qu'elle touchait le fond, ou quelque chose comme ça.

Quelques jours plus tard seulement, Pat Waters franchit la porte de l'agence, vêtu d'un beau costume, son visage bronzé fendu par un grand sourire. Il avait rendez-vous avec Ryan – enfin, elle était censée l'appeler monsieur O'Connor devant les clients –, et même s'il avait déjà dix minutes de retard, il s'arrêta à son bureau pour lui parler.

Quand elle était plus jeune, sa mère avait l'habitude de dire aux gens que sa fille était assez jolie pour être mannequin. En fait, lorsqu'à dix-sept ans, elle avait eu terminé le lycée, elle l'avait inscrite à un cours de mannequinat proposé par une femme qui avait un jour posé en couverture du *Vogue* australien. À la fin, Tracey n'avait jamais décroché de contrat, malgré les cinq cents dollars supplémentaires déboursés par sa mère – une petite fortune, selon ses termes – pour constituer un book. Il lui arrivait encore de parler de cet argent lorsqu'elle était fâchée contre Tracey. Enfin bref, tout ça pour dire qu'elle savait que Pat Waters ne s'était pas arrêté pour faire la causette à cause de l'attraction magnétique de sa personnalité.

Les deux mains posées sur son bureau, il lui parlait des terrains qu'il aménageait derrière le parc. Il était charmant et drôle, et elle se surprit à rire pour la première fois depuis une éternité. Finalement, Ryan sortit lui demander si son rendez-vous avait appelé pour annuler et trouva Pat appuyé sur le bureau de Tracey, pas du tout préoccupé par sa demi-heure de retard.

Pat Waters n'était pas particulièrement imbu de lui-même, cela dit. C'était plutôt un de ces vendeurs-nés capables de vendre n'importe quoi à n'importe qui. Il racontait sans arrêt des blagues et des anecdotes. Il savait aussi rire de lui-même et n'était jamais sur la défensive lorsqu'elle le taquinait à propos de ses vêtements voyants ou de ses cheveux gominés, qui étaient foncés et ondulés.

Après son rendez-vous avec Ryan, il lui demanda si elle aimerait déjeuner avec lui le lendemain – un déjeuner d'affaires, dit-il, afin de parler marketing. Ses mains étaient à nouveau posées à plat sur son bureau, et son alliance brillait dans une des bandes lumineuses qui tombaient de la vitrine, entre les photos.

Elle répondit qu'elle supposait que c'était faisable.

Tracey se dit qu'elle ne le ferait pas, mais elle finit bel et bien par coucher avec Pat. Pas dès le premier soir, bien sûr, mais pas longtemps après non plus, pour être honnête. La première fois, chacun prit sa voiture pour aller chez elle pendant sa pause-déjeuner. Elle trouva excitant de rouler devant le long de Marine Parade et de regarder le beau visage de Pat dans son rétroviseur, avec sa mâchoire carrée. C'était électrisant de savoir que cette histoire devait rester secrète, comme si elle jouait dans un film d'espionnage.

Son bâtiment comptait six appartements. Le sien était à l'étage, en haut d'une volée de marches en bois branlantes. Le logement était assez délabré, c'était même presque un taudis, mais le loyer ne coûtait pas cher, si bien qu'elle avait pu le garder, même sans Darren. Les appartements étaient si mal insonorisés que, le soir, elle entendait distinctement la télé de celui du dessous. Parfois, le vieux monsieur Nicholls toussait si fort qu'elle se demandait s'il fallait descendre lui proposer d'appeler un médecin. Elle ne l'avait jamais fait, cela dit. Il avait toujours l'air de s'en remettre au bout d'un moment. La première fois que Pat vint chez elle, elle dut enfoncer des coussins entre la tête de lit et le mur pour étouffer le bruit.

Elle ne voulait pas être en retard au bureau au cas où les autres, surtout Victor, se demanderaient ce qu'elle fabriquait. Pat et elle renfilèrent leurs vêtements à toute vitesse et dévalèrent les marches branlantes jusqu'à leurs voitures.

C'était elle qui avait eu l'idée de lui proposer de la retrouver au Golden Palms. Les clés de toutes les propriétés vendues par l'agence étant sous sa responsabilité, l'accès au motel ne poserait aucun problème, et il se trouvait juste au coin de la rue de l'agence, sur Pine Avenue. Son propriétaire avait perdu beaucoup d'argent au poker. Alors, un jour, il avait marché tout droit vers l'océan. On n'avait retrouvé qu'une pile de vêtements soigneusement pliés sur la plage. Aujourd'hui, l'agence vendait le motel pour le compte de sa banque. De temps en temps, quelqu'un appelait pour se renseigner, et Jim ou Victor le lui faisait visiter en le baratinant probablement comme un fou. Néanmoins, six mois plus tard, personne n'avait encore fait une seule offre, même audacieuse. Le fait que l'extérieur soit peint d'un bleu censé rappeler celui de la mer, mais qui évoquait davantage une couche aqueuse de colorant alimentaire, n'arrangeait sans doute pas les choses. Il n'y avait pas un seul arbre autour, à part quelques cordylines mal en point. Cet endroit n'avait rien à voir du tout avec la belle oasis peinte sur l'enseigne.

Au Golden Palms, Tracey et Pat n'avaient que l'embarras du choix en matière de chambre, mais après quelques visites, ils se limitèrent à la numéro 6, car elle était cachée à l'arrière du bâtiment, et Pat pouvait garer sa voiture devant discrètement. Il restait des draps et des couettes dans la réserve, et elle avait trouvé un radiateur soufflant dans le bureau du motel. Elle prit rapidement l'habitude d'arriver un peu en avance afin de réchauffer la chambre tout en se changeant et attendre l'arrivée de Pat sous les couvertures.

Ils ne fixaient aucun rendez-vous à l'avance. Il se contentait de l'appeler le jour même, et elle faisait semblant de répondre à un client potentiel désirant se renseigner sur une maison. Certains jours, elle pensait qu'il ne l'appellerait pas, puis le téléphone sonnait juste avant le déjeuner, et c'était lui. Elle attrapait la clé et filait au motel au coin de la rue. Elle se moquait qu'il lui donne rendez-vous à la dernière minute, c'était même plutôt excitant. Après s'être glissé dans le lit à côté d'elle, il disait souvent pour plaisanter, une main entre ses cuisses, qu'il avait trouvé sa palme d'or. Racontée de cette façon, c'était assez ringard, un peu sordide même, mais cette phrase la faisait toujours rire.

Elle ne se croyait certainement pas amoureuse de Pat Waters. Les deux, voire trois fois par semaine où ils se retrouvaient mettaient du piment dans sa vie – et c'était vraiment tout ce qu'elle cherchait. Leurs rendez-vous lui donnaient une raison de se lever le matin et lui occupaient l'esprit pendant la journée, assise à son bureau. Pat lui donnait également envie de faire un effort vestimentaire, une bonne excuse pour s'acheter de jolies tenues. Il lui évitait de siffler une bouteille de vin chaque soir ou de s'enfiler une boîte de glace entière devant la télé.

Le motel était suffisamment proche du bureau pour qu'ils passent parfois un moment au lit à discuter. Il lui parlait souvent de son lotissement, Sea View. Cinquante terrains le long de la côte. Il avait vendu des terres dont il avait hérité pour investir dans ce qu'il appelait « la chance de sa vie ». Il était associé à un type qu'elle n'avait jamais rencontré. Il parlait toujours de Sea View comme d'un chantier monumental. Un jour, par curiosité, elle avait roulé jusque là-bas pour y jeter un œil, mais tout ce qu'elle avait vu, c'était une grande étendue défrichée derrière les dunes, à côté d'une pinède ; du sable retourné, de la boue et des flaques. Rien à voir avec le lotissement grandiose décrit par Pat. Bien que ce soit un jour de semaine, il n'y avait aucun ouvrier. Elle avait aperçu un unique bulldozer jaune arrêté vers le centre. Pat admit plus tard que le chantier n'avançait pas aussi vite qu'il l'avait espéré. Apparemment, le conseil municipal compliquait les choses. Il y avait une montagne de stupides paperasses à remplir concernant le système d'écoulement des eaux, quelque chose de ce genre. Il avait beaucoup à dire à propos de la municipalité. Et des banques. Il les détestait vraiment. À l'époque, les taux de prêt immobilier grimpaient rapidement.

Pendant les trois mois où ils s'étaient donné rendez-vous au Golden Palms, il n'avait pas parlé une seule fois de sa famille. Elle ne savait même pas où il habitait, même si elle supposait qu'il avait une maison quelque part à New Brighton. Elle se répétait qu'elle n'avait pas vraiment envie de le savoir. Quand ils étaient au lit et qu'il la caressait, ou quand il racontait des blagues idiotes, elle parvenait à s'imaginer qu'il n'existait rien en dehors de leur chaude petite chambre du Golden Palms. Que sa vie était faite de ces instants volés et de rien d'autre. C'étaient vraiment les plus beaux moments.

Un soir, il débarqua sans prévenir à son appartement. C'était un samedi. Elle venait de prendre un long bain bien chaud et s'était blottie dans son lit avec un magazine lorsqu'elle entendit un énorme fracas. Après avoir allumé la lampe extérieure, elle sortit sur le palier et se pencha pour regarder dans l'allée. La voiture de Pat était rentrée dans le pied de l'escalier en bois. Un des phares avait volé en éclats et son pare-chocs était cabossé. Plusieurs pots de géraniums alignés à côté de la porte du vieux du dessous étaient brisés ; le sol était couvert de morceaux de verre, de poterie et de terre.

Elle enfila sa robe de chambre et ses chaussons puis descendit. Pat avait posé la tête sur le toit de sa voiture. À l'évidence, il était totalement soûl. Le vieux du dessous qui vivait seul, monsieur Nicholls, le regardait depuis son entrée et tirait sur la ceinture de sa robe de chambre d'un air inquiet, les yeux rouges et larmoyants.

Elle descendit jusqu'à lui et posa une main dans son dos.

« Est-ce que ça va ? »

Sa robe de chambre était usée et luisante comme du vinyle. Il continuait à regarder Pat bouche bée, et sa mâchoire du bas tremblait légèrement. Lorsqu'il se mit à tousser, elle reconnut la toux saccadée qu'elle entendait souvent la nuit dans son lit. Quand il parla enfin, sa voix était si rauque et faible qu'elle dut se pencher pour l'entendre.

« C'est à cause de l'air froid. Mais ça va, je me sens mieux. »

Il avait mangé du thon au dîner.

« Est-ce que je peux appeler quelqu'un ? »

Il secoua sa main squelettique et toussa à nouveau.

« Non, je vous en prie. Non.

— Mais qu'est-ce que ces trucs foutaient dans l'allée ? » cria Pat derrière elle.

Elle ne se retourna pas.

« Venez, vous feriez mieux de rentrer », dit-elle au vieillard.

Son appartement était agencé exactement comme le sien. Elle l'installa sur le canapé devant une série policière américaine, avant de lui préparer une tasse de thé dans la cuisine en désordre. Le dessus de la cuisinière semblait ne pas avoir vu une éponge depuis des années. Les murs graisseux étaient couverts d'une couche de poussière, et il régnait une forte odeur dans la pièce, ou plutôt un mélange d'odeurs qu'elle préféra ignorer. Après lui avoir apporté sa tasse, elle promit d'aller lui acheter des pots et de jolies plantes à la jardinerie dès le lendemain matin.

Lorsqu'elle remonta enfin chez elle, Pat était assis à la table de sa cuisine. Il avait un hématome au-dessus de l'œil gauche, là où sa tête avait dû heurter le volant. Au moment où elle entra, il se leva et essaya de l'embrasser, mais elle tourna la tête et se dégagea.

« Fous-moi la paix. »

Ce n'était pas la première fois qu'elle le voyait ivre. Son associé et lui avaient l'habitude d'organiser ce qu'ils appelaient des réunions, parfois dès la fin de matinée, au bar de l'Empire. Il arrivait donc ivre au Golden Palms assez souvent. Elle n'avait cependant rien contre le fait qu'il boive un verre, ou même deux ou trois, avant de la rejoindre. L'alcool le rendait plus pressant, voire un peu brutal au lit, ce qu'elle trouvait excitant. Mais pas dans sa cuisine un samedi soir, avec cet air aigri, décidé à s'incruster, alors qu'il venait d'endommager sa voiture et de contrarier le vieux du dessous.

« Tu n'auras qu'à dormir sur le canapé-lit du salon. »

Tandis qu'elle le préparait pour lui, il geignit et grogna comme un gamin à qui on aurait refusé une sucette avant le dîner. Mais dès qu'elle eut terminé, il s'effondra dessus à plat ventre sans enlever ses chaussures. Alors là, s'il croyait qu'elle allait le faire à sa place ! Elle retourna se coucher et essaya de lire son magazine. Lorsqu'elle alla finalement le voir, elle découvrit qu'il avait réussi à se glisser sous les couvertures, avec ses chaussures et tous ses vêtements, et qu'il dormait à poings fermés.

Le lendemain matin, elle fut réveillée par une odeur de café et d'œufs brouillés. Pat avait allumé la radio dans la cuisine et sifflait l'air de *Stairway to Heaven* en se débrouillant plutôt bien pour rester juste. Bien qu'elle ne l'ait pas entendu se lever, il était déjà douché et habillé. Une fois qu'ils furent attablés, il lui demanda nonchalamment si elle pouvait l'héberger.

« Les choses sont un peu compliquées à la maison en ce moment. »

Il émit un petit rire.

« Ma femme est vraiment casse-couilles. »

Le mot *femme* sonna étrangement dans sa bouche, comme s'il avait employé un terme technique ou le jargon de son métier, ou même une expression dans une langue étrangère, comme le faisait Victor en français pour se donner l'air raffiné. Il expliqua qu'il avait besoin d'un toit pour deux ou trois nuits, peut-être une semaine, le temps que la tempête se calme. Ce furent ses paroles exactes : *que la tempête se calme.*

Une fois qu'il eut craché le morceau, si l'on peut dire, il n'arrêta plus de parler de sa femme. D'après lui, elle passait ses journées à flemmarder à la maison ; elle ne faisait rien, ni le ménage ni la cuisine. Elle ne s'occupait même pas des enfants.

« Une vraie feignasse. »

Gênée, elle remua un peu sur sa chaise de cuisine. Elle n'avait aucune envie d'entendre ces histoires. Mais franchement, que faire ? Après tout, ce ne serait que pour quelques jours.

Deux semaines plus tard, il habitait toujours chez elle. Évidemment, il avait réussi à la convaincre de le laisser dormir avec elle, dans son lit qui était loin d'être immense et s'affaissait au centre. Il ne ronflait pas vraiment, mais son nez sifflait la nuit et l'empêchait de dormir. Il buvait chaque soir, les yeux fixés sur la télé – de la bière surtout, mais aussi des gin-tonics, trois ou quatre bien tassés dans la soirée. L'alcool le rendait morose. La première fois qu'il haussa le ton, ce fut parce qu'ils n'arrivaient pas à se mettre d'accord sur l'émission à regarder. Ses yeux se plissèrent, son regard se durcit et sa mâchoire se serra au point que ses muscles tremblèrent. Elle lui trouva l'air effrayant. Elle finit par se réfugier dans la chambre et s'assit sur le bord du lit en attendant qu'il se calme. Ensuite, elle lui demanderait de trouver un autre endroit où dormir.

Le lendemain matin, elle faisait cuire des œufs à la coque pour le petit déjeuner tout en réfléchissant à la meilleure façon d'aborder le sujet, lorsqu'elle entendit quelqu'un frapper à la baie vitrée coulissante. C'était un garçon de treize ou quatorze ans. Il y avait des taches d'herbe sur les genoux de son jean, et une de ses poches était presque entièrement arrachée, si bien qu'elle battait contre le côté de sa jambe. Au début, elle le prit pour un scout qui faisait du porte-à-porte pour récolter de l'argent ou pour un gamin du club de rugby. Mais ensuite, elle remarqua ses cheveux foncés ondulés.

« Est-ce que mon père est là ? »

Il la dévisageait avec une intensité qui l'aurait effrayée s'il avait eu quelques années de plus.

« Ouais. Je vais le chercher. »

Pat était installé sur le canapé devant son émission matinale, les pieds posés sur la table basse en verre.

« Ton fils est là. »

Il soupira et se leva lentement.

Le garçon avait fait quelques pas dans la cuisine. Elle vit sa façon de regarder prudemment son père, comme s'il tentait d'évaluer son humeur avec précision.

« Salut, dit Pat. Qu'est-ce que tu veux ?

— Maman est dans la voiture avec Davey et le bébé. Elle dit qu'il faut que tu rentres. On n'a plus d'argent pour acheter à manger. »

Pat grogna et secoua la tête.

« Je ferais mieux d'y aller, Tracey. Je vais chercher mes affaires. »

Le garçon et elle l'attendirent en silence dans la cuisine. Sur la cuisinière, l'eau bouillonnait dans la casserole. De la vapeur s'élevait en nuages qui embuaient la fenêtre au-dessus de l'évier. Elle alla éteindre le serpentin.

« Comment t'appelles-tu ? demanda-t-elle.

— Mark. »

Pat revint en portant deux costumes sur des cintres et un sac en plastique dans lequel il avait fourré sa brosse à dents et le reste de ce qu'il avait apporté.

« Merci », dit-il.

C'était tout : *merci*, comme s'il était juste passé acheter du lait à l'épicerie.

Elle les suivit sur le palier et regarda le garçon descendre l'escalier le premier. Il longea l'allée jusqu'à l'endroit où était garée la voiture de Pat dans la rue, son phare avant toujours cassé. Son épouse était une femme mince aux longs cheveux foncés. Elle attendait sur le trottoir, un bébé endormi dans les bras, à côté d'un deuxième garçon plus jeune. Il avait les cheveux foncés, mais la peau très pâle. Il était si beau que Tracey se demanda plus tard si elle l'avait imaginé. Ils étaient manifestement venus à pied de l'endroit où ils habitaient. Elle se demanda comment ils avaient découvert où se trouvait Pat.

Celui-ci déverrouilla sa portière sans un mot, suspendit ses chemises à un crochet au-dessus d'une vitre arrière et s'assit derrière le volant. Sa femme s'installa à côté de lui, le bébé toujours endormi dans ses bras. Le garçon qui avait frappé à sa porte, Mark, et son beau petit frère montèrent en silence à l'arrière.

Tandis que la voiture s'éloignait, la femme de Pat tourna la tête et la regarda. Elle s'attendait à lire de la colère dans ses yeux, ou même une haine compréhensible. Mais ils n'exprimaient rien de tout cela. Tout ce qu'elle vit, ce fut un grand vide en elle. C'était comme regarder un fantôme. Puis la voiture passa derrière la maison voisine et la femme disparut.

Elle eut une bonne crise de larmes en rentrant chez elle. Il lui fallut un moment pour se ressaisir.

Pat appela au bureau le mardi de la semaine suivante, juste avant la pause-déjeuner. Il se comporta comme si de rien n'était, le ton plein d'humour. Elle ne se donna pas la peine de prétendre que c'était un client, ni même de baisser la voix. Elle se moquait que Victor ou quelqu'un d'autre l'entende.

« Je n'ai plus envie de te voir, Pat. Je te serais reconnaissante de cesser de m'importuner à partir de maintenant. »

Ce fut vraiment le mot qu'elle employa : *importuner*. Ensuite, elle lui raccrocha au nez.

Le motel Golden Palms fut vendu quelques mois plus tard à un type qui le transforma en pension pour chats. Quelques mois plus tard, Tracey rencontra Ross Greenslade, un jeune avocat du cabinet qui s'occupait de la plupart des contrats de l'agence. Ils se marièrent un an après, puis s'installèrent à Hamilton, où ils eurent trois enfants d'affilée, que des filles. Au cours des années heureuses qui suivirent, elle ne repensa pas une seule fois à Pat Waters. Il lui arriva cependant de se demander ce qui était arrivé à sa femme, même si elle ne l'avait vue qu'une fois et de loin, ainsi qu'à ces trois pauvres enfants.

Madame Fischer

Je me demandais quand vous viendriez. Votre collègue m'a dit que vous voudriez me poser quelques questions, mais je pensais que vous passeriez plutôt demain. Oui, vous avez raison, je suis terriblement bouleversée. C'était vraiment affreux, je n'en ai pas cru mes yeux. Je me sens toute chamboulée. Jamais je n'aurais pensé qu'il puisse m'arriver une chose pareille. Vous n'imaginez pas combien c'était horrible. Vous voyez ? Mes mains ont tremblé comme ça toute la journée. Les gens risquent de croire que j'ai cette maladie, comment s'appelle-t-elle déjà ? Oh, vous savez bien. Oui, c'est ça, Parkinson, merci. Ils vont tous croire que j'ai la maladie de Parkinson. Ensuite, tous ceux qui me connaissent parleront de moi et me plaindront, et je devrai leur dire qu'ils se trompent, que je ne suis pas malade du tout, que c'est le choc produit par ce qui m'est arrivé qui me fait trembler.

Allons nous asseoir dans le salon. C'est une pièce très agréable dans l'après-midi quand le soleil brille. Passez donc devant. À droite. Installez-vous où vous voulez. J'ai beaucoup de chance d'avoir une maison aussi ensoleillée. Je suis désolée, je n'ai plus de biscuits à vous offrir. D'habitude, j'ai toujours des sablés au gingembre. Demain, j'irai faire les courses pour la semaine, c'est mon jour. Avec du lait, c'est bien ça ? Vous me l'avez dit, n'est-ce pas ? Vous voyez combien je suis chamboulée. Normalement, j'ai une très bonne mémoire, mais aujourd'hui, tout ce qu'on me dit entre par une oreille et ressort par l'autre. Du sucre ? Non ? Ron, mon mari, répète que je ne devrais pas en prendre, mais je suis gourmande. Je trouve que le thé a un drôle de goût sans sucre. Ce n'est pas un sujet de dispute, cela dit. Ron me le fait juste remarquer de temps en temps, voilà tout. Nous sommes très heureux en ménage, depuis trente-six ans, et nous avons trois superbes fils.

F. I. S. C. H. E. R. Oui, c'est exact. En effet, je garde leur bébé, Samantha, pendant la journée. Je suppose que c'est monsieur Waters qui vous l'a dit. C'est ce que je pensais. Certains estiment peut-être que c'est un drôle d'arrangement, mais je ne suis pas du tout de cet avis. Non, juste en semaine, du lundi au vendredi, de huit heures et demie jusqu'à ce que leur aîné rentre de l'école. C'est lui qui passe chercher Samantha. Non, ils préfèrent l'amener ici le matin. C'est généralement l'aîné, Mark, ou monsieur Waters qui la déposent. Oh, ils ont emménagé il y a environ trois ans, pendant l'été. Monsieur Waters, Patrick, est venu se présenter un jour où je désherbais le jardin de devant. Évidemment, je les avais vus arriver avec leur vieille remorque. Je craignais qu'ils la laissent garée dans la rue. Elle était énorme, vraiment affreuse, ça n'aurait pas été acceptable. J'ai un peu appris à les connaître, du moins le père. Il était très bavard, un peu trop amical parfois. Eh bien, disons que c'était un vrai représentant de commerce, toujours en costume. Mais il ne m'a certainement pas embobinée avec ses belles paroles. Je n'ai pas mordu à l'hameçon. Il est promoteur. En tout cas, c'est comme ça qu'il se présente. Il possède des terres de l'autre côté de la jetée. Je ne les ai pas vues moi-même, mais Laurel, oui. Apparemment, cet endroit n'est pas aussi extraordinaire qu'il aime le répéter. C'est en tout cas l'avis de Laurel.

J'aimerais être claire sur un point : la garde d'enfants n'est pas un gagne-pain pour moi. Je ne voudrais pas que vous pensiez que je gère une sorte d'entreprise, car ce n'est pas du tout le cas. Samantha est la seule enfant que j'aie jamais gardée. Si j'ai accepté, c'est uniquement parce que j'ai deviné qu'ils avaient des difficultés. Oh, je ne sais pas, c'était évident ; d'abord, je ne voyais presque jamais la mère dehors. La plupart des femmes vont et viennent, même si elles ne travaillent pas. Elles vont au moins au supermarché, mais elle ne sortait jamais de chez elle. Je l'ai aperçue plusieurs fois, en fait, à travers la fenêtre de cette pièce. Elle flânait dans leur jardin en robe de chambre, derrière cette haie monstrueuse. Dieu sait ce qu'elle faisait. Je sais d'ailleurs que les garçons sont allés habiter plusieurs fois chez leur tante. Tout ça vous donne une idée de l'ambiance qui règne chez eux. Oh, je ne voudrais vraiment pas m'avancer – un problème d'alcool peut-être, ou des troubles psychologiques. Quoi qu'il en soit, je n'ai jamais vraiment voulu m'en mêler. Et après ce qui s'est passé aujourd'hui, je regrette de ne pas m'être écoutée.

C'est Laurel, une de mes amies, qui m'a suggéré de garder le bébé. Nous nous connaissons depuis le lycée, une éternité. Elle disait que ça pourrait me plaire de m'occuper d'une petite fille. Évidemment, je me suis demandé ce qu'elle entendait par là. Il lui arrive de parler sans réfléchir. Je n'ai absolument jamais regretté d'avoir eu trois garçons. Jamais je n'ai voulu avoir de fille. En fait, je n'y ai jamais pensé. Je vois bien que celles des couples que je connais peuvent causer des soucis, surtout à l'adolescence. Je suis bien contente de ne pas avoir été confrontée à ces problèmes. Nous avons toujours été satisfaits d'avoir eu trois garçons. Ce sont eux, là, sur cette photo, mais ils sont bien plus âgés maintenant, évidemment. Deux vivent en Australie, et le troisième à Auckland. J'ai quatre petits-enfants, trois filles et un garçon. Je leur rends visite, bien sûr, et ils viennent en vacances ici de temps en temps.

Laurel avait tout de même raison quand elle disait que j'avais beaucoup de temps libre. J'ai donc reparlé à monsieur Waters et accepté de garder le bébé. Nous nous sommes mis d'accord pour que ce soit seulement deux jours par semaine. Ensuite, il m'a demandé un jour supplémentaire. Et puis tous les jours de la semaine, ce qui m'a franchement embêtée. Bien entendu, j'ai accepté, mais seulement parce que je savais qu'il n'avait personne d'autre à qui demander. Je me suis retrouvée coincée. Il a profité de ma bonté.

Je tiens à préciser que c'est Patrick qui a proposé de me payer. Ça ne m'était jamais venu à l'esprit avant qu'il en parle. Et ce n'est qu'un arrangement informel, sans contrat, c'est pourquoi je n'ai aucune taxe ni rien de ce genre à payer.

Ce matin, c'est madame Waters qui a amené Samantha, ce qui m'a surprise car c'était la première fois. Elle portait une jolie robe d'été à fleurs jaunes, d'un coton de très bonne qualité. J'avais vu quasiment la même chez Ballantynes, et elle coûtait vraiment cher. Elle est entrée et nous avons bavardé. Oh, de quoi… Du fait que j'avais aménagé la véranda en salle de jeux pour Samantha. Je suis assez fière de mon intérieur, comme vous pouvez le voir. J'ai eu l'impression qu'elle trouvait la maison très jolie. Elle m'a demandé quelle promenade je comptais faire avec le bébé, mais celle-ci n'a finalement pas eu lieu, bien entendu. Quand il fait beau, je l'emmène généralement dans la réserve donner à manger aux canards, ou du côté des magasins. Parfois, nous partons dans l'autre sens, en direction de la plage, même si je n'aime pas ça à cause du sable – la poussette devient impossible à faire avancer.

J'ai cru qu'elle avait passé un cap. Enfin, elle était d'habitude si… Je ne veux pas dire du mal d'elle, mais elle ne m'avait jamais semblé tout à fait normale. Elle m'a dit qu'elle avait un rendez-vous. Non, elle n'a pas précisé où. Quand elle est repartie ce matin, son comportement ne m'a pas paru inhabituel. Ce qui prouve bien qu'il est impossible de deviner quelles idées terribles les gens ont derrière la tête.

C'était environ deux heures plus tard, je dirais, l'heure de la sieste de Samantha. Je venais de la coucher, alors oui, il devait être onze heures et demie. En revenant dans le salon, j'ai remarqué que madame Waters avait oublié son sac à main là-bas, sur le piano, à côté de la photo de mon mari à son déjeuner de départ à la retraite, que la municipalité lui avait spécialement organisé. C'est Ron à côté du maire. Oui, voilà, j'ai décidé de lui rapporter son sac. En principe, je ne laisse jamais la petite seule, même quand elle dort, mais je me suis dit que sa mère ne pourrait pas aller à son rendez-vous sans son sac à main, et je n'avais qu'à faire un saut en face.

J'ai frappé, mais personne n'a répondu. Non, je n'étais pas inquiète. C'est une très grande maison, j'ai supposé qu'elle était au fond. La porte n'était pas fermée à clé. Évidemment, j'ai appelé. Je ne voulais pas qu'elle pense que je fouinais dans sa maison. J'ai tout de suite remarqué l'eau qui coulait sous la porte de la salle de bains. Oh, beaucoup. Elle inondait le couloir, c'était un sacré bazar jusque dans la cuisine. J'ai pensé qu'elle avait laissé un robinet du lavabo ouvert après avoir fermé la bonde, et qu'elle était partie dans une pièce du fond de la maison. Je n'ai jamais eu ce problème, mais ce sont des choses qui arrivent. Je connais plusieurs personnes qui ont fait la même bêtise. J'ai pensé qu'elle allait être embarrassée quand je le lui ferais remarquer.

Je n'ai même pas frappé avant de pousser la porte. Oh, regardez, vous voyez ? Mes mains recommencent à trembler. De l'eau coulait à flots des robinets. C'était aussi bruyant qu'une cascade à cause du carrelage. La baignoire débordait, et le sol était totalement inondé. Par chance, il ne restait plus vraiment de sang dans la baignoire à ce moment-là. L'eau autour d'elle était seulement rosée. Je pense que je ne l'aurais pas supporté s'il y en avait eu beaucoup. Elle portait toujours sa robe d'été, et les petits flacons étaient soigneusement alignés près de sa tête. Non, je n'ai rien fait. Parce que j'ai bien vu qu'il était trop tard. J'ai seulement fermé les robinets. Je voulais juste que l'eau cesse de couler sur le sol. Il ne fallait pas ? J'aurais dû les laisser ouverts ? D'accord, tant mieux, merci. Ensuite, je suis revenue ici pour appeler une ambulance, et je suppose qu'ils vous ont ensuite téléphoné.

Je ne comprends vraiment pas comment une mère peut faire une chose pareille. Elle a laissé trois enfants orphelins. Mon mari et moi, nous avons élevé nos trois garçons dans cette maison, trois fils merveilleux, et il n'y a jamais eu de problème, ni de drame. Et maintenant, j'ai quatre petits-enfants, trois filles et un garçon. Si elle avait pris le temps de m'interroger, j'aurais pu lui décrire toutes les belles choses qui l'attendaient. Je n'arrive vraiment pas à comprendre pourquoi cette petite idiote a commis un acte aussi égoïste.

Diaporama

Davey avait trouvé une vieille bouteille à moitié enterrée dans le verger. C'était une trouvaille intéressante, même si Mark prétendit qu'il en avait déjà vu des tas de semblables. Ce qui la rendait digne d'intérêt, c'était que la plupart des bouteilles ont le fond plat et tiennent évidemment debout, alors que celle-ci était longue, fine et que sa partie inférieure était conique, de sorte qu'on pouvait seulement la poser sur le côté. Le mieux, c'était la bille dans le goulot qui tinta et cliqueta lorsque Davey secoua la bouteille pour faire tomber la terre.

« Bonjour, les garçons ! »

Aucun des deux frères n'aurait été capable de dire depuis combien de temps l'homme les regardait depuis le milieu du verger. Grand et mince, il portait un short, des tongs et, étrangement, en tout cas du point de vue de Mark, une chemise bleu clair. Lorsqu'il leur fit signe d'approcher, ils obéirent.

« Qu'est-ce que vous avez trouvé, dites-moi ? »

Davey tendit la bouteille des deux mains, et l'homme laissa échapper un sifflement.

« Pas mal ! Tu as l'œil, bravo. Je suis monsieur McLean, votre nouveau voisin. »

Il agita une main en direction de la maison voisine, partiellement dissimulée par le verger.

« Je m'appelle Mark, et lui, Davey.

— Enchanté, les garçons. »

Mark était certain que l'homme allait dire que la bouteille lui appartenait parce qu'elle se trouvait de son côté du verger. Mais il commença à leur parler amicalement. Il leur demanda quand ils avaient emménagé dans la vieille maison – cela faisait une semaine – et quel était le métier de leur père.

Il adressait la plupart de ses questions à Davey en ne lançant que de brefs regards à Mark. Davey était sans conteste un enfant qui attirait l'œil ; pas mignon, mais purement et simplement beau – tout le monde le disait. Il était particulièrement petit et mince, presque frêle, et avait la peau très claire. À cet âge, il ressemblait à un jeune berger, ou peut-être à un ange en porcelaine fine posé sur le buffet d'une dame riche. C'était la fin des années soixante-dix, la mère des garçons pouvait se permettre de laisser leurs cheveux pousser jusqu'aux épaules. Ceux de Mark étaient foncés, mais ceux de Davey étaient noir de jais, noirs comme la nuit, disait-elle, et ils tombaient en boucles féminines de chaque côté de son visage. Il avait également les yeux très bleus de leur père. Seulement dans les siens, il n'y avait pas un soupçon de la fourberie de Pat Waters quand ils vous regardaient.

Monsieur McLean se tourna vers la vieille maison.

« Où est votre mère ?

— Elle fait une sieste », s'empressa de répondre Mark, avant que Davey réponde quelque chose d'embarrassant.

Craignant que leur nouveau voisin la prenne pour une paresseuse, il ajouta :

« Elle va avoir un bébé. »

Monsieur McLean sourit, dévoilant des dents droites et blanches.

« C'est super, dit-il à Davey. Ce sera amusant de devenir grand frère. Ça va te plaire. »

Lorsqu'il lui toucha légèrement les cheveux, Mark vit que ses doigts étaient longs et fins, comme en avaient probablement les pianistes, ou les sorciers.

« Et si nous regardions cette bouteille de plus près ? Vous n'avez qu'à la nettoyer dans ma cuisine.

— D'accord, merci », répondit Mark.

Davey et lui ne réfléchirent pas un instant avant d'entrer dans la maison de monsieur McLean. À l'époque, la plupart des enfants rentraient tout seuls de l'école et les gens connaissaient leurs voisins. Les informations venues du monde entier n'avaient pas encore terni leur vision de la vie. En Nouvelle-Zélande, les deux ou trois affaires médiatisées de kidnappings et de meurtres de jeunes filles n'allaient pas faire les gros titres avant encore quelques années.

De plus, les deux garçons étaient certains qu'ils reconnaîtraient un homme méchant s'ils en voyaient un. Son visage aurait forcément quelques balafres. Ses vêtements seraient sales. Et puis ce serait un étranger – les Allemands et les Japonais étaient toujours ceux dont on se méfiait le plus à l'époque. Leur nouveau voisin, au contraire, sentait le savon et le dentifrice. Ses cheveux étaient blond-roux, ses yeux, gris, son accent, le même que celui de tout le monde. Et s'il avait des cicatrices, elles ne se voyaient pas.

L'intérieur de la maison était clair et ordonné.

« Je vous sers un verre de Raro ?

— Oui, merci », répondit Mark pour deux, comme d'habitude.

Un pichet de Raro à l'orange était déjà prêt dans le réfrigérateur. Tous trois s'assirent à la table de la cuisine et sirotèrent la boisson colorée.

« Est-ce que vous avez des enfants ? demanda Mark.

— Non. Je ne suis pas marié. »

Davey remarqua que, même s'il n'avait pas de femme, sa cuisine était très bien rangée. Aucune vaisselle sale ne traînait dans l'évier et le linoléum était parfaitement propre. Monsieur McLean commença à parler de la collection de bouteilles qu'il possédait enfant. Davey l'écouta poliment en serrant la sienne dans une main, son verre de Raro dans l'autre.

Mark songea que cette maison était tout le contraire de la leur, où des cartons de déménagement étaient encore empilés dans chaque pièce sur le sol poussiéreux. Mais il fallait bien admettre que même leur ancienne maison dans la baie n'était jamais aussi bien rangée que celle-ci.

« Qu'est-ce que c'est ? » demanda-t-il, le doigt pointé vers la porte ouverte du salon.

Monsieur McLean sourit.

« Un projecteur de diapositives. Je prends des photos, et parfois, j'organise des projections.

— Des photos de quoi ?

— De toutes sortes de choses, mon grand. Tu aimerais les voir ?

— Oui, merci.

— Vas-y. »

Mark se leva et entra dans le salon, suivi de Davey. Toutes les fenêtres avaient d'épais rideaux pour empêcher la lumière du soleil d'entrer dans la journée. Le projecteur était installé sur une petite table à côté du canapé, afin de projeter les diapositives sur le mur du fond de la pièce qui était d'un blanc immaculé. Mark tendit la main et souleva la boîte rectangulaire de diapositives posée à côté du projecteur.

« N'y touche pas, s'il te plaît. »

Monsieur McLean se dirigea vers lui et la lui prit.

« Elles sont fragiles, et je n'ai pas de doubles.

— Désolé. »

Mark s'apprêtait à dire à Davey qu'ils devaient rentrer, lorsqu'il remarqua la carapace accrochée au mur.

« C'est une vraie ?

— Oui. C'est celle d'une tortue de mer. J'ai habité dans les îles. Les villageois l'avaient capturée pour préparer un festin en mon honneur, et ils m'ont ensuite offert sa carapace. Un présent habituellement réservé aux chefs.

— Vous êtes explorateur ? » demanda Davey.

Monsieur McLean rit.

« Non, je suis professeur. J'enseigne à St Luke, une école primaire anglicane. Il m'arrive cependant d'aller vivre dans les îles et d'enseigner là-bas. »

Il décrocha la carapace du mur et la posa délicatement au soleil, sur le canapé. De près, elle paraissait encore plus grosse et brillante. À certains endroits, les rayons du soleil rendaient presque noires les spirales d'un marron riche et profond, tandis qu'à d'autres, ils faisaient apparaître de somptueuses veines dorées.

« N'aie pas peur. Tu peux la toucher », dit-il à Davey.

Celui-ci posa sa bouteille et le verre de Raro avec précaution sur le sol, puis tendit les mains et les plaqua respectueusement sur la carapace. Elle était remarquablement lisse et avait emmagasiné la chaleur de la pièce.

Monsieur McLean rit tout seul, comme s'il repensait à une blague.

« Tu aimerais l'essayer, Davey ? »

Les garçons comprirent immédiatement ce qu'il avait en tête. Le dessous blanc de la carapace avait été grossièrement recousu de haut en bas avec ce qui semblait être une tresse de lin qu'on avait passée dans des trous percés. Davey était probablement assez petit pour rentrer dedans.

Lorsque monsieur McLean la souleva, il alla s'accroupir en dessous.

« Attends. Ce sera plus facile si tu enlèves ton T-shirt. Sinon tu risques de rester coincé. »

Davey se déshabilla rapidement. Bien que ce soit l'été, son corps était tout blanc, même ses bras et ses jambes. Après un instant d'angoisse, Mark vit sa tête ressortir par le haut, ses oreilles un peu écrasées.

Le résultat était spectaculaire. On aurait dit qu'il s'était transformé en créature de conte de fées – une créature marine mythologique peut-être, découverte sur une plage après une tempête. Un visiteur de passage aux yeux bleu ciel, à la peau opaline et aux cheveux couleur de nuit.

Les garçons entendirent monsieur McLean pousser un petit cri de surprise, comme s'il n'en croyait pas ses yeux.

« Je vais chercher mon appareil photo. »

Il est difficile de savoir où aurait mené cette histoire de carapace – enfin, probablement nulle part – si on n'avait pas frappé à la porte de la cuisine à ce moment-là. Sans attendre, un garçon grassouillet au doux visage rond et aux grands yeux marron entra. Il s'arrêta en les voyant.

Monsieur McLean fit la moue.

« Oh, bonjour, tu es en avance. Les garçons, je vous présente Ian, un de mes élèves. Il entre au collège à la rentrée, et je lui donne des cours particuliers pendant les vacances.

— Salut », dirent Mark et Davey presque en chœur.

Quelque chose passa comme un éclair sur le visage de Ian qui rendit Mark perplexe. Il était évident que ce garçon qu'ils n'avaient jamais vu de leur vie les détestait. Sa haine était aussi flagrante que s'il leur avait craché des insultes ou avait essayé de les frapper. Mais elle disparut en un clin d'œil, et il promena sur eux un regard étrangement vide.

Monsieur McLean était occupé à tirer sur la carapace pour que Davey l'enlève. Une fois libre, celui-ci ramassa son T-shirt sur le sol et le renfila.

« Attends-moi ici, Ian. Je dois raccompagner mes nouveaux amis. Je reviens dans une minute. »

Les frères le suivirent dehors. Il parcourut avec eux la moitié du chemin qui menait à ses toilettes extérieures, peintes d'un affreux bleu vif. Manifestement, il était soudain pressé de se débarrasser d'eux.

« Merci d'être passé, les garçons. Revenez me voir quand vous voulez. »

Mark devina qu'il s'adressait surtout à son frère.

« Ma bouteille ! dit brusquement Davey. Je l'ai oubliée.

— Ne t'inquiète pas, répondit monsieur McLean. Tu pourras la récupérer une autre fois. »

Mark commença à dire qu'il en aurait pour une seconde s'il retournait la chercher, mais l'homme l'interrompit.

« Je suis désolé, mais je suis déjà en retard à mon cours. Il faut que vous partiez maintenant. »

Il regarda les garçons passer devant la cabane des toilettes et pénétrer dans le verger où planait une odeur entêtante de prune pourrie. En atteignant leur pelouse, les enfants se retournèrent et jetèrent un coup d'œil entre les troncs tordus des vieux arbres, mais le voisin avait déjà rejoint son élève à l'intérieur.

La première personne qui fit une remarque étrange à Mark sur monsieur McLean fut Richard Peterson, que tout le monde appelait Richie. C'était l'heure du déjeuner à South New Brighton Primary, la nouvelle école où Davey et lui étaient inscrits, environ un mois après leur déménagement. Mark et Richie discutaient à côté de la fontaine, près du large préau et des casiers aux noms des élèves.

« McLean, celui qui est prof à St Luke ? demanda Richie.

— Ouais. »

Il secoua la tête.

« Ne t'approche pas de lui.

— Pourquoi ?

— Il paraît qu'il a montré sa bite à un garçon.

— Qui t'a dit ça ?

— Mon frère. Son copain connaît un gars qui l'a vu faire. Il a mis sa main dans le pantalon d'un élève aussi. »

Mark était perplexe.

« C'était qui ?

— J'en sais rien.

— C'est dingue.

— Mais vrai.

— Peut-être que le slip du gars était entortillé, ou un truc comme ça.

— Nan.

— Pourquoi ?

— Il lui touchait le zizi.

— Comment tu le sais ?

— Fais pas le couillon ! »

Frustré par le scepticisme de Mark, Richie s'éloigna et rejoignit une partie de ballon.

Mark resta seul près de la fontaine. Le soleil lui brûlait le visage. Il entendait bourdonner les voix des autres enfants autour de lui.

Plus tard, cet après-midi-là, alors qu'il parlait de tout autre chose avec un élève, il lâcha : « Quel abruti, ce Richie. »

Le même jour après l'école, il trouva Davey dans leur chambre, occupé à construire une sorte de grue avec les Meccano d'occasion qu'il avait eus à Noël. Mark fit semblant de s'y intéresser un moment puis demanda, l'air de rien :

« Au fait, tu es retourné chez monsieur McLean ? »

Davey parut mal à l'aise.

« Je voulais juste récupérer ma bouteille.

— Qu'est-ce qui s'est passé ?

— Rien. »

Mark insista pour qu'il lui raconte. Davey expliqua qu'il était retourné chez le voisin quelques jours après la première fois. C'était un dimanche, et leur mère qui passait encore une mauvaise journée était couchée dans sa chambre. Mark était parti avec leur père vider une remorque de déchets à la décharge.

Lorsque Davey était arrivé chez monsieur McLean, tous les rideaux étaient tirés. Il avait frappé à la porte, mais personne n'avait répondu. Alors qu'il retraversait le verger, il avait entendu une voix l'appeler. Il s'était retourné et avait aperçu le voisin sur le pas de sa porte. Il avait fait demi-tour puis lui avait demandé sa bouteille. Monsieur McLean avait répondu qu'il était en train de la nettoyer pour lui et qu'elle n'était pas encore prête.

« Il voulait qu'elle soit comme neuve pour que ce soit la plus belle pièce de ma collection.

— Quelle collection ? Tu n'en as pas. Tu n'as qu'une seule bouteille.

— C'est le début de ma collection.

— Tu es entré chez lui ?

— Non.

— Tu es sûr ? »

Davey renversa brutalement sa grue.

« Je ne suis pas entré chez lui. Il a dit qu'il était occupé. »

Apparemment, monsieur McLean lui avait demandé de revenir plus tard dans l'après-midi en lui promettant que sa bouteille serait prête. Il avait également proposé de le laisser réessayer la carapace de tortue. Mais Davey n'y était pas retourné car le même jour, Mark avait découvert qu'il s'était servi de sa nouvelle batte de cricket pour envoyer des poires vertes par-dessus la palissade de la réserve. Il était furieux. Non seulement le bois neuf était tout abîmé, mais les taches vertes sur la face de la batte allaient être impossibles à enlever. Les deux frères s'entendaient plutôt bien d'habitude, mais cet après-midi-là, ils s'étaient bruyamment disputés, et un bref déchaînement de violence avait fait pleurer Davey au point qu'il en avait eu le souffle coupé.

Leur mère, toujours en chemise de nuit, était venue voir ce qui se passait. Elle avait fini par crier sur eux, puis, chose plus inquiétante, elle s'était mise à pleurer et était repartie en sanglotant dans sa chambre. Stupéfaits, Davey et Mark s'étaient sentis très coupables.

Ce soir-là, leur père les avait appelés depuis la salle à manger.

« Je me moque pas mal de savoir ce qui s'est passé et qui a commencé. Quand vous vous bagarrez, vous faites beaucoup de peine à votre mère. Le médecin a dit qu'elle avait besoin de se reposer et que rien ne devait la contrarier, sinon elle risquait de perdre aussi ce bébé. »

Il leur avait fait promettre solennellement de ne plus se disputer. Il leur avait également donné une liste de choses à faire dans la maison pour « alléger la charge » de leur mère.

« Vous pouvez commencer tout de suite par la lessive. »

« Qu'est-ce qu'il voulait dire, papa, quand il a expliqué que maman avait peur de perdre ce bébé ? » demanda Davey plus tard, tandis qu'ils s'affairaient dans la buanderie.

Mark tourna la manivelle de l'essoreuse et regarda le bout aplati d'une chaussette apparaître entre les rouleaux. La machine à laver automatique presque neuve de leur mère avait été vendue avec la maison de la baie. Leur père disait qu'il attendait d'avoir vendu quelques terrains pour en racheter une.

« Tu as oublié la dernière fois où maman était enceinte ? »

Davey haussa les épaules, sa façon de dire qu'il ne s'en souvenait pas vraiment.

« Elle attendait un bébé, et puis ça s'est terminé. C'est à ce moment-là qu'on est allés habiter chez madame Nelson. »

Davey sourit.

« Elle nous laissait regarder la télé après l'école.

— Ouais.

— On avait chacun notre chambre parce que ses enfants étaient adultes, et elle préparait des spaghettis et des boulettes de viande tous les soirs.

— C'est ça.

— Et elle avait ces petites poules – des Botham.

— Bantam. »

La chaussette sortit tout entière de l'essoreuse et tomba avec raideur dans le panier où un tas de linge attendait d'être suspendu au fil dehors.

Le visage de Davey s'assombrit.

« C'était quand on habitait encore dans la baie. »

Il promena le regard sur la buanderie poussiéreuse comme s'il se demandait comment il avait bien pu atterrir ici.

« Je n'aime pas cette maison.

— C'est ici que nous habitons maintenant, alors tu ferais mieux de t'y habituer. »

Mark tenait à ce qu'il comprenne qu'ils ne pourraient rien y faire.

Il crut son frère lorsqu'il lui assura plus tard qu'il n'était jamais retourné chez monsieur McLean, mais il était évidemment impossible de savoir si c'était la vérité. Comme Mark avait de nouveaux copains, il ne rentrait pas directement à la maison après l'école. Même le week-end, il n'était pas tout le temps avec son frère. Il était possible que, pour une raison ou une autre, Davey lui ait menti.

Mark était convaincu que Richie Peterson avait compris toute cette histoire de travers, mais il commença tout de même à se renseigner sur monsieur McLean à l'école. La plupart des élèves n'avaient jamais entendu parler de lui, mais il s'avéra que certains garçons avaient bel et bien surpris des rumeurs. Ce n'étaient que des témoignages indirects, des histoires racontées par un frère aîné ou un copain qui affirmait connaître un élève de St Luke. La plupart étaient des variantes de celle où monsieur McLean mettait sa main dans le pantalon d'un garçon. Quelqu'un prétendait que c'était arrivé en classe de découverte. Un autre pensait que c'était derrière une salle de l'école, pendant une boum. On racontait également qu'il avait montré des photos de nus à un garçon. Quelqu'un avait entendu dire qu'un professeur de St Luke avait fait boire de l'alcool à un élève.

Sans vraiment le vouloir, Mark inventa un jeu qui consistait à éviter monsieur McLean. Davey et lui prirent l'habitude de traverser la pelouse de derrière en se courbant comme des soldats, au cas où il regarderait par sa fenêtre. Ils s'accroupissaient ensuite derrière la cuve d'eau de pluie et observaient l'intérieur de sa maison où, lorsque les rideaux n'étaient pas tirés, il leur arrivait de le voir se déplacer. Davey commença à se plaindre que leur voisin lui avait volé sa bouteille.

Le soir, avant de dormir, ils discutaient à voix basse de ce qui arriverait si McLean leur mettait la main dessus (l'usage respectueux de « monsieur » avait alors disparu). Leur voisin était devenu un croque-mitaine. Il les tuerait avec une arme à feu ou un poignard. Ils imaginaient de longues scènes détaillées où il faisait mijoter leurs cadavres avant de les manger, une idée empruntée au conte de *Hansel et Gretel* que leur mère leur lisait à l'époque où ils habitaient dans la baie.

Un soir venteux, tandis qu'ils étaient couchés dans leur grande chambre, Davey se figura que McLean pourrait les attacher par les pieds, puis faire descendre leurs corps, la tête la première, au-dessus de ses toilettes jusqu'à ce qu'ils se noient. Impressionné par l'imagination de son frère, Mark sortit de son lit et s'approcha sur la pointe des pieds de la grande fenêtre qui n'avait toujours pas de rideaux. Entre les troncs noirs du verger, il aperçut une lumière qui brillait au-dessus de la porte du voisin. Le vent agitait les branches des vieux arbres et, tandis qu'il la regardait, elle s'éteignit brusquement.

« Qu'est-ce qu'il y a ? » demanda Davey en l'entendant retenir son souffle.

Mark ne voulut pas avouer qu'il avait été effrayé par l'extinction d'une lampe.

« Il était planté devant la porte de derrière. Il savait que je l'observais.

— Qu'est-ce qu'il faisait ?

— Il regardait juste dans notre direction. »

Davey se sentit mal. Il tira sa couverture jusqu'à ce qu'elle couvre ses oreilles et sa bouche.

« Il ne peut pas venir m'attraper, hein, Mark ?

— Non. »

Le vent secoua à nouveau les branches d'arbres et, quelque part au loin, un chien malheureux aboya d'une voix grave contre le monde.

Il était difficile pour les garçons de savoir combien de temps encore ils allaient devoir garder leurs distances avec McLean – probablement à vie. Mais un jour, à la fin de l'automne, cinq mois après leur emménagement dans la vieille maison, la situation se débloqua, comme lorsqu'un lourd rondin en travers d'un ruisseau roule sur le côté. Cet après-midi-là, Davey et Mark rentraient ensemble de l'école à vélo. Au moment de tourner dans leur courte impasse, ils virent une voiture de police garée devant leur haie. Ils s'en approchèrent prudemment mais il n'y avait personne à l'intérieur, et aucun signe de policier nulle part.

Les deux frères ne voyaient pas ce que pouvait faire la police dans une rue aussi ennuyeuse. Davey regarda à travers les vitres du véhicule avec un frisson d'excitation, même si, malgré la radio, l'intérieur ressemblait pas mal à celui de n'importe quelle voiture. Il fut déçu de n'apercevoir aucun pistolet ni menottes. Les garçons balayèrent les environs du regard en espérant entendre des cris ou voir un policier lancé dans une poursuite, mais les seuls sons venaient des vagues sur la plage lointaine et d'une mouette en colère, perchée sur le toit de madame Fischer.

Ils étaient toujours à côté de la voiture lorsque deux policiers en uniforme sortirent de l'allée de McLean. L'un d'eux était plus âgé et costaud que l'autre. Quand ils s'approchèrent, les garçons aperçurent un réseau de petites veines rouges sur ses joues et son nez, comme si un farceur avait gribouillé sur sa peau avec un feutre à pointe fine pendant qu'il dormait.

« Bonjour, les garçons. Vous habitez dans le coin ? » demanda le plus jeune.

Mark pointa la haie du doigt.

« Oui, ici.

— Je vois. Comment vous appelez-vous ?

— Mark Waters, et lui, c'est mon frère Davey. »

Le policier leur dit qu'il s'appelait Ogilvy. Il demanda à Mark ce qu'il avait fait à l'école ce jour-là. Celui-ci détestait que les adultes lui posent cette question. Lorsqu'il était obligé de se remémorer sa journée, rien ne lui venait à l'esprit. Il finit par marmonner :

« Des maths.

— Ça vous dirait de vous asseoir un instant dans la voiture ? Avec un peu de chance, vous aurez même le droit d'allumer les gyrophares. »

Davey hocha si vigoureusement la tête que Mark fut obligé de lui envoyer un coup de coude dans les côtes. Il ne voulait pas que les policiers pensent qu'il était débile, comme Rob qui habitait plus loin dans la rue. Sa langue était trop grosse pour sa bouche, et il avait toujours le menton couvert de bave.

Les deux frères s'installèrent sur les sièges avant, Mark derrière le volant. Ogilvy resta à côté de la portière ouverte, sa grande chaussure noire brillante posée à côté du siège, et leur montra quel bouton allumait les gyrophares. Pendant un moment, ils écoutèrent d'autres policiers parler à la radio. Ils ne comprenaient pas grand-chose à ce que disaient les voix grésillantes, mais c'était tout de même fascinant.

Près de la haie, le policier plus âgé les regardait en fumant une cigarette et se grattait occasionnellement le visage.

Ogilvy leur montra ses menottes.

« Tu veux les essayer, Davey ? »

Celui-ci secoua la tête.

« Je peux ? demanda Mark.

— Bien sûr. »

Le métal était froid sur ses poignets et les menottes étonnamment lourdes. Au moment de les lui retirer, Ogilvy tapota ses poches et fronça les sourcils.

« Oh, non. On dirait bien que j'ai perdu la clé. Il va falloir que tu les portes jusqu'à ce qu'on en fasse fabriquer une autre. Qu'est-ce que t'en penses, Murray ? Ça ne devrait pas prendre plus de deux ou trois semaines. »

L'autre policier grogna.

« Maman ne va pas être contente, dit Davey. Comment il fera pour aller à l'école à vélo, Mark ? »

Le policier répondit qu'il ne fallait jamais contrarier les mères, ou quelque chose comme ça. Au grand soulagement de Davey, il trouva finalement la clé dans sa poche. Il ouvrit les menottes, puis les deux frères descendirent à contrecœur de la voiture.

« Les garçons, vous connaissez l'homme qui habite dans cette maison ? demanda le plus âgé, qui n'avait pas encore parlé.

— Bien sûr, c'est notre voisin, répondit Mark. Mc... Monsieur McLean.

— Il a une tortue sur son mur, dit Davey.

— C'est juste une carapace », dit Mark au cas où ils se méprendraient.

Le plus jeune rejoignit les garçons sur le trottoir. Il ne souriait plus.

« Alors tu es entré chez lui, Davey ?

— Juste une fois », répondit Mark.

Il raconta l'histoire de la bouteille et se retrouva de fil en aiguille à leur en dire plus qu'il ne l'aurait voulu. Il se demanda s'il ferait mieux de s'arrêter là, mais comme ils ne l'interrompirent pas, il leur expliqua comment Davey en était arrivé à enfiler la carapace.

Lorsque le plus âgé s'accroupit, les deux garçons purent voir ses joues rosacées de plus près.

« Donc tu as enlevé tes vêtements et tu as enfilé la carapace, c'est bien ça ? »

Davey regarda son frère avec incertitude.

« Juste son T-shirt, répondit Mark. Pour que ce soit plus facile.

— D'accord, dit le plus âgé en regardant pensivement Davey. Est-ce que tu te souviens d'autre chose ? Peut-être de la fois où tu y es retourné sans ton frère ?

— Il voulait récupérer sa bouteille, dit Mark. Mais il n'est pas entré.

— Laisse-le répondre. Est-ce que tu te rappelles s'il s'est passé autre chose, Davey ? Le jour où tu es retourné tout seul chez lui, peut-être ?

— Il n'est même pas entré », dit Mark.

Ogilvy posa une main ferme sur son épaule.

« Laisse ton frère répondre, Mark. Alors, Davey ? Est-ce qu'il s'est passé quelque chose le jour où tu y es retourné seul ?

— J'ai seulement bu du Raro. »

Mark ne pouvait pas se taire. Davey mélangeait tout.

« Non, le Raro, c'était la première fois.

— Tu vas le laisser répondre, merde ? » s'écria le plus âgé.

Mark se retourna et regarda fixement le bout de la rue, les yeux humides.

« Raconte-nous ce qui s'est passé quand tu y es retourné, Davey. »

Mais celui-ci avait commencé à pleurer. Le plus âgé se redressa et se frotta la joue du dos de la main.

« Monsieur McLean a volé la bouteille de Davey, dit Mark au policier plus jeune et plus gentil. Il a dit qu'il allait la nettoyer. »

Du coin de la bouche, le plus âgé lâcha quelque chose qui l'amusa beaucoup, mais l'autre ne sourit pas.

« Vous devriez rentrer chez vous maintenant, les garçons, dit-il. Mais avant, je veux que vous me promettiez de ne plus mettre les pieds chez votre voisin.

— Pourquoi ? demanda Mark.

— Parce que je vous le demande.

— C'est illégal ? demanda Davey.

— Exact. La loi l'interdit. Alors si vous y retournez, nous devrons revenir vous arrêter tous les deux. Allez, promettez-moi que vous n'irez plus jamais chez lui. Je suis sérieux. Promettez-le-moi. »

Les deux frères obéirent. En moins d'une minute, les policiers furent remontés dans leur voiture et firent un demi-tour. Quand elle passa devant eux, ses gyrophares s'allumèrent brusquement et, les yeux toujours humides, Davey éclata de rire.

Moins d'une semaine plus tard, leur père leur annonça que McLean était parti. Tous trois prenaient leur petit déjeuner à la table de la cuisine. Pat portait le costume-cravate qu'il enfilait avant un rendez-vous important.

« Je l'ai croisé au moment où il montait dans un taxi. Il s'en allait à l'aéroport. Apparemment, il va donner des cours quelque part sur une île du Pacifique.

— Imaginez », dit leur mère, apparue aussi silencieusement qu'un fantôme dans l'entrée.

Ils se tournèrent tous vers elle.

« Imaginez pouvoir faire ses bagages et s'envoler pour une île sur un simple coup de tête. »

Toujours dans l'entrée, elle promena lentement son regard sur la pièce, comme si elle la voyait pour la première fois. La cuisine, qui se trouvait à l'arrière, du côté sud, ne recevait pas beaucoup de lumière. Les deux ampoules nues qui pendaient au plafond, l'une au-dessus de la table, l'autre au-dessus de l'évier, étaient allumées, et les résistances du radiateur luttaient en rougeoyant contre le froid de la vieille maison. Au-dessus du plan de travail étroit, taché et fissuré, les rideaux en dentelle jaune pendouillaient comme des toiles d'araignée. Certains placards n'avaient plus de porte et une boîte ouverte de granulés bleus de mort-aux-rats était posée sur une étagère du haut.

Les garçons regardèrent leur mère leur tourner le dos et quitter la pièce aussi silencieusement qu'elle était arrivée.

Les jours suivants, Mark et Davey finirent par accepter l'idée que McLean était parti pour de bon. L'intérieur de sa maison restait toujours sombre la nuit, et il n'y avait aucun signe d'allées et venues. Leurs premières incursions sur son terrain furent des missions éclair consistant à récupérer leur ballon, mais Mark ne tarda pas à se hisser sur la pointe des pieds pour regarder à travers la fenêtre de la cuisine.

Davey le rejoignit, mais avec réticence. Il ne cessait de surveiller les environs, manifestement effrayé à l'idée que McLean surgisse de derrière le tas de bois ou jaillisse, tel un diable à ressort, des toilettes bleues.

« Qu'est-ce que tu vois ? demanda-t-il.

— Rien. »

La table et les chaises sur lesquelles ils s'étaient assis pour boire du Raro étaient toujours là. Étrangement, il restait de la vaisselle sur l'égouttoir à côté de l'évier, et une tasse était posée sur la table de la cuisine. Mark eut la désagréable impression que, malgré ce qu'avait dit leur père, McLean était seulement sorti acheter du lait à l'épicerie et pouvait revenir à tout moment.

« Est-ce que tu la vois ? demanda Davey.

— Quoi ?

— Ma bouteille.

— Non.

— Il l'a sûrement emportée. »

Mark reposa les talons sur le sol.

« Pourquoi il aurait emporté ta bouteille sur une île ? »

Davey haussa les épaules.

« Peut-être pour mettre un message à l'intérieur. »

Mark ne prit pas la peine de répondre. Ils passèrent à la fenêtre du salon. Davey trouva un bloc de bois et monta dessus pour voir à l'intérieur. La carapace de tortue était toujours accrochée au mur, mais la poussière et l'ombre ternissaient son éclat.

« Par contre, la machine a disparu », dit Davey.

Il voulait parler du projecteur de diapositives. Mark se demanda tout haut si McLean l'avait emporté ou s'il l'avait rangé quelque part, peut-être dans sa garde-robe. Il ne le dit pas à Davey, mais il lui semblait que cet appareil serait bien plus utile sur une île qu'une vieille bouteille, même jolie, avec une bille dans le goulot.

Il s'écoula suffisamment de temps, plus d'un an en fait, pour que Mark finisse presque par oublier leur ancien voisin. Les garçons avaient désormais une petite sœur, Samantha. Un jour, Davey vint néanmoins le trouver dans le salon où il regardait la télévision et lui dit d'une voix effrayée qu'il avait vu une voiture garée dans l'allée de la maison voisine. Ce soir-là, ils aperçurent de la lumière à l'intérieur.

Le lendemain, Mark tondait la pelouse lorsque McLean traversa tranquillement le verger.

« Bonjour, Mark. Ça fait longtemps. Eh bien, dis-moi, tu as grandi. Je suis sûr que tu as tout ce qu'il faut où il faut, maintenant. »

McLean n'était pas aussi grand que dans ses souvenirs. Très bronzé, il portait un pantalon blanc et une chemise blanche ouverte au col.

« Est-ce que tes parents sont à la maison ?

— Seulement maman.

— Je ne vais pas la déranger. On m'a dit qu'elle était un peu souffrante.

— Non. Elle va bien », mentit Mark.

McLean sourit d'un air entendu.

« Je suis ravi de l'apprendre. Et comment va donc ton petit frère ? »

Quelque chose dans son ton agaça Mark.

« Vous lui avez pris sa bouteille. »

McLean cessa de sourire.

« De quelle bouteille parles-tu ?

— Le fond est en forme de cône, et il y a une bille dans le goulot.

— Je me rappelle avoir nettoyé une bouteille pour Davey. C'était pour lui rendre service. Il peut venir la chercher dès qu'il le souhaite.

— Il ne veut pas. Vous n'aurez qu'à la laisser là-bas. »

Mark pointa du doigt le fil à linge près des arbres.

« Je me rappelle que tu étais un garçon poli. J'espère que tu n'es pas en train de devenir un petit con. »

Il cracha le dernier mot. Son visage n'était plus beau du tout.

Mark tenta de soutenir son regard, mais finit par baisser les yeux vers la pelouse.

« Tiens, tu donneras ça à ta mère. »

McLean lui tendait une enveloppe qu'il venait de sortir de sa poche. Mark la prit à contrecœur et le voisin repartit chez lui.

Ce soir-là, il remit l'enveloppe à son père qui déchira un côté et lut la carte qu'elle contenait. Mark avait été tenté de l'ouvrir lui-même, mais elle était cachetée et clairement adressée à monsieur et madame Waters à l'encre verte. Samantha dormait, mais le reste de la famille regardait une émission humoristique dans le salon à la télévision. À l'écran, un comique imitait à la perfection le Premier ministre, Muldoon. L'imitation était si juste que leur père éclatait de rire et que même leur mère souriait.

« Qu'est-ce qui est écrit ? demanda nerveusement Davey.

— Il invite tous les voisins chez lui après le dîner, vendredi. Il nous offrira un verre et nous montrera des diapositives de l'île où il habitait.

— Est-ce qu'on va y aller ? demanda Mark.

— Non. Je finis toujours tard le vendredi.

— Je veux pas y aller, dit Davey.

— Moi, ça me plairait », répondit leur mère, à la surprise de tous.

Elle était si silencieuse qu'il était parfois facile d'oublier sa présence.

« J'aimerais bien voir où il était parti. »

Il était si inhabituel pour elle de s'enthousiasmer de quelque chose depuis la naissance du bébé que leur père changea immédiatement d'avis.

« Évidemment que nous irons. Pas vrai, les garçons ? Ce sera amusant.

— Bien sûr », dit Mark.

L'air inquiet, Davey garda le silence le reste de la soirée.

« Il n'arrivera rien », dit son frère plus tard, tandis qu'ils se brossaient les dents.

Dans un coin du plafond de la salle de bains, une araignée avait tissé une toile grise. Plusieurs cadavres de mouches desséchés frémissaient dans le courant d'air qui entrait par les interstices autour du cadre pourri de la fenêtre.

« Tu te souviens de ce que le policier a dit ? Ils viendront nous arrêter si on va là-bas. »

Mark secoua la tête.

« Papa et maman seront avec nous, alors ça ne compte pas. Il y aura tous les voisins aussi. T'en fais pas, tout se passera bien. »

Le vendredi soir, Pat rapporta des *fish and chips* pour le dîner. Quand ils eurent fini de manger, ils partirent tous chez McLean, le bébé dans les bras de leur père. Comme leur mère ne voulait pas traverser le verger dans sa belle robe d'été jaune, de crainte de la déchirer en l'accrochant dans une branche, ils passèrent par la rue et empruntèrent l'allée du voisin. Leur père avait insisté pour que les garçons enfilent leurs plus belles chemises et qu'ils les rentrent dans leurs pantalons.

Un bon nombre de gens étaient déjà arrivés, au moins vingt adultes et une douzaine d'enfants. McLean ne s'était manifestement pas contenté de distribuer ses invitations dans leur petite impasse. Il se tenait près de la porte en arborant un sourire de présentateur de jeu télévisé. Il serra la main du père des garçons et embrassa légèrement leur mère sur la joue, avant de leur indiquer que des saladiers de chips et de Cheerios ainsi que de la sauce tomate étaient posés sur la table de la cuisine. Bien entendu, il y avait également de la bière et deux sortes de vin, du rouge et du blanc, dans des fûts en carton.

Mark le regarda papillonner d'un groupe de parents à l'autre. Même s'il ne l'aimait pas, il devait bien admettre que leur voisin était à son avantage dans sa veste blanche grâce à son bronzage. Davey était resté dans la cuisine près de leur père qui bavardait avec d'autres adultes, tandis que leur mère se tenait à côté d'eux en silence, le bébé dans les bras. Chaque fois que McLean entrait dans la pièce, il se rapprochait de ses parents et essayait de se faire tout petit.

Au bout d'un moment, le voisin tapota son verre avec une fourchette et demanda à tous les invités de passer au salon où le projecteur de diapositives était à nouveau installé. Sur le mur, la carapace de tortue avait été astiquée. Mark avait vu plusieurs personnes tendre la main et caresser le motif de tourbillons.

« Mark, tu veux bien fermer les rideaux ? Tu penses pouvoir y arriver ? »

Tous les regards étant tournés vers lui, il se contenta de hocher la tête et obéit.

La plupart des enfants s'assirent en se tortillant sur le sol devant le canapé tourné vers le mur du fond qui allait servir d'écran. Quatre adultes y étaient installés, tandis que d'autres avaient pris place sur des chaises qu'ils avaient apportées de la cuisine. Le reste des invités était debout au fond de la pièce.

« Merci à tous d'être venus, dit McLean face à l'assemblée, les enfants à ses pieds. J'ai pensé que vous inviter dans mon humble demeure serait un moyen sympathique de refaire connaissance avec vous tous après mon séjour dans les îles. C'était une sorte de petit coucou. Coucou ! »

Les gens gloussèrent ou sourirent, et deux ou trois enfants se mirent brièvement à applaudir. McLean afficha son sourire éblouissant.

« Je pense qu'il est important de connaître ses voisins dans une petite communauté comme la nôtre. Alors bienvenue et, comme on dit, que le spectacle commence. »

Quelqu'un éteignit les lumières, et McLean se plaça derrière le projecteur qui se réveilla en cliquetant et bourdonnant. Un carré de vive lumière blanche apparut sur le mur du fond. La première douzaine de diapositives montrait des plages, des cocotiers et de petites maisons villageoises au toit de chaume. L'ennui gagna rapidement Mark. À l'école, ils avaient étudié les îles en sciences sociales, c'était la même chose.

« Sur la diapositive suivante, vous allez voir combien les eaux sont claires autour de Niue. Absolument cristallines. Vous allez également découvrir son beau sable doré. »

La photo apparut sur le mur, et brusquement, plus personne ne s'ennuya ni ne s'agita. Toutes les personnes présentes, même les enfants, s'immobilisèrent totalement.

Elle avait été prise depuis la plage et montrait la mer. Entre les deux, on apercevait les vagues de ce qui était, selon McLean, un récif corallien. Comme il l'avait dit, l'eau était transparente au point qu'on voyait des rochers et des coquillages à peine déformés au fond de l'eau. Mais ce que tout le monde dans la pièce fixait des yeux, c'était le garçon au centre de la photo. De l'eau jusqu'aux genoux, il regardait directement l'objectif. Il devait avoir douze ou treize ans. Sa peau et ses yeux étaient très foncés et son crâne était couvert d'un duvet coupé ras. Il était nu et son pénis était nettement visible.

Dans la lumière du projecteur, McLean se retourna et étudia l'effet produit par la diapositive sur son public, un petit sourire aux lèvres. Il attendait clairement que quelqu'un l'interroge sur le garçon nu. Il avait probablement préparé un petit discours sur le fait que la nudité était parfaitement naturelle dans les îles. Ou qu'il n'y avait aucune honte à avoir du corps humain, « les grands artistes ont toujours dessiné et sculpté des nus », quelque chose de ce genre.

« Quelqu'un a-t-il des questions ? »

Il y eut un silence gênant, jusqu'à ce que madame Harbidge réponde enfin de sa voix d'Anglaise snob.

« Oui, j'en ai une, monsieur McLean. Le lagon que nous voyons s'étend-il tout autour de l'île ?

— Oui, bien sûr, tout autour. »

Madame Harbidge lui adressa un bref signe de tête.

« Merci. »

Il n'y aurait manifestement pas d'autre question.

Au total, il fit défiler une cinquantaine de diapositives. La plupart n'avaient rien d'extraordinaire : on y voyait des huttes à toit de chaume, des couchers de soleil exotiques, un bosquet de palmiers penchés au-dessus d'une plage. De temps à autre, une photo montrait cependant un garçon nu, parfois plusieurs. Ce n'était pas toujours celui de la première, même s'il apparaissait sur bon nombre d'entre elles. Même les enfants du premier rang sentaient monter la tension avant l'apparition de chaque nouvelle image. Lorsqu'aucun garçon nu n'était visible, tout le monde poussait presque un soupir de soulagement.

McLean présenta la dernière comme son deuxième chez-lui. On y voyait un bâtiment modeste, semblable aux préfabriqués de l'école de Mark et Davey, mais pourvu d'une galerie couverte à l'avant. Ce n'était pas McLean qui avait pris la photo car, pour une fois, il posait dessus. Allongé sur une chaise longue sur l'herbe devant la maison, il portait un minuscule slip de bain. À côté de lui étaient alignés les cinq garçons présents sur les diapositives précédentes – trois à sa gauche, deux à sa droite. Ils étaient nus et fixaient l'objectif du même regard vide. Un seul garçon baissait les yeux vers son pénis, sur lequel il tirait avec le pouce et l'index comme sur un serpent en caoutchouc.

Mark avait déjà vu le regard de ces adolescents. C'était le même que celui de l'élève qui était arrivé au moment où Davey essayait la carapace de tortue – Ian. Le même regard vague, perdu, fâché.

Les lumières se rallumèrent, et tout le monde parut pressé de rentrer chez lui. Les invités marmonnèrent un au revoir, saluèrent McLean d'un signe de tête ou d'un faible sourire et sortirent à la queue leu leu.

Tandis que les Waters rentraient chez eux, les parents restés derrière discutèrent à voix basses et pressantes. Mark n'entendit pas ce qu'ils disaient, jusqu'à ce que son père grogne et lâche rageusement :

« N'importe quoi, Marika. Ne sois pas si naïve. »

Ce soir-là, alors que Mark et Davey étaient presque endormis, la porte de leur chambre s'ouvrit et leur père, dont les traits étaient invisibles à cause de la lumière derrière lui, entra. Il referma la porte derrière lui et, au lieu d'appuyer sur l'interrupteur, leur parla debout dans l'obscurité.

« Je vous demande de ne plus jamais adresser la parole à monsieur McLean. S'il vous parle, allez-vous-en. Je me fiche que ce soit malpoli, tournez-lui le dos et partez. Ne faites jamais rien de ce qu'il vous demande, et surtout, ne mettez plus les pieds dans sa maison. Est-ce que c'est compris ? Mark ?

— Oui.

— Davey ?

— Oui.

— Et s'il essaie de vous faire la conversation, prévenez-moi immédiatement. »

Ils comprirent à son ton que ces instructions étaient à suivre à la lettre.

« Promettez-le-moi. »

Les deux garçons obéirent solennellement.

Une fois qu'il eut fini de parler, leur père resta dans la chambre un long moment. Mark devinait qu'il était fâché à cause de quelque chose – c'était lié aux diapositives, mais il ne comprit pas exactement ce qui s'était passé, du moins pas sur le coup. Couché dans son lit, à la frontière du sommeil, il lui vint à l'esprit que leur père voulait leur poser une question importante. Cependant, Pat ne dit plus rien. Ils ne l'entendirent pas sortir de la chambre.

Les années suivantes, beaucoup de choses terribles arrivèrent, des choses vraiment impardonnables qui empoisonnèrent la relation des garçons avec leur père. Personne ne pouvait nier que Pat négligeait sa famille. Pire, il était égoïste.

Il lui arrivait également d'être violent et, à un certain moment, après le décès de leur mère, il devint un ivrogne irrécupérable.

Mark finit par le rendre responsable de tout ce qui était allé de travers. Pour sa mère. Pour Davey. Pour lui-même. Il considérait que tous les malheurs de leurs vies venaient des ondes propagées par Pat. Il s'efforçait de ne voir que ce qu'il y avait de mauvais en lui ; de peindre son portrait dans une seule teinte laide.

Pendant toutes ces années, il ne parvint cependant pas à oublier totalement le soir du diaporama où Pat était venu dans leur chambre et leur avait parlé dans l'obscurité. Il se rappelait comment il avait énoncé, en termes très clairs, les règles et les limites qui les protégeraient. Sur le moment, il avait eu l'impression que leur père était un géant capable de tenir éternellement tous les malheurs du monde à distance.

Remerciements

Ce livre a été écrit avec l'aide d'une bourse de Creative New Zealand.

Plusieurs de ces histoires ont déjà paru dans diverses publications, parfois dans des versions très différentes.

Mon beau ballon a remporté le Katherine Mansfield Short Story Contest en 2007 et a été publiée dans *The Best New Zealand Fiction : volume 5*, édité par Owen Marshall (Random House, Auckland, 2008). Elle a également paru dans *The New Zealand Book of the Beach 2*, édité par Graeme Lay (David Ling Publishing, Auckland, 2008). *Le flipper asiatique* a paru dans le numéro 99 de *takahē Magazine*. *À un jet de pierre* a été publiée sous un titre différent dans *Let's Tell This Story Properly : An Anthology of the Commonwealth Short Story Prize*, édité par Ellah Wakatama Allfrey (Dundern Press, Toronto, 2015). Une version plus courte de *Le plus beau garçon au monde* a paru dans *The Listener* (21-27 janvier 2023).

Radio New Zealand a diffusé des versions abrégées de *L'épervier*, *Au Golden Palms*, *Diaporama*, *Le bungalow*, *Invincible*, *Quelque chose d'ancien, quelque chose de neuf* et *Mon beau ballon*.

Je remercie Patrick Evans, Harriet Allan, Anna Rogers et Alice Nixon pour leurs conseils au cours de l'écriture de ce livre.

Pour limiter l'empreinte environnementale de leurs livres,
les éditions de l'Aube font le choix de papiers
issus de forêts durablement gérées et de sources contrôlées.

Achevé d'imprimer en janvier 2024
sur les presses de l'imprimerie Firmin-Didot
pour le compte des éditions de l'Aube
331, rue Amédée-Giniès, F-84240 La Tour-d'Aigues

Numéro d'édition : 5478
Dépôt légal : février 2024
Numéro d'impression : 177962

Imprimé en France